Là où mon coeur te retrouvera...

LIVRE I
POUR LE MEILLEUR.
POUR LE PIRE.

Table des matières

Avertissement _____ 9
À Propos _____ 11
Dédicace _____ 13
Carte _____ 16-17
Liste des personnages _____ 18

Prologue _____ 19

1 ~ Le destin a un nom : Hélix Mildegarde ! _____ 21
2 ~ Derrière les portes d'Althéa _____ 29
3 ~ Exister en territoire inconnu _____ 37
4 ~ Le hasard fait les rencontres _____ 45
5 ~ Une vie pour une autre _____ 53
6 ~ Aller de l'avant... _____ 61
7 ~ La force de l'aveu, le pouvoir de la parole. ___ 69
8 ~ Ma vie pour vous protéger. _____ 75
9 ~ Il suffit d'une rencontre... _____ 81
10 ~ Rester distant a ses inconvénients... _____ 89
11 ~ Un départ impromptu. _____ 97
12 ~ Trouver la voie de la parfaite duchesse. ____ 105
13 ~ Des mots pour vous blesser. _____ 113
14 ~ Des mots pour toucher... _____ 121
15 ~ Un retour fait de surprises. _____ 131
16 ~ Le devoir, l'espoir et des primevères. _____ 139

17 ~Le jeu de dupe. _____ 147
18 ~À trop vouloir jouer avec le feu... _____ 155
19 ~... on trouve le tranchant de son épée ! ___ 163
20 ~Résister ou se laisser dévorer. _____ 169
21 ~Quand la goutte d'eau fait déborder le vase... ___ 179
22 ~Lorsque la colère de la Duchesse d'Althéa s'abat sur vous... _____ 187
23 ~Se promener en terrain neutre. _____ 195
24 ~Un maudit grain de sucre peut tout changer. ___ 203
25 ~Pour le meilleur. Pour le pire. _____ 209
26 ~Il y a la vérité, la réalité et la fierté. _____ 219
27 ~De «parlons peu» à «parlons trop». _____ 227
28 ~Et la châtelaine se transforma en duchesse... ___ 237
29 ~Devenir qu'un. _____ 247
30 ~Le sens du partage dans un couple est-il le même pour chacun de nous ? _____ 257
31 ~Des souvenirs d'antan aux souvenirs de maintenant. 265
32 ~Des rendez-vous manqués et des rendez-vous à préparer. _____ 275
33 ~À la vie, à la mort. _____ 283
34 ~Bas les masques ! _____ 293
35 ~Parce que c'est mon devoir ! _____ 301
36 ~Œil pour œil... _____ 309
37 ~Le début de quelque chose ou sa fin ? _____ 317

SUIVRE MON ACTUALITÉ :
Inscrivez-vous !

Là où mon coeur te retrouvera.

Livre I
Pour le meilleur. Pour le pire.

PREMIÈRE ÉDITION – Disponible en numérique et papier.
ISBN papier format relié : 9782491818074
ISBN papier format broché : 9782491818081
ISBN numérique : 9782491818067
Autoédition – OCTOBRE 2022 -Tous droits réservés.
Nuance Web, 8 rue du Général Balfourier, 54000 NANCY
© 2022 Jordane Cassidy, pour le texte et l'édition.
© 2022 Nuance Web, pour la couverture.
© 2022 Thierry Nicolson, pour l'illustration de couverture
Bêta-lecture : Lili, Camilla et Corinne
Correction finale : Christophe

TOME 1
POUR LE MEILLEUR.
POUR LE PIRE.
Là où mon coeur te retrouvera...

Avertissement

Le Code de la propriété intellectuelle interdit les copies ou reproductions destinées à une utilisation collective. Toute représentation ou reproduction intégrale ou partielle faite par quelque procédé que ce soit, sans le consentement de l'Auteur ou de ses ayants cause est illicite et constitue une contrefaçon sanctionnée par les articles L335-2 et suivants du Code de la propriété intellectuelle.

Ce livre est une œuvre de fiction. Les personnages et les situations de ce récit étant purement fictifs, toute ressemblance avec des personnes ou des situations existantes ne saurait être que fortuite et indépendante de la volonté de l'auteur.

L'auteur reconnaît que les marques déposées mentionnées dans la présente œuvre de fiction appartiennent à leurs propriétaires respectifs.

Avertissement sur le contenu : cette œuvre peut dépeindre des scènes d'intimité explicites entre deux personnes et un langage adulte. Elle vise donc un public plutôt adolescent et adulte. L'auteur décline toute responsabilité pour le cas où le texte serait lu par un public trop jeune.

À Propos

Cette histoire se base sur les « pouvoirs guérisseurs » de la lithothérapie.

La lithothérapie est une pratique pseudoscientifique de médecine non conventionnelle basée sur la croyance en un pouvoir qu'auraient certains cristaux (quartz, améthyste, citrine, rubis, turquoise, aigue-marine, etc.) au contact ou à proximité de l'être humain. La croyance sur laquelle se basent ses promoteurs est que les cristaux émettraient une « résonance » ou une « vibration » singulière qui aurait le pouvoir de guérir les maladies ou d'améliorer le bien-être psychique d'une personne.

Si je me sers de cette base comme inspiration de mon histoire, il n'est en rien une volonté de ma part de faire du prosélytisme concernant la lithothérapie. Je laisse à chacun d'avoir un avis concernant la véritable portée du pouvoir des pierres sur soi. Néanmoins, ces vertus recensées me servent de base pour cette histoire.

À tous ceux qui adorent les histoires en fantasy où l'héroïne est entourée de chevaliers valeureux toujours présents pour la servir.

Pour toi qui a été transporté par des animes/mangas tels que *Yona Princesse de l'aube*, *Saint Seiya* ou encore *Sailor Moon*.

Parce que tu es peut-être, comme moi, fan des webtoons, *Like wind on a dry branch*, *Under the oak tree*, *L'impératrice remariée*, *Béatrice* ou encore *Père, je ne veux pas me marier*.

Je dédie cette saga ♥.

Le Roi Mildegarde tient le Royaume d'Avéna sous sa coupe depuis deux décennies. Son château se trouve à la capitale Avéna, avec le Palais du Conseil Magique. Si la paix avec les royaumes voisins demeurent, chaque Roi garde en tête que pour être respécté, il faut faire valoir son pouvoir, sa puissance et son influence au-delà de leur royaume afin qu'aucun n'ose partir en guerre contre lui pour conquérir de nouvelles terres... Aussi, chacun essaie de s'implanter dans le territoire de l'autre de façon plus ou moins détournée, de façon licite ou pas, pour exercer son influence.

Dans ce contexte, difficile de savoir si l'ennemi vient de l'intérieur ou de l'extérieur du royaume... Pour les cas les plus extrêmes, le Roi fait alors appel à ses chevaliers magiques...

Aélis de Middenhall :
doit épouser le Duc Callistar

Duc Callum Callistar :
surnommé le chevalier de sang. Chevalier magique aux ordres du Roi Mildegarde. Duc d'Althéa

Hélix Mildegarde :
Roi du royaume d'Avéna

Fergus de Middenhall :
père d'Aélis

Christa de Middenhall :
mère d'Aélis

Mills Aicard :
Maître du château d'Althéa et 1er serviteur du Duc Callistar

Finley :
chevalier magique d'Althéa et bras droit du Duc Callistar

Cléry :
prêtre d'Althéa

Ysalis Alidosi
Intendante du château d'Althéa

Prologue

Si on lui avait dit il y a quelques mois que son avenir allait être bouleversé de la sorte, elle ne l'aurait jamais cru. Tandis qu'elle s'avançait vers l'autel dans sa robe conçue spécialement pour ce mariage, Aélis repensait à tout ce qui l'avait conduite vers cet homme qui l'attendait et devant lequel elle allait devoir dire oui.

À vrai dire, elle cherchait encore où se trouvait la folie de cette entreprise. Hormis cette obligation orchestrée par le Roi lui-même, il n'y avait rien qui aurait pu la pousser dans les bras de celui qui lui tournait le dos au bout de cette allée. Honnêtement, qui pourrait vouloir épouser l'homme le plus craint de la contrée, le duc Callum A. Callistar ? Le chevalier au nombre de faits de guerre le plus impressionnant, mais aussi ayant fait couler des rivières de sang derrière lui au point d'être surnommé par ceux qui l'ont croisé le Chevalier de Sang. On le dit sans pitié, sans une once de compassion. Il décapite, transperce, étripe, égorge avec ses troupes au nom du Roi Mildegarde, régnant sur le royaume d'Avéna depuis plus de deux décennies. Il est son fidèle bras droit. Sa lame à travers le royaume. Si le Roi continue de garder son séant sur son trône, c'est grâce à cet homme qui lui permet de conserver aussi bien ses terres que d'en conquérir de nouvelles.

Et la voilà donc promise à ce guerrier implacable ! La voilà donc sur le point de devenir Duchesse des Terres d'Althéa, son fief, seule et loin des siens. La voilà, commençant une nouvelle vie. Une vie dont elle n'aurait jamais pu en soupçonner les rebondissements auxquels elle a eu à faire face depuis son arrivée...

1

Le destin a un nom :
Hélix Mildegarde !

Quelques mois auparavant...

— Allez, ma chérie ! Dépêche-toi ! Nous ne devons surtout pas être en retard pour notre entretien avec le Roi !

Amusée, Aélis regarda son père, Fergus De Middenhall, Baron de Piléa, l'obligeant à accélérer le pas en la tirant par la main. Son père était l'un des conseillers du Roi. Il était sollicité régulièrement par la cour en tant qu'expert architecte, au point d'avoir pu asseoir sa réputation dans son domaine aujourd'hui en partie grâce à lui. Il a été l'homme ayant rénové le château royal d'Avéna lorsque le Roi Hélix Mildegarde a hérité du trône de son père, feu le Roi Angus Mildegarde. Le Roi Hélix Mildegarde a entrepris de grands chantiers pour imposer son image à travers le royaume et effacer l'histoire sombre liée au règne de son père, et c'est ainsi que Fergus fut choisi comme maître d'œuvre.

Travailler pour un roi, c'était soit lui donner satisfaction, soit finir six pieds sous terre. Le droit à l'erreur restait quelque chose que le Roi Mildegarde ne concédait guère. Question d'autorité oblige. Fort heureusement, le père d'Aélis était réellement bon dans son domaine. Il avait pu montrer ses compétences et satisfaire le Roi, année après année. Le royaume devait son image de grandeur en partie grâce aux travaux de son père.

De ces résultats satisfaisants était née une grande confiance du Roi pour lui, teintée néanmoins d'une grande pression pour Fergus De Middenhall.

Aélis sourit en admirant cet homme aguerri face aux frasques du Roi qui s'amusait à le presser de la sorte. Malgré la confiance de Hélix Mildegarde acquise au fur et à mesure des années en répondant à ses souhaits les plus ubuesques, son père restait un homme inquiet. Bien plus inquiet qu'elle ne l'était pour lui ! Même s'il s'agissait du Roi, la relation qui en avait découlé avec lui au fil du temps s'était transformée en une sorte d'amitié retenue. Le Roi n'était plus au stade de le tuer pour dix minutes de retard. Il était évident qu'il verrait cela comme un énorme gâchis s'il perdait un tel architecte pour de telles futilités. Il se trouverait sans nul doute fâché, mais ne tuerait pas pour si peu l'homme qui l'aidait depuis le début à forger sa légende. Son père était une valeur sûre à ses yeux.

Lorsqu'ils arrivèrent à la salle du trône, ils furent tous deux essoufflés, mais soulagés d'être enfin devant lui. La robe d'Aélis lui collait un peu aux jambes ; elle devait avoir la peau moite de transpiration, mais qu'importe ! Il fallait juste sourire et paraître stoïque, mais soumise, devant le Roi. Accoudé sur le rebord de son trône, le menton posé entre ses doigts, Hélix Mildegarde souriait de manière hautaine.

— Vous voilà enfin, Fergus ! fit le Roi tandis que Fergus et Aélis le saluaient d'une révérence. J'étais à deux doigts de quérir une troupe de soldats pour vous extirper de chez vous !

— Veuillez pardonner notre retard, votre Majesté. Notre excuse serait sans nul doute insuffisante pour calmer votre éventuel courroux, mais nous avons fait au mieux pour être ici dans les meilleures dispositions.

Bien obligée de garder la tête baissée, Aélis ne vit pas la réaction du Roi à la réponse de son père, mais sa voix l'impressionnait autant que sa prestance qu'elle sentait s'appesantir sur ses épaules.

— Vous semblez effectivement en peine, entre vos poitrines qui se soulèvent et votre sueur vous faisant scintiller sous les lustres de cette salle.

Des rires retentirent dans la salle où quelques membres de la noblesse s'étaient invités de part et d'autre de l'allée centrale. Aélis entraperçut son père s'incliner davantage pour s'excuser une nouvelle fois de leur piètre arrivée. Que ne fallait-il pas faire pour satisfaire le Roi ? Cela l'agaçait un peu, mais avaient-ils le choix ? Elle réalisa que l'amitié qu'elle pensait avérée entre le Roi et son père était peut-être surévaluée. Son père craignait bien plus les humeurs de cet homme que les réelles fautes qu'il pouvait commettre à son encontre.

Le Roi congédia les nobles d'un signe de main pour entamer une discussion sans doute d'ordre plus privée. Rien qui ne surprit Fergus, habitué à la discrétion lorsqu'il s'agissait de parler de projets pour la grandeur du Royaume d'Avéna.

— Redressez-vous, cher ami ! déclara alors Hélix Mildegarde, tandis qu'il soufflait d'agacement. Si je vous ai conviés aujourd'hui, ce n'est pas pour parler de votre retard ni de nos projets en cours, mais de mon nouveau projet.

Son père se redressa tandis qu'Aélis restait courbée. Ses chevilles lui faisaient un mal de chien, mais le protocole restait le protocole.

— Votre nouveau projet ?
— Effectivement !
— Votre Majesté, il va être difficile de commencer autre chose en sachant tout ce qui est déjà en cours ! Je n'aurais pas assez d'hommes pour…
— Silence ! Cessez de brailler !

Il se leva de son trône et descendit les quelques marches le séparant de Fergus et de sa fille. Il s'avança ensuite vers eux, du moins vers Aélis. Son inquiétude augmentait sa curiosité, mais elle garda sa position tandis qu'il la contournait doucement. Aélis sentait son regard inquisiteur sur elle et bizarrement, cela lui déplaisait, car elle en venait à penser que son nouveau projet la concernait.

— Voici donc votre fille...

Fergus De Middenhall s'empressa de les présenter.

— Voici ma fille, oui. Aélis Jenna De Middenhall.

Tandis que le Roi stoppait sa progression autour d'elle, Aélis put l'entendre émettre un grognement satisfait.

— Quel âge a-t-elle à présent ?

— Dix... Dix-huit ans...

— Ne serait-il pas bon ton de penser à la marier ? Elle a plus que l'âge, non ?

Les yeux d'Aélis s'écarquillèrent. Les voilà repartis dans les discussions de nobles sur la bonne vieille tradition de se donner au premier aristocrate qui pourrait améliorer les réputations de chaque famille.

— Nous y songeons, Votre Altesse. Ma femme et moi prenons juste le temps d'offrir à notre fille le meilleur parti qui soit. Vous pouvez comprendre combien un père souhaite voir sa fille heureuse et non affligée par la tristesse. Aélis n'a déjà pas eu une vie facile...

Le Roi émit un nouveau grognement. Était-ce une approbation ou une déconvenue ? Aucun, de son père ou d'elle, ne pouvait le dire. Tout ce qu'ils savaient, c'était que ses demandes restaient suspicieuses et angoissantes.

— Relevez-vous ! ordonna alors le Roi à Aélis. Retirez votre capuche.

Aélis jeta un regard paniqué à son père, qui l'invita à obéir malgré ses réticences. Cette dernière s'exécuta, mais sa gorge se serra et son sourire de convenance se crispa quand elle croisa son regard. Elle put enfin voir le Roi sur toute sa hauteur. Il avait la quarantaine affirmée, peut-être même la cinquantaine, et faisait deux têtes de plus qu'elle. Une cicatrice sur la joue, des cheveux noirs grisonnants et de grands yeux verts. Sa barbe était impeccable et sa tenue, digne de sa grandeur. Un grand manteau bleu marine aux ornements dorés, une énorme bague à l'annulaire gauche et une chevalière au majeur droit. Sa posture altière et son sourire la glaçaient. Elle ne savait pas quoi penser de lui. Elle pourrait le trouver sympathique, mais elle décelait dans son intérêt pour elle quelque chose qui lui donnait des frissons. Tout en lui indiquait qu'il préparait un coup qui la concernait directement.

— Jolie jeune femme ! commenta-t-il alors tout en relevant son menton de son index et incrustant son regard vert dans celui de la jeune femme. Elle a bien grandi depuis la dernière fois que je l'ai vue. Elle était encore enfant...

Il tourna à nouveau autour d'elle et s'arrêta dans son dos.

— Elle a les magnifiques cheveux argentés de sa mère... Quel dommage de les cacher !

— Vous savez bien que ce qui est différent de la norme demeure suspicieux aux yeux de beaucoup... lui murmura Fergus.

Hélix Mildegarde considéra les propos de son architecte avec intérêt et remarqua la tristesse sous-jacente dans sa voix. Il toucha alors la pointe de sa chevelure furtivement. Aélis se raidit devant ce geste gênant. S'il y avait bien un sujet sur lequel elle restait tendue, c'était bien la particularité de sa chevelure.

— Chevelure toujours aussi fascinante ! Comment va Christa ?

Aélis s'étonna d'autant de familiarité en écoutant le Roi Mildegarde citer sa mère par son prénom. Son père ne sembla pas s'en offusquer. En même temps, le Roi restait le Roi. Que pouvait-il dire sur ce point de politesse ?

— Elle va bien, je vous en remercie. Elle vous passe le bonjour. Pour revenir à votre projet, Votre Grandeur..., l'interrompit son père dans sa contemplation, je vous écoute.

Le Roi lâcha un « hum » grognon et tourna autour d'eux en silence, les mains derrière son dos.

— Fergus, vous êtes à mon service depuis un moment maintenant...

— Oui, Votre Excellence.

Son père inclina légèrement sa tête. L'attente que laissait planer le Roi sur son projet était insupportable, mais ils ne pouvaient que

se plier à ses humeurs. Encore et toujours.
— Que souhaitez-vous que je construise pour vous ?
— Un avenir ! répond-il alors très rapidement, ce qui interloqua son père.
— Votre avenir vous inquiète encore ? osa l'interroger Fergus.
Le Roi s'arrêta devant eux et fixa Aélis.
— Il ne s'agit pas de mon avenir... Je suis à un stade où j'ai construit plus qu'il n'en faut et si ma vie devait s'arrêter aujourd'hui, je n'aurais aucune forme de regret. J'ai un royaume prospère, une réputation connue à travers toutes les contrées, une famille avec un héritier...
Il reprend sa marche, songeur.
— Il s'agit de l'avenir de quelqu'un qui pourrait ne jamais connaître l'avenir dont je jouis actuellement...
— Le futur de votre fils vous inquiète ? répondit Fergus. Son avenir est pourtant tout tracé.
Le Roi s'arrêta à nouveau et lança un regard dur au père d'Aélis.
— Mon fils ? Tsss ! Malgré sa jeunesse, je reste conscient des capacités de chacun. Qui pourrait dire quel avenir mon fils vivra ? Je ne veux pas écouter les oracles. Le trône lui est certes destiné, mais la descendance, le sang, ne font pas pour autant un bon roi dès sa naissance. Il doit gagner son avenir. Pour l'heure, il n'est pas prêt à endosser une telle responsabilité.
— Il n'a que quinze ans ! relativisa Fergus. Il a encore le temps de faire ses preuves...
Le Roi regarda vers les fenêtres du château, l'air pensif.
— Le temps... quelle notion absurde dans notre monde. Tout peut arriver du jour au lendemain... Nous savons tous les deux combien des populations peuvent disparaître en un claquement de doigts ou bien vivre selon le bon vouloir d'une personne. Qui sait si mon fils sera celui qui claquera ses doigts ou celui qu'on exécutera d'un claquement de doigts ? Il faut avant tout avoir un tempérament de leader et mon fils a beaucoup de travail à faire à ce niveau-là... Non, je ne pense pas à lui. Effectivement, même s'il a l'âge de certaines choses, il n'est pas prêt à tout.

— Qui pourrait jouir de votre exemplarité si ce n'est votre héritier dans ce cas, si je puis me permettre ?
Le Roi regarda Aélis une nouvelle fois.
— Il y a une personne proche de moi qui a besoin de votre aide pour se construire autrement de ce qu'il est actuellement. Vous construisez les plus belles choses de ce royaume ; il est donc logique que je vous sollicite ! Il refuse mon aide. En soi, il n'a jamais attendu après personne pour survivre. Cela peut se comprendre que mon intervention l'agace. Pourtant, il est à un stade où il lui faut évoluer autrement pour prendre vraiment sa place dans ce royaume.
— Que souhaitez-vous que je construise pour lui, Votre Grandeur ? Une statue ? Un château ?
Le Roi se positionna devant Fergus et le fixa avec sévérité.
— Fergus, vous avez été exemplaire jusqu'à présent. J'ai toujours pensé que vous aviez un caractère droit, fidèle, altruiste et ne fléchissant pas devant l'impossible. Vous me l'avez prouvé à maintes reprises. Christa est des plus apaisées et protégées grâce à vous. Mes demandes fantasques, vous les avez toujours réalisées et je ne doute pas aujourd'hui que vous y répondiez une nouvelle fois favorablement.
Le Roi se tut quelques secondes, le temps de jauger les réactions perdues du père d'Aélis, avant de reprendre.
— Votre rigueur, vous l'avez sur tous les pans de votre vie.
— Je fais de mon mieux, votre Splendeur.
Le Roi se mit à sourire.
— Plus vous me flattez avec vos différentes appellations, plus je pense pouvoir tout vous demander, vous le savez ?
La remarque du Roi laissa son père perplexe.
— J'ai besoin de la plus belle de vos fabrications : votre fille, Aélis.
— Quoi ? firent les De Middenhall en chœur.
Le Roi fixa alors Aélis.
— Fergus, votre fille est votre sang, je l'entends ! Je sais qu'elle est un trésor à sauvegarder et je pense qu'elle le sera d'autant

plus, après ma réflexion sur le sujet. Je sais aussi qu'elle a reçu l'éducation qu'il faut pour la personne que je souhaite aider.

— Ma fille... répéta Fergus, estomaqué par la possibilité de l'embrigader dans les projets du Roi. Qu'attendez-vous d'elle exactement ?

Hélix Mildegarde sourit à son fidèle serviteur.

— Elle sera parfaite comme épouse.

Le cœur d'Aélis se serra. La panique s'installa en elle. Elle voyait son père écarquiller les yeux sans pouvoir trouver à redire. On parlait du Roi. Qui pouvait refuser quoi que ce soit émanant de lui ? Elle se sentit blêmir et faiblir devant l'aura monstrueuse du Roi qui la contemplait tel un juge l'envoyant à la guillotine. Le Roi souhaitait la marier à quelqu'un. Il lui imposait un mari, une vie qu'elle ne pouvait choisir. Son annonce la foudroya. Elle sentit disparaître en elle son innocence à croire qu'elle pouvait rester maître de son destin.

— À... qui voulez-vous la marier ? demanda alors son père d'une voix éteinte.

— À mon fidèle bras droit. Celui avec qui je partage le plus de victoires et de satisfaction : le Duc Callum Callistar.

Les jambes de la jeune femme faiblirent et elle s'écroula au sol. Le couperet était tombé et elle était morte. Littéralement. On pouvait la confier à un vieux, un pervers, un avare, mais la voilà envoyée dans les bras de l'homme le plus violent du royaume, le plus sanguinaire au point qu'on l'appelait le Chevalier de Sang d'Althéa : Callum A. Callistar. Les larmes quittèrent ses yeux pour couler sur ses joues. Aujourd'hui, elle avait appris l'annonce la plus funeste la concernant.

2

Derrière les portes d'Althéa

— Nous arrivons ! cria le cochet.

Fergus De Middenhall contempla sa fille avec tristesse. Son sort était scellé. Ils n'avaient pas échangé un mot durant tout le voyage en calèche. Son père comprenait bien qu'elle n'était pas d'humeur à recevoir ses platitudes sur le positivisme existentiel. Elle était une femme, et par ce fait, elle était prisonnière du bon vouloir des hommes. Trois hommes pour être précis : son père, le Roi et son futur époux. Chacun tenait une chaîne de sa vie. Aélis ne décolérait pas de sa situation. Elle avait bien tenté de dire sa désapprobation au Roi Mildegarde, mais son père l'avait fait taire sur-le-champ. Il était clair que les projets du Roi étaient devenus plus importants que le bonheur de sa fille. L'indocile Aélis devait accepter sans broncher. Telle était la dure réalité. Depuis, elle était restée murée dans un silence glacial, au point de s'enfermer elle-même des jours durant dans sa chambre jusqu'à ce voyage.

Son père pouvait lui montrer un air navré, cela ne changeait rien à ce qui l'attendait. Elle était une sacrifiée pour la cause du Roi. Elle se mit à nouveau à pleurer face à cette injustice. Voilà des jours qu'elle pleurait cette angoisse d'être jetée en pâture au plus effrayant des chevaliers de la cour.

— Aélis, je te le redis : « je suis désolé ».
— Tu peux garder tes excuses pour toi ! Je n'en veux pas !
— Tu es ce que j'ai de plus cher dans ma vie, Aélis, mais je connais le Roi depuis vingt ans et je sais que ce n'est pas un homme qui agit à la légère. Il a pesé le pour et le contre et il sait combien tu nous es importante. Sa demande doit avoir du sens. Tu dois aider ce chevalier, comme il te l'a demandé ! C'est une mission avant tout !
— Tu n'as pas cherché à me défendre, à défendre ma volonté, donc garde ton affection et tes balivernes pour un plus crédule ! rétorqua-t-elle, mauvaise.

Fergus baissa les yeux, navré de constater combien sa colère restait vive.

— Je sais que je te déçois, mais je n'ai pas le choix.
— On l'a toujours ! vociféra-t-elle.
— Tu es jeune. Tu as toujours été un peu rêveuse. Du moins idéaliste, malgré les déconvenues vécues depuis ton enfance. Depuis toute petite, tu as toujours agi de façon à faire le bien autour de toi et croire que rien n'était impossible, qu'il y avait du bon en chaque personne. S'il te plait, continue de garder cela en tête. Le Roi ou le Duc, considère-les comme des personnes bonnes, ayant besoin de toi ! Ne vois pas cela comme une punition, mais comme un honneur de les aider et de te considérer comme l'unique personne capable d'y parvenir. Tu n'as jamais vu le Duc Callistar. Qui sait ? Il n'est peut-être pas celui qu'on décrit.

Aélis croisa les bras pour affirmer son mécontentement et son refus d'obtempérer.

— Tsss ! Me voilà tellement altruiste qu'on me sacrifie pour une soi-disant grande cause dont je suis la seule à en avoir les qualifications ! Aider le Chevalier de Sang ? Quelle ineptie ! Je doute pouvoir lui être d'une grande utilité !

Fergus se pencha devant elle et posa sa main sur l'avant-bras de sa fille avec bienveillance.

— Ne sois pas aigrie, s'il te plait. Même si je suis aussi inquiet que toi sur ton avenir, je crois aussi en notre Seigneur, le Dieu de toutes choses. Il te protégera, j'en suis sûr. S'il veille sur notre Roi, alors tout va bien !

Aélis leva les yeux. S'il y avait bien quelqu'un en qui elle n'avait plus envie de croire, c'était bien en Dieu.

La calèche entra dans une grande ville fortifiée. Aélis arrivait dans son nouveau chez-soi : la ville d'Althéa. Althéa était un fief installé en pied de montagne. Il y avait un côté bucolique assez mignon, et pourtant ses fortifications lui donnaient un aspect altier assez déroutant, en correspondance avec son nom. Il y avait quelque chose de l'ordre de l'impressionnant quand on arrivait devant ses remparts. Althéa était une cité belle, prestigieuse tout en restant très mystérieuse, chargée d'une histoire qu'on ne souhaitait pas raconter avec ses parts sombres, inquiétantes... Du moins, c'était l'impression qu'elle donnait à première vue à Aélis.

Reconnaissant le blason de Piléa sur leur pavillon, les gardes leur ouvrirent l'accès à la ville et elle découvrit ses habitants dans leur quotidien animé. Des soldats, des paysans, des enfants, des artisans... Elle aperçut aussi deux chevaliers au loin. Du moins, ils avaient l'air d'être des chevaliers par leur armure plus prestigieuse que celles des soldats. Elle ne ressemblait pas à celle des soldats du Roi Mildegarde. Elle en déduisit que c'était la tenue des chevaliers d'Althéa dont son futur mari était le chef. Sa gorge se serra en pensant à lui. Le duc d'Althéa était connu pour être impressionnant. Il était décrit telle une ombre qui s'abattait sur vous et dont vous ne pouviez réchapper. Il avait un casque avec de longs poils sombres en crinière. Son armure était ténébreuse avec également une longue fourrure noire sur les épaules. Le plus souvent couverte de rouge du sang de ses victimes, son allure lui conférait une comparaison avec le diable lui-même. On disait même qu'il avait les yeux rouges.

Deux iris intenses, vous brûlant toute once d'espoir de survie face à lui. Si on l'appelait le Chevalier de Sang, c'était parce qu'on racontait que, lorsqu'il était à cheval avec sa cape, les ennemis voyaient l'ange funèbre de la mort qui volait. Mais ce qui venait ajouter indubitablement à sa légende un côté mortifère, c'était que les deux couleurs, le noir et le rouge, de son habillement étaient en adéquation avec la forme de sa magie. Le Chevalier de Sang faisait partie des rares chevaliers maîtrisant un pouvoir magique. Le Duc Callistar connaissait parfaitement l'usage du mana et l'utilisait durant ses combats. À ce qu'on disait, le pouvoir du Chevalier de Sang serait également noir et rouge. L'énergie magique qui émanait de lui se matérialisait en un tourbillon épais de ces deux couleurs qu'il utilisait contre ses ennemis. Le rouge du sang appelant le noir des ténèbres. Certains prétendraient même qu'à ce stade, cela ne pouvait qu'être de la magie noire. Toujours était-il que le Roi voyait en lui son plus fidèle soutien.

Ils arrivèrent devant l'entrée du château. La calèche s'arrêta devant un grand escalier. Les habitants passaient devant le château sans que cela semblât poser des problèmes de sécurité. Seuls deux gardes étaient postés devant la grande entrée. Pourtant, le regard d'Aélis s'arrêta sur un homme à petites lunettes, plutôt grand, le cheveu gris attaché en une queue discrète à l'arrière. Il ouvrit la porte de la calèche et lui tendit sa main.

— Bienvenue au château d'Althéa, Demoiselle Aélis De Middenhall. Je suis Mills Aicard, le maître de maison de Messire, le Duc Callistar. Laissez-moi être également votre meilleur soutien dorénavant.

Sa main tendue et son sourire chaleureux lui ôtèrent un peu l'angoisse qui plombait son humeur jusqu'à maintenant. Entendre en première parole qu'elle n'était pas seule dans cet enfer, qu'elle avait une aide, lui fit plaisir. Sans doute ne réalisait-il pas combien son geste et ses mots la touchaient, mais ils avaient pour effet de rendre moins dramatique cet emménagement ici. Elle accepta sa main tendue et descendit de la calèche en lui soufflant un « bonjour

et merci !». Son père descendit à sa suite.
— Bonjour Sire Fergus De Middenhall. Heureux de constater que vous avez fait bon voyage.
— Bonjour... répondit prudemment Fergus.
— Je vous présente le château d'Althéa !
Il fit un grand geste de bras tout en se tournant vers le château. Il ne semblait pas tout récent, mais plutôt grand. De briques apparentes rougeâtres, sa façade d'accueil est composée de deux tours de chaque côté de l'entrée, d'un haut parapet orné de créneaux et d'une grande porte devant laquelle les deux soldats étaient postés. Pas de tentures. Juste le blason d'Althéa gravé dans la roche.
— Je suis surprise de voir le château si peu protégé des habitants de la ville... déclara alors Aélis, tout en regardant l'ensemble.
— Althéa est une ville paisible. Grâce aux faits d'armes de notre Seigneur et de ses chevaliers à travers les différentes contrées, peu de personnes osent s'en prendre à son fief. La sécurité s'active au niveau des remparts qui entourent la ville. Nous ne souhaitons pas une grande expansion. Aussi les remparts permettent de différencier à la fois ceux qui vivent à l'intérieur et ceux qui arrivent de l'extérieur. Un intrus sera vite repéré par les villageois et la sentinelle. De plus, les villageois n'ont aucun intérêt à attaquer le château. Notre Duc assure leur sécurité, il en va donc de même pour eux vis-à-vis de nous.

Aélis contempla l'activité autour du château. Elle pouvait sentir des regards suspects venant des gens qui passaient. Savaient-ils qu'elle allait devenir leur duchesse ?
— Suivez-moi ! leur dit alors Mills. Je vais vous montrer un peu mieux votre nouvel habitat.
Sa capuche vissée sur la tête, Aélis et son père se regardèrent, peu certains de ce qu'ils allaient découvrir. Les soldats se mirent au garde-à-vous à leur passage de la grande porte. Ils arrivèrent dans le grand hall d'entrée du château et découvrirent une lignée de domestiques de part et d'autre.

— Voici le personnel qui vous servira, Mademoiselle.

Tous se penchèrent devant eux, mais Aélis y prêta peu attention. Comme dans chaque château, le service auprès des nobles restait le même. Et même si elle était leur maîtresse, elle sentait une certaine méfiance de leur part. Une froideur qui contrastait avec Mills. Étaient-ils inquiets du sort qu'elle pourrait leur réserver ? Aélis préféra ne pas y penser et regarder les plafonds du château, et notamment les lustres magnifiques qui illuminaient le couloir qu'ils traversaient. Elle priait pour qu'il la conduise vers quelque chose qui lui ôterait ce poids mélancolique qu'elle avait, depuis qu'elle avait rencontré le Roi.

Ils arrivèrent dans une autre pièce, plus petite, plus intimiste aussi avec des fauteuils.

— Voici la salle d'attente. C'est une pièce intermédiaire entre l'entrée et la grande salle. Nous faisons patienter ici les visiteurs, le temps d'informer Mon Seigneur Callistar de leur venue.

— Allez-vous nous faire attendre ici, jusqu'à ce qu'on le prévienne que je suis arrivée ? demanda alors Aélis.

— Non, Demoiselle De Middenhall. Il n'est pas au château actuellement.

— J'arrive et il n'est pas là pour m'accueillir ? s'exclama Aélis, surprise de son absence. Ça commence bien !

— Aélis ! gronda son père, tout en lui donnant un coup de coude réprobateur auquel elle répondit par une grimace de tracas.

Mills sourit.

— Le Duc Callistar avait un rendez-vous à traiter.

— Plus important que sa future femme ? insista-t-elle, vraiment agacée par cette impolitesse d'emblée.

— La priorité se décide souvent selon la déconvenue à venir si l'objet du rendez-vous n'est pas traité rapidement. Il sait qu'il a toute votre vie à deux pour se faire pardonner. Son rendez-vous, non !

Aélis se raidit face à son sourire amusé. Elle se mit à rougir sans vraiment le vouloir. Toute une vie pour se faire pardonner... Cela lui semblait complètement en inadéquation avec le personnage réputé plutôt sinistre. Pourtant, elle imaginait une entente intime possible et de la douceur d'après ses propos. Son trouble devait se lire sur son visage. Son père lui serra la main et lui sourit.

— Ne te formalise pas pour si peu. Tu auras bien le temps de le rencontrer...

Mills leur fit visiter tout le château. Il était grand, mais il avait quelque chose de rassurant. On se repérait vite dans sa configuration. Aélis ne savait pas si c'était l'effet Mills dans sa présentation conviviale qui lui permettait d'être moins stressée, mais elle finit la visite avec une note d'espoir. Son père avait peut-être raison : elle devait garder courage. Mills finit par les laisser se reposer et se rafraîchir dans leurs chambres respectives. Cela soulagea Aélis. Elle avait un endroit pour être seule et souffler. Elle se sentait exténuée par toutes ces convenances et ce nouvel environnement. Entrer dans un terrain hostile était une chose, trouver un moyen d'y survivre en était une autre. Elle se félicita pour l'instant de cette journée. Mills y était sans doute pour beaucoup. Elle venait à penser qu'elle pourrait lui faire confiance. Du moins, elle l'espérait. Dans la noblesse comme ailleurs, tout le monde pouvait s'avérer être une personne décevante. Son père en était l'exemple. Même si elle comprenait sa position, elle lui en voulait de la trahir de la sorte en l'offrant aux désirs du Roi. Elle entendit alors qu'on frappait à sa porte.

— Oui ? répondit-elle alors d'une voix forte.

— Bonjour, Demoiselle. Je suis Éliette, votre dame de chambre.

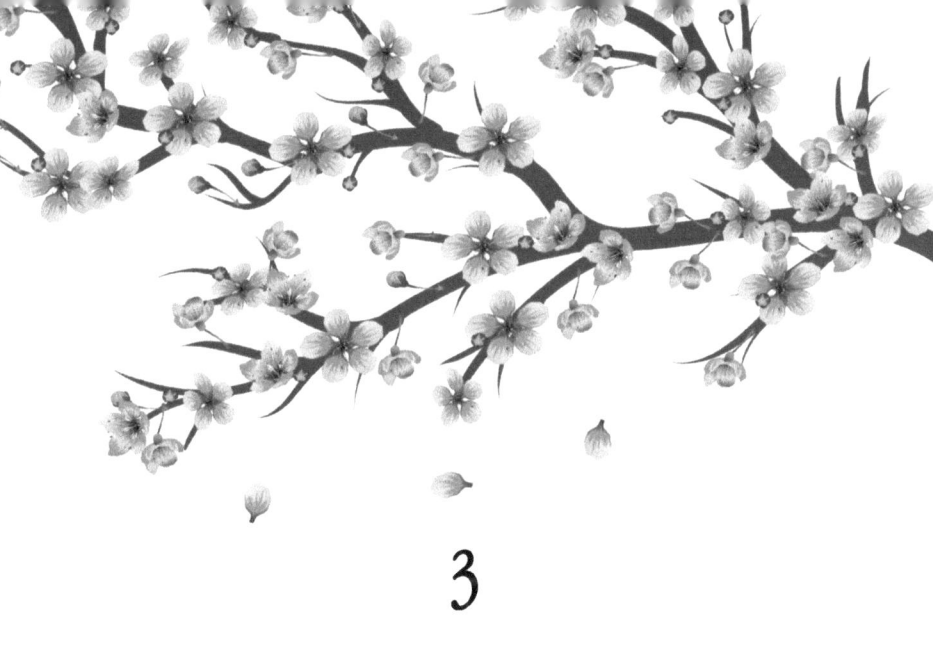

3
Exister
en territoire inconnu

Éliette apparut devant Aélis et s'inclina rapidement. C'était une jeune femme assez maigre, le teint blême, les cheveux attachés en un chignon caché par un tissu en dentelle.

— Je viens à vous pour vous aider à faire votre toilette si vous le souhaitez. C'est Monsieur Aicard qui m'envoie.

— Est-il prévu que je soupe en présence du Duc ?

— Je ne saurais dire. Il faut voir avec le maître de maison pour ce qui est du planning de Messire Callistar.

Tout cela l'agaçait. Elle avait l'impression d'être promise à un fantôme. Elle fit un signe à la servante pour qu'elle s'exécute, même si elle restait tendue. Éliette l'invita à s'asseoir devant la coiffeuse et défit sa coiffure pour lui brosser les cheveux. Sa surprise s'exprima en un silence et un arrêt brutal de son geste lorsqu'elle lui retira sa capuche et vit ses cheveux gris. Aélis comprit sa stupeur, mais préféra lui faire oublier toutes les possibles théories fumeuses qu'elle pourrait avoir en tête en lui changeant l'ordre de ses réflexions.

— Éliette, n'est-il pas trop dur pour vous de travailler pour le Duc ?

Éliette sembla surprise de sa question si directe. Aélis pouvait reconnaître ne pas avoir pris de pincettes alors qu'elles ne se connaissaient pas, mais la curiosité la dévorait. Elle angoissait à l'idée d'être l'épouse de l'homme le plus effrayant qu'il soit. Elle attendait des réponses pouvant soulager son inquiétude.

— Pourquoi me posez-vous cette question ? lui demanda la servante alors, à la fois gênée et méfiante.

— Je ne sais pas. Je crois que me marier à votre Seigneur me terrorise.

Éliette ne répondit rien et défit sa coiffure pour la brosser.

— Vous ne souhaitez pas me répondre ? lui demanda alors Aélis, plus offensive.

— Il n'y a rien de plus dur que la rue et notre Duc est celui qui m'en a sortie. Vous n'obtiendrez rien de médisant de ma part.

Elle commença à lui tresser les cheveux et Aélis sentit qu'elle n'y allait pas de main morte. Sa poigne lui tirait les cheveux. Elle ignorait si c'était par rigueur et concentration professionnelles ou si sa question dérangeait vraiment, mais son visage à travers le reflet du miroir s'était fermé.

— Je n'attends aucune médisance en particulier. Je vous demande seulement comment se comporte le Duc avec vous. Est-il dur, autoritaire, imbuvable, ou doux, à l'écoute, honnête et droit ? Si vous préférez me décrire l'aspect le plus beau du Duc par peur de représailles de ma part, vous n'avez rien à craindre de moi. Je ne vous jugerai pas. Je me garderai bien de contester quoi que ce soit, ne l'ayant jamais rencontré !

— Souhaitez-vous prendre un bain ? l'interrompit Éliette tout à coup.

Visiblement, sa question dérangeait ; elle changeait de sujet.

— Vous savez, vous pouvez me parler sans crainte, je ne répèterai rien..., insista Aélis.

— Monsieur Aicard vous a-t-il montré la salle au grand bassin ?

Aélis finit par capituler, comprenant que sa discussion ne

mènerait nulle part. Éliette n'avait aucune confiance en elle et cela semblait logique qu'elle refuse de se confier à une étrangère sur le point d'épouser son maître et pouvant la trahir auprès du Duc. Elle devait gagner sa confiance avant tout.

— Je l'ai aperçue très rapidement ! Serait-il possible d'y aller demain matin ?

— À votre aise, Dame Aélis De Middenhall.

— Vous pouvez m'appeler Aélis.

— Bien, Dame Aélis.

Aélis passa une heure avec Éliette, mais tout resta très formel et Éliette se montra peu loquace. Elle était une opportuniste à ses yeux et elle se demanda même si son mariage avec leur Duc était un événement que le personnel du château considérait d'un bon œil. Elle ignorait ce qu'ils pouvaient tous penser d'elle, mais il restait évident que les subordonnés du Duc lui semblaient très fidèles. Leur méfiance vis-à-vis de son père et d'elle était notable à bien des égards : regards méfiants ou défiants, chuchotements après leur passage, bruits de bouche indiquant un déplaisir certain, rire sournois dans leur dos. On la jugeait avant même qu'elle ait pu faire ses preuves. Pensaient-ils qu'elle était l'instigatrice de ce mariage ? Qu'elle avait soumis l'idée au Roi ? Croyaient-ils qu'elle soit issue d'une famille peu recommandable selon leurs critères de sélection ? Mais comme pour Éliette, elle ressentait cette animosité à son égard et ça l'inquiétait, notamment pour sa sécurité. Il arrivait vite un empoisonnement ou un accident dès que le personnel voyait d'un mauvais œil une personne de la noblesse. C'était déjà arrivé dans de nombreux fiefs. La relation domestique/maître demeurait une relation de donnant-donnant. Aélis pouvait fragiliser ce lien par sa simple venue et son statut d'épouse.

Le reste de la soirée ne fut pas mieux. Son futur époux se montra également absent durant le souper. Heureusement que Fergus était là, sinon Aélis aurait fini le repas dans sa chambre, par écœurement du peu de considération que lui donnait le Duc. Cela la rendait encore plus nerveuse. Elle avait peur de le rencontrer, mais elle avait aussi hâte de le voir pour vérifier s'il deviendrait son allié ou un ennemi à compter en plus. Son avenir allait dépendre de son attitude à son égard et elle redoutait ce moment. Que ferait-elle s'il la rejetait ? Elle n'était déjà pas loin de penser qu'il l'évitait. S'il l'ignorait, comment allait-elle survivre à cette nouvelle expérience ? Était-ce donc ainsi qu'elle devait envisager sa vie d'épouse ?

Elle passa une nuit agitée. Elle avait mal dormi. D'horribles rêves l'assaillaient, où l'épée du Chevalier de Sang lui transperçait la poitrine alors qu'elle le suppliait de faire au mieux pour devenir la meilleure des épouses. Lorsqu'elle reprit conscience, elle était en sueur et réalisa combien elle se sentait ridicule d'être dans ce postulat de femme soumise.

Le lendemain, Éliette la conduisit à la salle du grand bassin. C'était une pièce magnifique, ornée de mosaïques. Il y avait de quoi se laver avec des vasques adossées à un mur où sont collés des miroirs, des tabourets, des seaux de bois et puis ce bassin d'eau chaude pour se baigner et se reposer. Elle y resta une heure, puis Éliette s'occupa d'elle pour l'habillement, la toilette du visage et des cheveux. Elle sortit de cette salle du grand bassin ressourcée et s'avérait convaincue d'y retourner souvent. Éliette effectua son travail correctement, mais Aélis préféra rester seule plutôt que de sentir cette tension froide en sa présence.

Elle rejoignit son père rapidement dans la salle à manger. Fergus De Middenhall avait commencé son petit-déjeuner.

— Te voilà enfin ! lui dit-il alors, tout en se levant pour la serrer contre lui. As-tu bien dormi ?

— Pas vraiment. Mon angoisse ne cesse d'augmenter et j'en fais des terreurs nocturnes.

Son père lui montra un visage navré.

— Je ne sais pas quoi dire pour soulager ta conscience, ma fille. Je sais que ce n'est pas facile. Moi-même, j'ai du mal à croire que je risque de repartir sans avoir vu l'hôte de ces lieux.

— Maman t'attend. Tu ne peux pas rester ici éternellement. Le voyage en calèche est déjà suffisamment long pour que tu prennes davantage de retard.

— Te laisser seule ici ne m'empêche pas d'angoisser. Je sais que c'est en partie de ma faute si tu te retrouves dans cette situation, mais je ne peux qu'être inquiet pour la suite.

Aélis ravala sa rancœur une nouvelle fois en silence. L'inquiétude de son père passait mal, comparée à la sienne.

— On se revoit bientôt ! trancha-t-elle pour ne pas envenimer les choses.

— Oui, le bal de fiançailles, puis le mariage, je sais. Aélis, tu sais, je suis fier de ta force mentale. Tu as le courage de ta mère. Même si ton départ l'a affectée, c'est une femme qui a toujours été capable de rebondir et je ne doute pas que tu en fasses de même.

Les paroles de son père lui firent mal au cœur. Si elle ne doutait pas du courage de sa mère, la comparaison ne lui semblait pas judicieuse pour dédramatiser cette position d'épouse de convenance. Sa mère lui manquait. Elle avait été beaucoup plus partagée sur son sort. Elle avait exprimé plus de réserve. Malgré tout, son père restait son père. Son cœur se serra à l'idée de ne plus les voir aussi souvent à partir de maintenant. Elle quittait les deux piliers qui l'ont fait grandir. Fergus l'invita à sa table pour leur dernier repas en famille avant qu'il ne la quitte.

Voir son père quitter le château fut un effondrement. Sa colère s'effaça devant l'idée de perdre son allié, son protecteur de toujours, son père. Heureusement, Mills l'avait accompagnée durant cette douloureuse épreuve. Il l'avait supportée, encouragée, rassurée, durant l'heure suivant son départ pour faciliter la transition. La solitude ne lui avait jamais autant pesé que maintenant. Elle se sentait perdue, désœuvrée et ignorée par le principal intéressé : le Duc Callistar. Mills ne suffisait pas à lui faire oublier dans quelle histoire insensée on l'avait plongée. Sa tristesse était sans fin. Elle se vit dans l'obligation de lui fausser compagnie poliment pour partir s'enfermer dans sa chambre. Elle avait besoin d'évacuer le trop-plein d'émotions qui la parcourait depuis cette fameuse rencontre avec le Roi.

Aélis émergea d'une sieste pleine de larmes, deux heures plus tard. Les rayons du soleil à travers la fenêtre l'appelaient. Elle avait besoin de sortir de ce château, de prendre l'air. Elle étouffait. Les cheveux cachés sous sa cape, elle quitta la chambre en trombe, passa devant Éliette en courant sans lui accorder le moindre regard et fonça vers la grande porte. Le soleil l'aveugla, mais elle était à l'air libre. Rien ne lui avait été dit concernant sa possibilité de quitter le château, alors elle la saisissait. Les deux soldats à l'entrée parurent surpris de la voir seule, mais ne dirent rien. Elle en profita donc pour dévaler les escaliers devant le château et prendre de l'air à pleins poumons. Elle repéra rapidement une petite église jouxtant le château d'un côté et ce qui semblait être le bâtiment des chevaliers de l'autre. Une écurie semblait apparaître entre le château et le bâtiment des chevaliers. Elle décida donc d'aller se trouver un ami auprès des animaux.

Elle ne vit personne aux abords de l'écurie. Elle ne savait pas si elle devait s'en sentir soulagée ou peinée. Elle avait besoin de rencontrer des gens, mais elle craignait d'être déçue de leur comportement distant. Les box des chevaux paraissaient assez propres et les bêtes bien entretenues. Quelque part, cela lui fit plaisir de voir que les chevaux des chevaliers étaient considérés à leur juste valeur. Cependant, la charpente semblait vieille, les outils usés par le temps. Elle s'avança vers les chevaux et en caressa un. Sur le box était écrit « Lutès ».

— Salut Lutès ! Ne t'inquiète pas, je ne te ferai pas de mal ! Je viens en paix ! Tu es magnifique, dis-moi.

La robe du cheval était beige. Son poil était court, mais très bien entretenu. C'était un cheval assez imposant. Il avait trois tresses en guise de crinière, attachées toutes trois par des liens en cuir. C'était joli, mais restait assez masculin.

— Je me nomme Aélis ! Enchantée ! lui dit-elle tout en lui

donnant de grandes caresses.
— Enchanté ! Moi, c'est Finley !

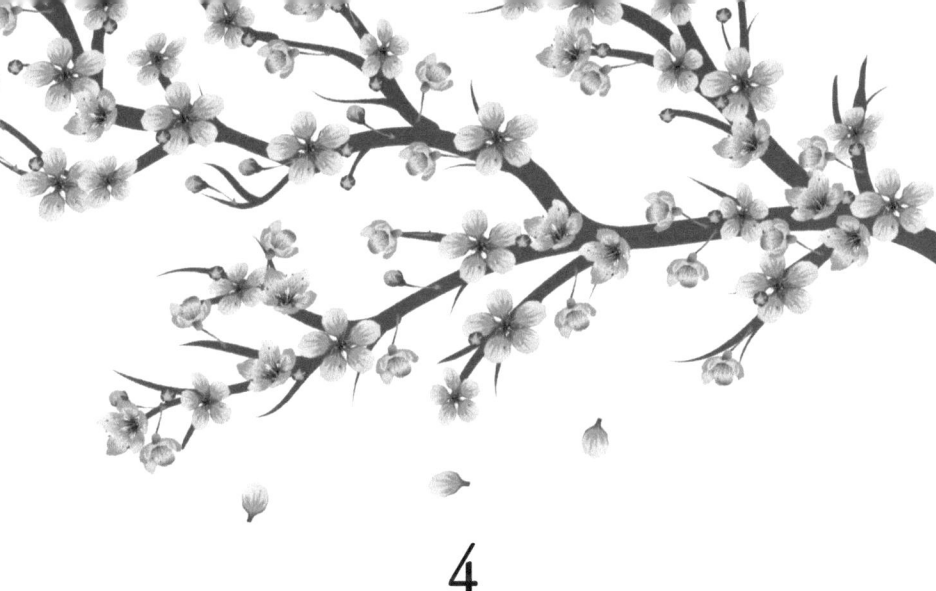

4

Le hasard
fait les rencontres

Aélis sursauta et se sentit tout à coup paniquée en voyant l'homme derrière elle, comme si elle avait commis la pire faute qu'il soit.

— Pardon ! Je ne veux pas de mal à ce cheval, je vous assure !

Aélis recula, effrayée d'hypothétiques représailles.

— Vous n'avez effectivement pas l'air d'une voleuse ! lui dit pour la rassurer le garçon prétendant se nommer Finley.

— Non, j'étais simplement curieuse de voir les chevaux et celui-ci est particulièrement beau !

— Vous trouvez ? lui demanda-t-il avec un grand sourire qui la soulagea un peu. Je trouve aussi ! Remarquez, c'est normal puisque c'est mon cheval !

Il lui caressa le museau tout en l'affublant de petits noms tendres : ma petite fraise, mon petit marron, ma jolie luciole. Aélis le regarda alors avec plus de méfiance, bien qu'il semblât vouloir être plus sympathique avec elle que belliqueux. Elle savait que la douceur pouvait aussi cacher plus de sournoiserie.

— Je croyais qu'il s'appelait Lutès ?! demanda-t-elle.

— C'est son nom effectivement ! Aélis contempla le cheval, et en particulier chercha ses parties génitales pour confirmation.

— Alors pourquoi des surnoms... féminins ? C'est bien un mâle, non ?

— Oui, cela en est un ! s'en amusa Finley devant son air circonspect. C'est un très bon reproducteur d'ailleurs ! Il a déjà eu trois enfants.

— Mais vous l'appelez pourtant « ma petite luciole »... rétorqua Aélis, sceptique.

Finley se mit à rire.

— J'aime le taquiner ! lui chuchota-t-il en s'approchant de l'oreille de la jeune femme, comme si le cheval pouvait l'entendre et s'en vexer. C'est ma façon de créer notre complicité !

Elle observa le cheval, perplexe, se demandant vraiment si Lutès pouvait comprendre le sens de chaque surnom et s'en fâcher. Le cheval lui donna alors des petits coups de tête qui semblaient montrer l'affection de l'animal pour son maître et confirmer ses dires. Aélis sourit alors et relâcha sa méfiance. Finley semblait bien être son maître.

— Et vous êtes... chevalier ? l'interrogea-t-elle, plus soulagée.

Finley la fixa plus attentivement.

— Chère Aélis, qui êtes-vous ? Tout le monde sait qui je suis ici, sauf vous visiblement ! D'ailleurs, c'est la première fois que je vois une aussi belle femme dans les alentours ! D'où venez-vous ?

Sa question la désarçonna, et pourtant elle n'était pas sur le dos de Lutès !

— Veuillez pardonner ma méconnaissance de cette ville et de ses habitants. Je ne vais pas vous déranger plus. Je ne souhaitais pas vous mettre mal à l'aise.

Elle s'inclina et le contourna pour le quitter. Elle se rendit compte qu'elle avait peut-être été vraiment imprudente en quittant le château. Même si Mills lui avait assuré de la sécurité d'Althéa, elle restait une femme, en l'occurrence noble et seule. De quoi attiser malveillance et jalousie.

— Attendez ! lui cria-t-il alors d'une voix plus grave et froide. Aélis s'arrêta et se pétrifia sur place. Son imprudence se payait en cet instant. La main de Finley venait de se poser sur son épaule pour stopper son départ. Ramenée en arrière par la poigne de Finley, elle perdit un peu l'équilibre et sa capuche tomba sur ses épaules, mettant à découvert ses cheveux argentés. Aélis se redressa immédiatement et prit ses distances, gênée. Finley remarqua la couleur de ses cheveux et le malaise d'Aélis qui remit sans attendre sa capuche. Malgré un silence pesant et un repli sur elle, Finley resta poli.

— Je suis Finley Montémory, chevalier d'Althéa et bras droit du Duc Callistar.

Aélis le contempla un peu plus dans le détail. La blondeur de ses cheveux et le bleu de ses yeux, sa minceur apparente, mais ses épaules larges, tout en lui relevait plus d'un prince de ses rêves que d'un chevalier. Mais ce qui l'interpelait, c'était qu'il se présentait comme le bras droit de son futur mari.

— Maintenant que vous savez qui je suis, répondez à ma question. Qui êtes-vous ?

Aélis blêmit.

— Je suis... Aélis... De Middenhall.

Finley posa sa main sur son menton pour réfléchir. Il semblait perturbé.

— Middenhall... Middenhall... Ce nom me dit quelque chose ! Où est-ce que je l'ai entendu ?

— Mon père, Fergus De Middenhall, est conseiller à la cour du Roi.

Au vu de sa tête, cette référence ne semblait pas éclairer sa recherche. Aélis soupira. Elle devait jouer la franchise pour ne pas éveiller des soupçons plus belliqueux.

— Et je suis également la...

Elle grimaça comme si ce qu'elle s'apprêtait à révéler, allait lui écorcher la langue.

—... promise du Duc Callistar.

— C'est ça ! s'écria-t-il alors tout en tapant sa paume de main de son poing avec satisfaction. Je savais bien que ça me parlait !
Ils se sourirent et se jaugèrent alors avant que Finley ne se fige et la dévisage avec panique.
— Vous êtes la promise du Duc... Nom d'un troll à trois nez ! Vous êtes la future Duchesse et moi...
Il posa tout à coup son genou à terre pour s'incliner devant son statut.
— Veuillez me pardonner de mon impolitesse, Ma Duchesse ! J'ai été des plus outrageants envers votre personne. Je mérite la plus ferme des punitions.

Son soudain changement d'attitude déstabilisa Aélis qui passa de potentielle ennemie à maîtresse des lieux en une fraction de seconde. Elle ne s'attendait pas à un tel revirement de comportement de sa part. Elle se sentit, du coup, aussi gênée que lui.
— Je n'irai pas jusqu'à vous punir pour un tel malentendu. Vous ne pouviez pas savoir !
Elle l'attrapa alors par le bras pour qu'il se relève.
— Relevez-vous, s'il vous plaît.
Elle pouvait comprendre son inclination devant son rang, elle en avait même l'habitude, car c'était le protocole, du moins à Piléa, mais cela la gênait ici. Avec lui, elle ne se sentait pas supérieure. D'autant plus qu'elle n'était pas encore officiellement Duchesse tant qu'elle n'était pas mariée au Duc. Le comportement si clément d'Aélis surprit le chevalier. Finley hésita entre obéir à sa demande et insister dans son acte de déférence à sa Duchesse.
— Je vous en prie, lui chuchota-t-elle, je ne souhaite pas attirer les regards...
Il regarda alors autour d'eux et finalement, se redressa complètement.
— Ma Duchesse... est-il prudent de vous balader seule, sans escorte ? chuchota-t-il également en réponse.
— Je ne souhaite pas attiser les interrogations sur moi et encore moins déranger.

Elle hésita à lui en dire plus, mais Finley ne semblait pas être un mauvais garçon.

— On ne peut pas dire que ma présence soit la bienvenue pour tout le monde...

Elle baissa les yeux, un peu gênée de cet aveu. Il se montra alors désolé, mais très vite, il retrouva son ton plus léger.

— Si vous le souhaitez, je peux vous faire visiter le territoire du Duc. Cela ne me dérange pas et je serai aussi plus rassuré de vous savoir avec moi qu'à la merci du danger, sans protection. Le Duc ne me pardonnerait pas cette erreur !

Aélis grimaça à la réaction éventuelle du Duc.

— Je doute que le Duc vous réprimande...

— Pourquoi dites-vous cela ? demanda Finley, intrigué par autant de scepticisme de sa part. Il est très à cheval sur beaucoup de choses et en particulier sur ce qui lui appartient !

— Je suis ici depuis deux jours et je ne l'ai toujours pas rencontré !

Sa révélation assez tranchante sembla surprendre Finley.

— Oh.

Elle le vit alors réfléchir.

— Il a eu pas mal de petites choses à régler, mais il est disponible depuis plusieurs heures maintenant.

Ils se regardèrent et une nouvelle gêne s'installa entre eux. Finley réalisa que ce qu'il venait de penser tout haut s'ajoutait au désagrément de sa duchesse à propos de son maître.

— Je suis sûr qu'il vous cherche ! lui dit-il pour paraître rassurant alors qu'elle devenait encore plus sceptique.

— Moi aussi ! lui dit-elle alors avec un sourire faussement sincère. Il me cherche autant que j'attends qu'il me trouve !

Elle ne devait pas montrer autant de mépris pour l'homme qui allait devenir dans quelques jours son mari, mais elle était à cran. Elle n'avait rien demandé et ne cessait de subir des désillusions depuis cette visite chez le Roi Mildegarde. Parfois, elle rêvait d'être vraiment une sorcière. Aujourd'hui était un de ces jours où elle rêvait que sa chevelure grise était bien le signe évident de sorcellerie dont on avait pu l'accuser depuis son enfance.

Finley l'observa avec une compréhension certaine, mais non dénuée de compassion.

— Je suis désolé que votre accueil ici soit si teinté de mauvaises surprises.

Le désappointement de Finley laissa à Aélis un sentiment de culpabilité. Elle ne voulait pas gêner le chevalier avec ses états d'âme.

— Ne vous en faites pas pour moi ! rectifia-t-elle rapidement. Dans un sens, ça m'arrange de ne pas rencontrer... cet être... sanguinaire et diabolique.

Son dégoût à ces mots valait autant que la surprise de Finley, puis son amusement. Il se mit à rire tout à coup.

— Je vois que la réputation de notre Duc l'a encore précédée ! Vous savez, il y a l'être et le paraître ! Ne vous fiez pas à l'image qu'il renvoie à ceux qu'il ne connaît pas et encore moins à celle que perçoivent ceux qui ne le connaissent pas. Prenez cela comme un conseil pour l'apprivoiser.

— L'apprivoiser ? Comme une bête sauvage ? Oui, eh bien, je n'ai aucune envie de rencontrer la bête.

— Ah ah ! C'est vrai que mon conseil sonne bizarrement ! Mais je vous assure que ses alliés n'ont pas le même traitement que ses ennemis.

Aélis lui sourit poliment, voulant honnêtement le croire, même si le départ entre eux deux semblait raté. Elle caressa la tête de Lutès, comme pour se redonner du courage devant cette adversité qui devait paraître futile comparée à ce que pouvait rencontrer ce chevalier sur les champs de bataille.

— Je vais devoir vous abandonner ! lui dit-elle finalement. Je dois retourner dans mes quartiers... seule... avec ma fenêtre et les oiseaux pour seuls amis !

Finley pouffa devant ses paroles. Aélis rit de bon cœur avec lui. Cela lui faisait du bien de pouvoir se lâcher sur ce qu'elle vivait au quotidien.

— N'hésitez pas à venir caresser Lutès ! Ma licorne sans corne adore les papouilles !

Aélis lui fit un signe de tête reconnaissant.

— Si vous souhaitez vraiment vous faire pardonner de votre précédent comportement discourtois et méfiant envers votre future Duchesse, s'il vous plait...

Elle posa son index devant sa bouche pour lui faire comprendre que leur discussion devait rester entre eux. Il lui offrit un grand sourire charmé.

— À peine rencontrée, et je suis déjà dans les secrets de ma Duchesse. Je suis un homme comblé ! Promis !

Il posa son index devant sa bouche, en réponse, pour confirmer le pacte. Aélis s'inclina légèrement pour se soustraire ensuite à sa vue. S'il répétait leur discussion, elle saurait que Finley ne serait jamais une personne en qui elle pourrait avoir confiance. Elle devait tester les gens pour savoir qui pouvaient réellement devenir ses alliés ou ses ennemis. Elle n'avait pas beaucoup de choix pour l'instant. Finley s'inclina à son tour, tel le chevalier obéissant qu'il se devait d'être.

— Si vous souhaitez une escorte, je serai honoré de vous servir, Ma Dame !

— Merci, Finley.

— Oh ! Et...

Il lui sourit avec gentillesse.

— J'adore vos cheveux !

Finley put lire une certaine surprise sur son visage, puis le poids difficile de cette particularité sur son quotidien par son regard perdu dans le vide malgré un petit sourire.

— Mais... je n'ai rien vu et rien dit ! s'empressa-t-il d'ajouter pour confirmer leur secret. Je ne vous ai même pas rencontrée !

Aélis se mit à rire et le quitta avec gratitude.

5
Une vie
pour une autre

Sa rencontre avec Finley avait fait du bien au moral d'Aélis. Elle n'avait pas ressenti de défiance chez lui, du moins pas comme avec certains domestiques du château. Cela la soulagea de pouvoir enfin rencontrer une nouvelle personne, en plus de Mills, ne la traitant pas comme une femme arriviste ou une entremetteuse. Finley ne l'avait pas non plus jugée avec dégoût ou crainte au moment où elle avait perdu sa capuche. Il n'avait pas accentué son hostilité ou montré une nouvelle méfiance en découvrant sa différence, à la vue de sa chevelure si spéciale. Elle avait pu respirer un peu mieux ensuite, même si ce chevalier restait en période de test à ses yeux. Elle avait apprécié leur discussion légère, malgré son statut de duchesse. Malgré tout, elle espérait sincèrement pouvoir compter sur lui et qu'il n'avait pas feint une comédie pour mieux la trahir derrière.

Aélis rentra donc au château pour regagner sa chambre, l'esprit plus léger. Elle retrouvait un peu d'espoir dans sa vie si chaotique. Plus elle repensait à leur discussion, plus elle se demandait s'il était vraiment son bras droit et à quel point Finley avait une complicité avec le Duc. Après tout, il avait dû partager nombre de batailles avec lui et sans doute les atrocités liées à sa réputation. Pourtant, à première vue, Finley semblait assez jovial et loin d'être un chevalier sans pitié. Qui croire alors ?

Tout cela lui triturait les méninges. Mais cette réflexion tourna court lorsqu'elle arriva devant la grande porte du château et qu'elle vit les deux gardes à terre, l'un visiblement mort, le second à genoux, prêt à être exécuté par la grosse épée d'un guerrier couvert de la tête aux pieds par son armure. Mais ce qui la refroidit le plus fut l'armure elle-même. Fidèle aux descriptions de la rumeur : un casque noir et de longs poils en guise de crinière.

Elle frémit. Le doute avait peu de place quant à l'identité du guerrier. Il y avait quelques soldats autour, observant l'exécution ainsi que quelques badauds, résignés à voir leur seigneur accomplir ce qui semblait être un châtiment. Et puis, elle aperçut Mills, le visage désolé.

— Voilà donc mon futur mari en chair et en os... murmura-t-elle à elle-même.

Elle ne put que reconnaître l'imposante carrure que cette armure lui conférait, cette puissance palpable par l'ambiance mortifère qu'il dégageait. Elle déglutit et se figea. Pouvait-elle rentrer au château en passant à côté de lui sans prêter attention à ce qu'il se passait ? Il était évident que non. Plus important : pourquoi un garde était à terre et pourquoi menaçait-il de son épée le second pourtant à genoux ?

Elle ne savait pas quoi faire. Aller au contact ou attendre que la situation s'efface de ses yeux ? Plus elle regardait Mills tentant de parler au Duc, plus elle comprenait qu'il essayait de raisonner son seigneur. Pourquoi était-il en colère contre ces deux gardes ? Quelle erreur avaient-ils commise ? Elle se raidit un peu plus, en redoutant la raison.

— Est-ce moi la cause de tout cela ? Ma disparition du château sans escorte ?

Elle se précipita sans réfléchir devant le château. Elle monta les marches de l'escalier, sans vraiment penser aux conséquences et la respiration saccadée, puis attrapa le bras de ce guerrier menaçant. Pouvait-elle penser qu'elle pouvait l'arrêter dans son exécution ? C'était d'une stupidité évidente ! Et pourtant, elle stoppa son geste en se glissant sous son épée et en retenant de ses deux mains la garde de son glaive alors qu'il s'apprêtait à le laisser tomber sur ce pauvre homme. Les yeux fermés, elle n'osa pas regarder le résultat. Avait-elle pu le retenir suffisamment ? Lorsqu'elle ouvrit les yeux, elle vit deux iris rouges. Un rouge sang qui la liquéfia sur place au point de reculer et trébucher. Elle se retrouva les fesses au sol sans comprendre pourquoi elle se sentait paralysée devant ce regard. Sans vraiment le vouloir, elle tremblait. Cet homme lui faisait peur. Elle entendait Mills lui crier avec surprise « Madame, vous revoilà enfin ! », mais sa voix lui paraissait lointaine. Elle était happée par ce regard froid, intense, envoûtant. Rouge passion, rouge colère ou rouge assassin, elle n'arrivait pas à décrocher ses yeux de ces deux pupilles qui la fixaient. Mills vint alors s'interposer entre le Duc et elle, et se pencha pour la relever. Elle le contempla d'un air hébété. À vrai dire, elle n'arrivait plus à bouger. Ses jambes étaient aussi flageolantes que son cœur. Elle était une brindille face à un immense chêne. Elle se sentait minuscule, minable, tel un rongeur devant la superbe que dégageait le rapace prédateur, le Duc Callum Callistar. Elle ne voyait rien de son visage hormis ses yeux, mais elle sentait la colère, la rage brute, l'envie de destruction. Une aura rouge et noire l'entourait, prête à l'engloutir. Elle en venait à se dire que cette puissance magique allait la tuer avant son épée.

— Madame, ne vous interposez plus ainsi ! Vous auriez pu être blessée !

Mills la fit revenir un peu à la réalité. Elle regarda un instant son corps. Effectivement, elle n'avait pas de blessures apparentes alors qu'elle avait l'impression d'avoir été broyée par ses deux iris rouges. Son regard dévia ensuite vers le second garde. Il semblait toujours en vie, mais complètement sonné également. Sa vie venait de prendre un répit inattendu grâce à elle, mais pour combien de temps ? Ses yeux allèrent alors vers son bourreau et elle trembla à nouveau. Il avait baissé son épée, mais ses yeux restaient toujours rivés sur elle. Mills lui parlait avec délicatesse, pour qu'elle reste ancrée à lui plutôt qu'à l'homme qui lui servait de maître. Elle se laissa tirer vers le haut pour se relever, mais elle ne se sentit pas de taille. Le Duc Callistar l'horrifiait et elle réalisa combien la rumeur était fondée quant au côté terrifiant.

— Venez ! Ce n'est pas un spectacle auquel une dame de votre rang doit assister.

Elle sentit Mills la tirer loin de la scène, mais ses pieds refusèrent de quitter les lieux.

— Pourquoi doit-il mourir ? Qu'a-t-il fait ? eut-elle la force de demander.

Dans un état second et prise d'un élan de justice lui donnant la force de s'arracher de la poigne de Mills, elle se hâta de s'interposer une nouvelle fois entre le garde et le Duc. Les bras en croix, elle se posa en bouclier tout en réalisant difficilement que cet acte risquait de la mener à la mort, avec celle du garde. Pourtant, elle restait droite et fière.

— Cet homme a failli à sa mission !

La voix du Duc arriva enfin à ses oreilles. Elle était grave, ferme, assurée. Ses premiers mots qu'il lui adressait n'avaient rien de gentils, polis ou désolés.

— Un intrus est entré sans permission ? creusa-t-elle malgré tout, essayant de garder le flegme lié à son rang.

— Vous êtes sortie du château sans autorisation ! lui répond-il tout aussi flegmatique sous son armure.

— Madame, vous avez quitté le château sans prévenir ! intervint Mills, contrit. Vous ne devez pas sortir sans escorte. Les gardes ont aussi pour rôle de vous protéger, or ils vous ont laissée quitter le château sans réagir.

Elle jeta un coup d'œil vers le corps à terre du premier garde. Cet homme était donc mort par sa faute. Parce qu'elle avait voulu jouir d'une liberté qui n'aurait pas dû être possible. Son sang se répandait au sol et elle en avait la nausée. Une vie éteinte à cause de ses envies d'indépendance. Elle se tourna alors vers le second garde, derrière elle et toujours à genoux. Il la fixa à la fois avec reconnaissance, peur et admiration. Elle se retrouvait à la croisée du protocole de la noblesse, entre être la protectrice des habitants d'Althéa et être la cause des sacrifices portés pour protéger cette noblesse qu'elle représentait. Elle serra les dents. Cette situation lui déplaisait lourdement. Si elle avait eu conscience de ce que pouvait représenter le protocole grâce à l'éducation qu'elle avait eue durant sa jeunesse, aujourd'hui, elle en cernait réellement les enjeux.

— Je refuse que cet homme soit exécuté ! cria-t-elle alors. S'il y a quelqu'un à punir, c'est moi !

— Madame ! s'offusqua Mills, comme si ses propos étaient inconcevables dans la bouche d'une dame.

Et pourtant, elle maintint sa position.

— Cet homme est sous ma protection désormais ! S'il doit me protéger, je le protègerai aussi !

Le Duc la fixa de ses yeux rouges sans bouger. Elle sentit couler sur elle une forme d'intérêt teinté d'agacement dû à cette insubordination déplaisante, mais elle se devait de sauver cet homme.

— Si vous touchez à l'un de ses cheveux, je peux vous assurer que le Chevalier de Sang va goûter à la colère de la Duchesse Vengeresse !

Le Duc tout à coup relâcha sa garde et s'esclaffa. Son aura rouge et noire disparut. Sans doute avait-elle exagéré sur le surnom qu'elle s'était donnée et qui pouvait paraître ridicule, d'autant plus qu'elle demeurait un poids plume face à cet homme, mais elle avait ses convictions pour elle. Il pouvait certes la faire taire d'une claque bien sentie sur le visage, mais elle espérait pouvoir garder sa volonté de protéger ce garde comme acquise.

Mills la dévisagea, incrédule. Sans doute, n'imaginait-il pas une dame de cet acabit comme maîtresse, mais c'était ainsi ! Il était hors de question pour elle que l'on exécute un homme à cause de ses caprices de duchesse.

— Voilà donc celle qui doit devenir ma femme ! put-elle entendre alors sous le heaume du Duc.

— Enchantée ! lui répondit-elle de façon altière. Voici donc mon futur époux ! Il était temps ! Je me suis résolue à vous chercher dans tout Althéa puisque vous m'ignoriez ! J'ai même failli me perdre à force de vous attendre et d'espérer vous rencontrer !

Aélis savait bien que ses provocations allaient attiser davantage sa colère, mais elle se rendait compte que la sienne avait besoin d'être extériorisée, Duc sanguinaire ou pas !

— Heureusement, j'ai pu retrouver mon chemin jusqu'au château ! ajouta-t-elle avec sarcasme.

— Madame, s'interposa Mills, votre retour nous soulage aussi. Peut-être êtes-vous fatiguée et désirez-vous vous détendre autour d'une collation ?

— Effectivement ! approuva le Duc. Il vaudrait mieux que vous lui offriez une collation plutôt que je lui offre mon épée sur ses nobles fesses pour calmer son esprit belliqueux !

Il baissa alors sa tête vers le garde à genoux tandis qu'Aélis s'offusquait de sa menace.

— Il semble que ton heure ne soit pas venue, Garde. Tu peux t'estimer être un miraculé. Tu es bien l'un des rares dont j'épargne la vie. Tu as tout intérêt de donner à présent ta vie entière à cette Dame.

Le garde se prosterna alors au sol en remerciement de la clémence de son maître. Le Duc s'avança alors vers sa future épouse et Aélis sentit à nouveau toute son aura l'entourer.

— Ne pensez pas que ma clémence se reproduira. Mon indulgence d'aujourd'hui est seulement mon cadeau de bienvenue ici. Il n'y en aura pas d'autres.

Il passa alors à côté de sa promise et s'éloigna vers l'intérieur du château. Son avertissement résonna en elle comme une menace glaçante la renvoyant à son statut de femme inutile, simplement bonne à perpétuer la lignée. Elle laissa retomber ses bras puis sentit les larmes lui monter aux yeux. Ses jambes l'abandonnèrent définitivement et elle s'écroula au sol une nouvelle fois. Mills vint à elle, inquiet, ainsi que le garde à qui elle avait sauvé la vie.

— Madame la Duchesse, est-ce que ça va ? lui demanda le garde.

Elle le contempla dans un état second. Elle réalisa combien cette confrontation l'avait lessivée et combien le Duc était un homme terrifiant. Mills lui tendit un mouchoir en tissu pour essuyer les larmes qui dévalaient ses joues. Le garde se prosterna alors devant elle.

— Merci, Duchesse, d'avoir sauvé ma vie...

6

Aller de l'avant...

Aélis n'avait pas dormi de la nuit. Des images du Duc et de ses yeux rouges s'immisçaient dans ses rêves et elle se réveillait systématiquement. Cette rencontre l'avait ébranlée. Elle avait peur. Elle avait comme cette impression malsaine qu'il était constamment derrière son dos, prêt à lui enfoncer son épée dans le corps. Cela la terrifiait. Elle en arrivait à avoir des sueurs froides. Elle imaginait combien le garde de l'entrée du château avait dû se sentir mal, aussi bien pour sa propre vie que pour la sienne. Sampa, son prénom, lui devait la vie et elle ne doutait pas qu'il agirait en conséquence, même si elle ne lui demandait rien en retour. En vérité, même s'il le faisait en retour pour l'acte héroïque qu'elle avait eu pour le sauver, il le faisait aussi et surtout pour la satisfaction de son seigneur. Le Duc avait été clair : il devait sa vie à sa duchesse. C'était bel et bien un avertissement auquel il n'y avait pas de seconde chance de survie possible s'il échouait. Si elle n'aimait pas sa position actuelle, empêtrée dans un mariage qu'elle ne souhaitait pas, ce pauvre Sampa devait encore moins aimer la sienne et cela la navrait. Elle détestait ce type de pression où il n'y avait aucune issue favorable.

Elle décida de quitter sa chambre. Elle étouffait à nouveau et elle n'avait pas la patience d'attendre l'arrivée matinale d'Éliette. Elle traversa donc les couloirs, en tenue de nuit, et se rendit vers les cuisines. À se réveiller sans cesse, elle en avait faim ! Même si elle commençait à bien se repérer dans le château, elle n'avait pas encore eu l'opportunité de voir à quoi ressemblaient les cuisines. À vrai dire, ce n'était pas un lieu où devait se trouver une châtelaine, mais tant pis. Elle croisa des domestiques, étonnés de la trouver dans leurs quartiers, mais aucun n'osa l'interpeller. Elle arriva dans la cuisine et un long silence s'en suivit lorsque l'on s'aperçut de sa présence.

— Bonjour ! déclara-t-elle doucement. Je suis Aélis De Middenhall... Je suis la promise du Duc et...

Elle se tut alors, tandis qu'on la dévisageait. Aélis réalisa combien sa présence était gênante en ce lieu et combien sa chevelure non cachée de tous en cette heure si matinale devait aussi les troubler. Elle passa timidement sa main dans ses cheveux.

— Je voulais savoir si... vous n'auriez pas quelque chose à grignoter ?

Une femme de forte corpulence regarda l'heure, puis l'état de la cuisine. Aélis s'empressa alors de rassurer tout le monde.

— Je suis désolée d'arriver à une telle heure avec une telle demande, mais j'ai très mal dormi et...

— Vous avez faim ! continua la dame.

Aélis lui sourit timidement, mais navrée.

— Vous nous prenez un peu au dépourvu à cette heure-ci, car nous prenons à peine notre service de la journée, mais nous allons vous trouver rapidement quelque chose à mettre dans votre estomac. Allez dans la salle à manger, nous allons nous occuper de vous.

Aélis regarda la grande table en chêne au milieu de la cuisine.

Des légumes y trônaient, ainsi que de la vaisselle propre, des torchons et des épices.

— Puis-je m'installer plutôt à cette table ? Je ne veux pas déranger tout le monde pour un service !

— Madame, votre place n'est pas dans les cuisines, voyons ! répliqua la femme. Vous allez vite être déconvenue par l'agitation.

Elle observa les autres domestiques de cuisine qui la contemplaient avec inquiétude. Il était clair qu'elle les effrayait du fait de son statut de noble, puis sans doute par la couleur de ses cheveux, bizarres pour son jeune âge. Ils avaient sans doute peur de ses possibles réactions.

— Madame, lui dit alors Aélis de façon contrite, je crois que je n'ai pas très envie... de rester seule.

Elle prit un air triste auquel la femme sembla faillir.

— Tengri, aide à installer Madame à notre table. Lotis, prépare un bouillon. Eruca, cours voir si le boulanger a du pain de préparé malgré l'heure. Les autres, au boulot !

Chacun s'affaira à sa tâche et Tengri vint à elle pour lui présenter le long banc longeant la table. Tout était orchestré avec efficacité. La dame qui semblait être la cheffe des cuisines cria des ordres et les casseroles lui répondaient dans un vacarme incroyable. C'est une symphonie de bruits assez déroutante, mais très agréable à écouter et à observer. Voir du monde retrouver ses aises lui faisait du bien. Très vite, des couverts apparurent devant elle et on lui servit un peu d'eau. Une domestique dont elle ignorait le nom s'occupa de couper des légumes sur la table devant laquelle elle était assise avant de les donner à Lotis.

— Pardonnez-moi, Madame, mais je n'ai pas d'autre endroit pour couper les légumes ! déclara la domestique, tracassée de paraître irrévérencieuse.

Aélis lui sourit.

— Faites ! Ne vous souciez pas de ma présence.

En vingt minutes, son bouillon vint chatouiller ses narines et elle se sentit heureuse. Eruca arriva alors, essoufflée, et déposa le pain tout chaud du boulanger sur la table. La cheffe en coupa alors

un morceau qu'elle déposa à côté de son assiette.
— Bon appétit, Madame. Nous allons vous laisser manger.
— Oh non ! s'écria alors Aélis. Vous pouvez vaquer à vos tâches. Ne vous retardez pas à cause de moi ! Faites comme si je n'étais pas là !
Ses remarques semblèrent vraiment surprendre tout le monde. Elle sentit la gêne autour d'elle. Elle pouvait comprendre leur méfiance, mais elle n'avait pas envie de se battre ce matin. Son entrevue avec le Duc la veille lui avait suffi.
— Madame, il nous est impossible d'ignorer votre présence. Cela va contre le protocole.
Aélis baissa les yeux. Elle les indisposait, elle en était consciente.
— Dans ce cas, disons que je viens inspecter votre façon de travailler. Je peux trouver une excuse à ma présence en ces lieux si vous le souhaitez, cela sera moins gênant peut-être.
La cheffe des cuisines sonda son comportement un instant, puis sourit.
— À votre aise, Madame. N'hésitez pas à nous solliciter si vous avez besoin de quelque chose.
Aélis lui renvoya sa bienveillance avec soulagement et se saisit de la cuillère pour porter le bouillon tout chaud à ses lèvres.
— Mmmh ! Ça fait du bien ! Merci !
— À votre service, Madame !
— Puis-je vous demander votre nom ? osa demander Aélis.
La cheffe écarquilla les yeux, surprise sans doute par cette familiarité qu'elle osait adopter. Du moins, cette distance qu'elle réduisait volontairement entre elles deux.
— Je m'appelle Sativa.
— Enchantée, Sativa ! Je suis heureuse de goûter le bouillon de vos subalternes et le pain ramené par Eruca de chez le boulanger ! Mon estomac vous dit merci !
Sativa la contempla avec perplexité, comme si Aélis était un ovni parmi les nobles. Cette dernière se contenta de manger en silence. Finalement, Aélis sentit Sativa relâcher ses craintes et se décider à donner les ordres pour la suite de la journée à tout son

petit monde.

Son réveil matinal permit à Aélis de se balader à la fraîche dans les jardins du château, une fois Éliette disposée à s'occuper d'elle. Elle en avait assez de l'apercevoir de sa fenêtre et souhaitait le découvrir de plus près. Le jardin derrière le château était grand, mais de petite taille, comparé à d'autres jardins qu'elle avait pu fouler au gré des invitations de son père dans différents fiefs. Il n'était pas à l'abandon, mais elle nota qu'il y avait peu de fleurs. Était-ce une demande du Duc ? Elle vit aussi peu d'oiseaux. Cela l'étonna un peu. Elle trouva cela dommage. Mais son regard s'attrista surtout lorsque ses yeux se posèrent sur un kiosque. La tonnelle était complètement délabrée, envahie par du lierre qui en étouffait les boiseries. Des tuiles étaient manquantes et remplacées par de grandes toiles d'araignée. Le pavillon était suffisamment grand pour y passer du temps à se reposer ou lire, peut-être même inviter des amis pour un thé. Elle n'avait pas d'amis ici, mais elle imaginait pourtant la quiétude que pouvait offrir ce kiosque. Un endroit de recul, un refuge assez loin du tumulte du château, mais suffisamment près de ce dernier pour être vite disponible. Elle sentit en cet endroit de vieilles histoires, un passé, mais aussi l'oubli.

Pourquoi ce jardin était-il dans un tel état ? Le Duc n'était-il donc pas quelqu'un aimant la nature ?

— Ne rentrez surtout pas à l'intérieur !

Aélis sursauta et se retourna pour voir qui venait de l'avertir. Il s'agissait de Mills.

— Il ne faudrait surtout pas qu'une poutre lâche au moment où vous vous y trouvez dessous !

— Pourquoi est-il dans cet état ? s'enquit-elle.

— Ma foi, personne ne se sert de ce jardin, donc il n'y a aucun intérêt à réellement l'entretenir.

Aélis grimaça. Était-elle donc la seule à se sentir navrée de son état ?

— Dans ce cas, je serai la première ! Serait-il possible de faire venir quelqu'un pour nettoyer les parterres, couper toutes ces ronces et ce lierre qui envahissent les arbres, les murs et ce kiosque ?

— Je vais voir ce que je peux faire… lui répondit Mills tout en s'inclinant.

Aélis lui sourit, ravie de voir sa demande être considérée et non refusée pour une quelconque raison.

— Madame, je viens à vous pour savoir si vous allez bien. Avez-vous bien dormi ?

Son visage surpris devait surprendre également Mills, qui approfondit alors sa pensée.

— Votre état d'hier...

— Oh ! Ça… Sativa vous a parlé de ma venue en cuisine tôt ce matin ? Disons que j'ai du moins bien dormi que le Duc, c'est certain !

Aélis fit une moue contrariée à cette évocation.

— Le Duc dort très peu, vous savez. Il a le sommeil léger et souvent perturbé.

Aélis ne répondit rien à cette remarque.

— Je suis désolé d'apprendre que cette histoire ait troublé votre sommeil…, reprit Mills.

— Ça va aller ! se voulut-elle rassurante. Disons que je ne m'attendais pas à une telle confrontation comme première rencontre...

— Le Duc peut paraître froid et effrayant en armure, mais je suis sûr que vous parviendrez à l'apprécier.

Bizarrement, cette fois-ci, elle avait du mal à croire Mills. Elle soupira et regarda le ciel bleu.

— J'aimerais vraiment partir sur une base de paix plutôt que de guerre avec lui, mais je doute de trouver en lui quelque chose qui m'apaise. Il est très impressionnant.

— C'est vrai. Il fait cet effet aux gens qui ne le connaissent pas et ils sont nombreux. Il entretient sa réputation au-delà de ses faits de guerre. Cependant, ses amis restent très fidèles et voient en lui un homme admirable.

— Ses amis ? Je me demande qui ils sont ? Par moments, j'aimerais bien les connaître... pour le comprendre peut-être et me sentir moins seule.

Son cœur se serra. Il était vrai que son plus gros défi actuel était cette solitude permanente. Ses parents lui manquaient.

— Si vous souhaitez vous confier à quelqu'un de fiable en attendant, il vous reste toujours notre prêtre, à la petite église attenante au château. Il y a un confessionnal, et ce que vous pourrez y raconter restera entre vous et le Tout-Puissant. Vous n'aurez aucun jugement et cela pourra peut-être vous soulager un peu.

Aélis fixa Mills avec surprise. Elle pouvait avouer que cette idée était lumineuse. Elle n'était pas la plus grande des ferventes catholiques, mais ce prêtre pouvait être effectivement sa bouée de salut pour l'instant.

— C'est une très bonne idée ! Merci Mills ! Est-il actuellement à l'église ?

— Oooh, il y a de grandes chances. C'est un jour tranquille aujourd'hui !

7

La force de l'aveu, le pouvoir de la parole.

Depuis que Mills lui avait soufflé la possibilité de la confession comme déversoir de ses tristesses, de ses peurs et de ses doutes depuis son arrivée à Althéa, elle se sentait plus sereine. Un prêtre pouvait lui être de bons conseils et ne la jugerait pas. Du moins, elle l'espérait. Il y avait toujours des hommes de Dieu corrompus, mais elle ne pensait pas que ce soit le cas ici.

Elle avait donc demandé que Sampa l'accompagne à l'extérieur du château. Il avait fallu réorganiser son planning pour le faire remplacer à la garde de l'entrée du château. Elle ne souhaitait pas un autre soldat ou un autre chevalier dont elle ne pouvait juger la fiabilité complète. Elle demeurait méfiante, et Sampa était l'un des rares sur qui elle avait ce sentiment de confiance. Son acte d'opposition face au Duc pour le sauver avait eu du bon, car elle avait réussi à se trouver un nouvel allié.

Même si la distance entre le château et l'église était ridicule, elle préférait éviter une nouvelle effusion de sang à cause de son envie d'indépendance. Elle avait donc sollicité l'aide de Mills pour défaire Sampa de ses fonctions de garde de la porte d'entrée pour qu'il devienne l'un de ses soldats de sortie. Mills comprit sa démarche à vouloir s'appuyer sur une personne qu'elle connaissait. Il trouva ainsi un autre garde et l'avertit que, en rapport avec son statut de duchesse, il lui faudrait un chevalier pour sa sécurité plutôt qu'un simple soldat s'il lui venait à vouloir aller plus loin. C'est ainsi qu'elle apprit que Sampa était un tout jeune soldat et que la garde de l'entrée était déjà un grand gage de confiance en ses compétences. Sampa se trouva honoré de la servir, mais au fur et à mesure qu'ils s'éloignaient des escaliers de l'entrée du château, elle avait vite remarqué son inquiétude grandir. S'il lui arrivait quelque chose, au-delà de sa vie qu'il lui devait, il pourrait avoir affaire au courroux du Duc et ils avaient tous les deux une idée de ce à quoi pourrait ressembler sa colère si un malheur venait à lui tomber dessus. Faisant fi d'une certaine distance voulue par le protocole entre une noble et un soldat, elle s'accrocha donc à son bras, à la fois pour le rassurer et pour asseoir sa mission de sécurité jusqu'à l'église.

L'église était très sobre dans sa présentation. Rien à voir avec la cathédrale de la capitale d'Avéna qu'elle avait eu l'occasion de visiter. Cependant, elle avait de très beaux vitraux de chaque côté, laissant passer la luminosité et donnant un côté très chaleureux, malgré le silence conférant au lieu quelque chose de solennel. Sampa s'assit alors en bout de rangée pour l'attendre tandis qu'elle se dirigeait vers le confessionnal.

Elle attendit cinq bonnes minutes avant que le prêtre la rejoigne.

— Bonjour mon enfant. Le Seigneur vous écoute.

— Bonjour, mon Père. Je viens à vous parce que... j'ai péché d'orgueil.

Aélis jeta un œil à travers le grillage la séparant du prêtre. Elle pouvait deviner sa silhouette, mais les trous restaient trop petits pour en souligner les détails du visage de l'homme d'Église.

— L'orgueil... Aaaah ! C'est le péché le plus discutable en mon sens. On peut perdre toute moralité, tout sens éthique ou même tout

bon sens par un trop-plein d'orgueil et c'est certes un mal, mais il peut aussi développer votre force de caractère et votre intuition. Il peut aussi vous construire positivement. En quoi estimez-vous qu'il y ait péché dans votre cas ?
— Mon père, ma situation est délicate.
— Je vous écoute.
— Je dois être mariée à un homme que je n'aime pas, qui a la réputation d'être effrayant et sans cœur. Jusqu'à présent, j'ai tenté de garder un visage imperturbable, pour montrer combien je pouvais être forte, fiable, digne des attentes qu'on avait à mon sujet, et ce, malgré la peur de l'inconnu avec cet homme... mais hier, mon orgueil de vouloir être écoutée, entendue, considérée, m'a fait tenir tête à mon futur mari au sujet de quelque chose qui me semblait important de défendre et je crois que cette vague d'orgueil va aujourd'hui me coûter plus cher que si je m'étais agenouillée ou m'étais tue.

Le prêtre réfléchit avant d'émettre un avis.

— Peut-on parler d'orgueil lorsque l'on tend à défendre une opinion ? Est-ce faire preuve d'orgueil si ces convictions ont une légitimité, une cohérence, une pertinence pouvant changer l'ordre établi ? On ne peut pas toujours aller contre ses convictions. Elles font aussi notre personnalité. Si vous avez estimé que ce que vous nommez « orgueil » servait une bonne cause, alors il n'y a pas à regretter. Est-ce le cas ?

Aélis se tritura les doigts.

— Je me suis opposée à l'exécution d'un homme. Donc j'estime que c'est une raison valable de m'opposer à mon mari. Seulement, j'ai aussi mis en doute son commandement.

Quelques secondes de silence suivirent avant que le prêtre reprenne.

— Notre Seigneur Tout-Puissant ne vous punira pas de votre acte. Risquer sa vie pour sauver celle d'une autre personne est un acte plus que louable. Il vaut mieux sauver que tuer. Tuer est le plus grand des péchés. Vous avez aussi sauvé votre mari du châtiment divin en même temps que cet homme.

— Je crains que mon mari ne soit plus un homme à sauver. Il a déjà ôté des vies.

— Il faut aussi des hommes de main au service de Dieu pour punir les criminels.

Aélis se tourna vers le prêtre, plutôt abasourdie par ses propos allant à l'encontre du droit à la vie pour tous et d'un Dieu, symbole de vie et de paix.

— L'essentiel finalement n'est-il pas que cette fois-ci deux hommes aient pu éviter un châtiment ? reprit le prêtre.

Aélis secoua la tête pour tenter de reprendre le fil de leur discussion.

— Sans doute. Seulement, j'ai peur aujourd'hui de mon mari, plus qu'avant. J'ai tendance à penser que sauver une vie a mis ma propre vie en sursis.

— Un mari n'a pas d'intérêt à tuer sa femme. Un mariage est avant tout un acte de réunion, non de séparation. Démontrez à votre mari que votre geste n'était pas contre lui directement, mais pour la sauvegarde d'une vie, pour quelque chose de plus universel. Parlez-lui de ce que vous ressentez. Cette divergence peut devenir un prétexte pour vous rapprocher et effacer cette peur initiale. Il n'est jamais trop tard pour contrebalancer votre orgueil par de la tendresse, de l'amour, du partage et assainir la situation.

Aélis s'esclaffa.

— De l'amour et du partage ? Avec lui ? On voit bien que vous n'avez pas idée de qui est mon mari !

Elle rigola bien en pensant à cette possibilité grotesque. Le prêtre ne s'en offusqua pas et approfondit son idée.

— L'amour apparaît là où on ne l'attend pas. Dieu accorde toujours sa bénédiction à ceux qui font un acte de bravoure et ont un esprit sain. Je suis persuadé qu'il vous récompensera tôt ou tard pour cela. Il n'y a pas de don de soi sans retour. Soyez patiente, ouverte aux signaux de Dieu et tentez de limiter l'orgueil en vous. Vous verrez, tout ira bien. Commencez par vous excuser auprès de votre mari d'avoir bravé son courroux et dites-lui que ce n'était pas contre lui personnellement, mais plutôt pour une cause qui vous semblait importante. La discussion amène souvent à des solutions. Laissez votre cœur parler !

Aélis grimaça. Parler pour dissiper ses peurs. Cette solution lui semblait une cause tout aussi perdue que le pardon de Dieu pour les actes mortels de son mari.

— Très bien, mon Père... Si un jour, il daigne me parler, j'y songerai.

— Ne vous découragez pas. La vie est faite de tests. Votre mari est une épreuve de Dieu pour vous guider vers la paix et le bonheur. Récitez trois fois « Notre père » et respirez ! Allez le trouver et débloquez cette situation qui vous mine. Dites-lui ce que votre cœur souhaite entendre.

— Bien, mon Père. Merci pour vos conseils. Je vais en prendre attention.

Aélis sortit du confessionnal avec un sentiment bizarre dans le cœur. On disait souvent que les voix de Dieu étaient impénétrables ; elle devait avouer qu'elle n'avait pas vraiment compris quelle voix elle devait entendre, hormis celle de l'ouverture à la parole. Parler à son mari pour désamorcer son envie de lui planter une épée dans le cœur ? Elle doutait que cela suffise tant sa relation avec le Duc avait mal démarré.

Elle s'en alla retrouver Sampa d'un pas indécis. Elle avait comme l'impression d'avoir raté quelque chose. Ils sortirent de l'église et Sampa remarqua sa contrariété.

— Vous ne semblez pas heureuse, Madame ? lui dit-il alors. Tout va bien ?

— Connaissez-vous le prêtre de cette église, Sampa ? Lui avez-vous déjà parlé ?

— Pas personnellement, mais le prêtre Cléry est très connu ici. Tout le monde l'admire et se sent en sécurité avec lui.

— Vraiment ?

Son étonnement surprit un peu Sampa.

— C'est un homme d'Église. Pourquoi n'y aurait-il pas homme

plus sûr, sécurisant, que lui ? Il vous a dit quelque chose de déplaisant ?
— Non, pas vraiment... Disons qu'il a répondu comme un prêtre...
— Dans ce cas, qu'est-ce qui vous chagrine ?
— Je ne sais pas... Peut-être en attendais-je autre chose...
— Autre chose ?
Sampa se mit à rire.
— Vous étiez en confessionnal, Madame ! Il ne pouvait faire autre chose que vous conseiller !
— Oui, vous avez raison. Que peut faire un prêtre hormis prêcher ?
Sampa la dévisagea à nouveau.
— Vous semblez un peu réticente au fait religieux ? N'êtes-vous pas croyante ?
— Disons que dernièrement, je suis un peu fâchée contre le Tout-Puissant. On ne peut pas dire qu'il m'épargne !
Sampa lui sourit.
— Vous n'avez donc aucune idée de qui est le prêtre Cléry ?
Cette fois, c'est Aélis qui resta circonspecte devant lui. Sampa lui sourit mystérieusement.
— Vous le saurez bien assez tôt puisque vous allez devenir la Duchesse d'Althéa... Croyez-moi, le prêtre Cléry est un homme de foi qui fera tout pour votre bien-être !

8

Ma vie
pour vous protéger.

Sampa et Aélis avancèrent vers le château lorsqu'Aélis remarqua la présence d'une tête familière. Finley était en train de discuter avec une jeune femme, accoudé à une charrette. Visiblement de bonne humeur, il semblait lui faire la cour. Elle sourit et invita Sampa à la suivre en silence. Elle se posta dans son dos et lui chuchota à l'oreille d'une voix sévère quelques mots.

— Chevalier, est-ce ainsi que vous vous assurez de la sécurité des habitants d'Althéa ?

Finley sursauta et se retourna immédiatement. Aélis lui sourit de façon satisfaite.

— Aélis ! Enfin ! Je veux dire... Duchesse !

Il s'agenouilla immédiatement, le poing droit au cœur et l'autre dans le dos.

— Veuillez pardonner mon attitude si elle vous a dérangée d'une quelconque façon.

Aélis se mit à rire.

— Je vous taquine !

Sampa s'inclina devant Finley pour le saluer. Aélis jeta alors un regard à la jeune femme qui l'accompagnait et qui restait debout, sur la défensive.

— Prenez bien soin de lui ! lui déclara Aélis, bienveillante. Il aura une bonne raison de rentrer vivant après chaque combat pour Althéa.

— J'en ai déjà une, Ma Duchesse ! intervint Finley. Celle de pouvoir vous revoir et vous servir encore et toujours !

La jeune femme attrapa le bras de Finley pour le redresser et lui parler à l'oreille, le regard vers Aélis plutôt suspicieux.

— Fin, pourquoi tu t'inclines devant cette femme et l'appelles-tu Ma Duchesse ? lui chuchota-t-elle à l'oreille.

Finley la tira vers le sol pour qu'elle s'incline également, en appuyant sur sa tête à l'aide de sa main. Elle poussa un petit cri surpris devant la poigne incroyable de Finley pour la faire obéir.

— Veuillez accepter mes excuses ainsi que les siennes. Elle n'est pas au fait de votre situation, mais je vous promets d'en informer ma sœur rapidement.

— C'est votre sœur ? s'exclama alors Aélis, confuse. Oh ! Enchantée ! Relevez-vous, je vous en prie !

Aélis l'exhorta à se redresser en tirant sur son bras.

— Je suis Aélis De Middenhall ! Pardonnez-moi également, je pensais que vous étiez l'élue de son cœur !

La sœur de Finley regarda successivement son frère et Aélis, ne comprenant toujours pas pourquoi son frère faisait autant de simagrées pour cette femme. Elle examina plus attentivement sa robe. Elle était belle, mais pas des plus extravagantes en matière de dorures, perles, ou broderies. Seule sa posture altière pouvait laisser penser qu'elle était noble.

— L'élue de son cœur ? Pfff ! se mit à rire la jeune femme. Pour rien au monde, je ne conseillerai mon frère comme mari à mes amies ! Mon frère n'a pas qu'une chérie ! Il en a plusieurs ! Sa fidélité n'est pas sa grande qualité ! Je vous déconseille de lui confier votre cœur !

— FRIEDA ! cria Finley, mal à l'aise à la suite des propos irrespectueux de sa sœur. Ne l'écoutez pas, Ma Duchesse, je suis infidèle aux autres, mais ma fidélité envers vous est évidente.

— Quoi ?! Arrête ton char en jouant le mielleux et en l'affublant d'un titre honorifique pour qu'elle soit charmée par tes belles paroles ! Tu es peut-être mon frère, mais la solidarité féminine prédomine ! Bourreau des cœurs ! Ne le croyez pas !

Aélis ne cacha pas sa stupeur face aux aveux de Frieda, puis se mit à rire.

— Merci pour le conseil ! Je ne le pensais pas si frivole, mais j'en tiendrai compte dorénavant.

— Duchesse, je suis vraiment désolé des propos de ma sœur ! cria solennellement Finley tout en se redressant d'un coup et se mettant au garde-à-vous. Elle sera corrigée pour son insubordination et son irrespect. Quant à moi, je vous jure de ma fidélité éternelle !

— MAIS QUOI ?! s'agaça réellement Frieda. Arrête tes simagrées pour la séduire ! Je lui rends service et je dois en plus être punie ?

Finley se tourna vers sa sœur, franchement navré de sa bêtise.

— Tu ne comprends pas quoi quand je l'appelle Duchesse et que je m'aplatis devant elle ? lui vociféra-t-il tout en montrant de sa main Aélis. C'EST LA FUTURE DUCHESSE D'ALTHÉA !

La voix de Finley porta à un tel point que les habitants alentour se tournèrent vers eux et dévisagèrent Aélis qui tira un peu plus sur sa capuche pour qu'on ne voie pas ses cheveux.

— Si je voulais rester discrète, c'est raté ! chuchota-t-elle. Merci Finley !

— Oups ! J'ai oublié le secret ! répondit Finley, réalisant sa maladresse.

Il se tourna vers les badauds et s'écria : « C'est LA FUTURE KERMESSE D'ALTHÉA ! ». Il se mit à rire et ajouta qu'il réfléchissait à un stand pour initier les enfants à l'épée. Lorsque les habitants reprirent leurs occupations, peu intéressés par les frasques de Finley, Aélis relâcha la tension. Frieda fixa Aélis un instant et comprit sa bourde.

— C'est vous qui allez épouser le Duc ? La rumeur est donc vraie ? Pardonnez mon ignorance, Madame ! Je ne voulais pas vous offenser en prétendant que vous aviez une liaison avec mon frère...

Frieda s'inclina à nouveau, mais Aélis se précipita sur elle pour l'en empêcher. Elle ne tenait vraiment pas à être repérée.

— OUI, BON, PASSONS ! coupa Aélis tout en haussant la voix également afin d'éviter le début d'une rumeur à travers Althéa à propos de la future Duchesse et de son chevalier amant.

Aélis tenta de sourire innocemment aux badauds qui les regardaient de temps à autre et se contenta de les saluer d'une légère inclinaison de tête. Finley les emmena alors toutes les deux à l'écart des regards, suivi de Sampa.

— Pardonnez mon IDIOTE de sœur ! murmura Finley, énervé. Je suis sincèrement désolé DE SA STUPIDITÉ AVÉRÉE.

— Un malentendu arrive à tout le monde ! le rassura Aélis.

Frieda pesta.

— Je vous promets que cela ne se reproduira plus ! Je l'aurais tuée d'ici là ! marmonna Finley tandis qu'Aélis se mit à rire de les voir tous les deux se quereller ainsi.

— C'est toi l'idiot qui crie à qui veut l'entendre que Notre future Duchesse est avec nous ! rétorqua Frieda.

Cette fois-ci, ce fut Finley qui pesta et Aélis s'en amusa davantage.

— Je suis contente de vous avoir croisé, Finley ! Vous m'avez redonné le sourire, cela pardonne tout !

Finley scruta plus attentivement le visage d'Aélis pour tenter de comprendre où était sa tristesse ou sa contrariété qu'il aurait réussi à effacer.

— Ma Duchesse, si vous permettez...

Il attrapa sa main et y déposa un baiser sur le dessus.

— Je serai toujours là si vous souhaitez vous divertir ou reprendre moralement des forces.

Aélis se trouva touchée par ses mots. Elle se sentait presque désolée de s'être présentée si pessimiste la minute d'avant. Sampa rejoignit tout à coup Finley pour se poster à ses côtés, le poing sur le cœur et l'autre dans le dos, la stature droite.

— Vous pouvez également compter sur moi, Ma Duchesse. Je n'ai pas le quart des compétences de Maître Finley, mais je ferai tout pour que la vie vous soit des plus agréables.

Finley regarda Sampa d'un air douteux, se demandant ce que venait faire ce jeunot à ses côtés.

— Maître Finley ? répéta alors Aélis, interloquée par cette appellation.

— Oui, Maître Finley est une légende au sein des chevaliers et des soldats, et un grand instructeur !

— Vraiment ? répondit Aélis, admirative. Vous êtes donc une figure connue d'Althéa, Finley ?

— Arrêtez ! Vous allez me faire rougir ! s'exclama alors Finley, dédramatisant sa réputation.

— C'est le bras droit du Duc Callistar et l'un des plus forts chevaliers d'Althéa ! renchérit Sampa.

Frieda sourit, en voyant Sampa si admiratif de son frère.

— Maître Finley est l'exemple même à suivre ! continua Sampa.

Aélis considéra Finley d'une autre manière. Elle comprit à présent pour quelles raisons il était devenu le bras droit du Duc. Il semblait être un chevalier aguerri, avec une réputation certaine. Cela contrastait même avec la légèreté qu'il pouvait avoir par moments. Elle imaginait difficilement ses qualités de combattant malgré les dires de Sampa.

— Oui, bon, ça va, le léchage de bottes ! reprit Finley. Tu n'as pas autre chose à faire, le jeunot ? Pourquoi es-tu là ?

— Je suis au service de notre Duchesse. Je l'accompagne pour assurer sa sécurité.

— Vraiment ? fit Finley, incertain. Eh bien, tu as intérêt à bien assurer tes fonctions, car à défaut des représailles du Duc, ce seront les miennes que tu recevras !

Sampa se raidit en écoutant l'avertissement grave de son supérieur. S'il n'avait déjà pas assez de la pression du Duc concernant la vie de la Duchesse, Finley venait d'en rajouter une aussi importante à tenir sur ses frêles épaules. Pourtant, il ne se

démonta pas.
— Ma vie lui est dédiée, Maître ! Je ne faiblirai pas ! Seule ma mort pourra m'empêcher de la protéger !
Finley lui donna une grande tape dans le dos qui déstabilisa la rigueur que Sampa voulait insuffler à son rôle de protecteur fiable et indéboulonnable.
— Très bien ! Je suis content d'entendre cela, gamin ! Je compte sur toi !
Il regarda ensuite Aélis. Elle constata que Finley était un homme déroutant. Un coup léger, voire maladroit, puis la minute d'après docile et suppliant, et enfin elle le voyait à présent tel un homme d'expérience qu'on admirait pour différentes raisons et qui pouvait se montrer autoritaire.
— Ma Duchesse, souhaitez-vous ma compagnie jusqu'au château ?
Aélis se mit à rire.
— Pensez-vous qu'elle soit plus intéressante que celle de Sampa ?
Finley sourit.
— Il n'y a pas meilleure compagnie en ce fief que la mienne ! Vous l'avez dit vous-même : je vous ai changé les idées à l'instant. Je peux prolonger volontiers votre plaisir.
— Merci Finley. Ça ira. Je vous ai dérangé en pleine discussion avec votre sœur. J'ai moi-même manqué de politesse, en plaçant mon égoïste joie de vous revoir au détriment de l'importance de votre famille.
— La famille passe toujours derrière notre Duc et notre Duchesse.
Aélis n'aimait pas particulièrement cette réponse, bien que ce soit le protocole.
— Mais vous m'en voyez heureux d'apprendre votre égoïste joie de me revoir. Je vous promets que j'exprimerai bientôt mon égoïste joie de vous revoir également...

9
Il suffit d'une rencontre...

Malgré son indisposition à se confier véritablement à elle, Éliette avait indiqué toutefois à Aélis la présence d'une bibliothèque dans le château, que Mills ne lui avait pas mentionnée. C'était en discutant des loisirs au sein du château qu'Éliette lui avait parlé de cette pièce. Ainsi, à défaut de retrouver son mari pour une discussion, elle partit donc à la recherche de cette fameuse bibliothèque. Arpenter les couloirs du château lui permit de mieux s'attarder sur la contemplation de la décoration. Elle était vraiment admirative des lustres du château. Ils étaient magnifiques. Elle n'avait pas souvenir d'en avoir vu d'aussi beaux. Elle remarqua que les pierres semi-précieuses des lustres étaient aussi présentes dans les ornements de l'église. La rumeur disait que les chevaliers pourvus de magie avaient tous une pierre rattachée à leur personne. Elles entreraient en résonance avec leur énergie spirituelle, leur mana. Elle ne connaissait pas les détails et elle reléguait cela jusqu'à présent au folklore et aux légendes, mais son altercation avec le Duc, ses yeux rouges perçants et son aura rouge et noire qui se dégageait autour de lui comme manifestation de sa colère étaient parvenus à lui mettre le doute sur cette légende. D'ailleurs, elle n'avait pas souvenir d'avoir vu une pierre sur le Duc. Avait-il vraiment des pouvoirs ou cette aura rouge et noire relevait-elle de son imagination ?

La seule chose dont elle était certaine, c'était que la réputation du Duc Callistar n'était pas surfaite. Enfin..., il était réellement impressionnant.

Et c'était la tête en l'air à contempler ces pierres brillantes qu'elle en vint à percuter quelque chose de dur. Elle recula de quelques pas et découvrit un homme devant elle. Il faisait deux têtes de plus qu'elle, brun, mais une longue mèche de cheveux toute fine ornée d'un élastique rouge à sa nuque, yeux noirs, plutôt du style taciturne. Il portait un pantalon noir, assez moulant, une chemise blanche ample resserrée à la taille sous son pantalon, un bracelet large en cuir à chaque poignet, des bottes et un ceinturon avec ce qui semblait être une dague dans un fourreau. Seuls les chevaliers avaient un rang suffisant pour porter ce type de vêtements. Finley avait d'ailleurs ce type d'accoutrement.

— Veuillez me pardonner ! s'empressa-t-elle de dire tout en s'inclinant. Je n'ai pas senti votre présence, tout attachée à la contemplation des lustres.

Le regard ascendant qu'il lui offrit en réponse lui donna des frissons dans le dos. Ses pupilles noires lui confirmèrent combien cet homme devait être implacable au combat. C'était à croire que le Duc affectionnait les gars comme lui. Elle en venait même à se demander comment Finley avait réussi son casting, lui qui n'avait rien de mortifère en lui. Elle n'aimait pas ce type de regard. Elle l'avait déjà essuyé à plusieurs reprises et elle regretta de ne pas avoir sa cape sur elle pour cacher ses cheveux. L'homme devant elle ne semblait guère vouloir lui répondre en s'excusant lui-même d'avoir heurté une gente dame. Il jeta malgré tout un œil vers le lustre au-dessus d'eux.

— C'est en se laissant aller à la contemplation qu'on en perd sa vigilance et que sa sécurité s'en trouve sérieusement compromise. Soyez vigilante.

Sa mise en garde la figea dans un état de gêne, mais aussi un peu de colère. Elle redressa ses épaules, un peu agacée par le ton dur qu'il employait envers elle.

— Vous semblez en connaître un rayon en matière de sécurité... Seriez-vous chevalier, Messire... ?

Elle lui tendit la perche pour savoir qui était l'homme qu'elle avait l'honneur de rencontrer, mais de son air dédaigneux, il semblait refuser de lui décliner son identité. Devant son silence méprisant et irrespectueux, elle se présenta pour recadrer les choses.

— Je vois... Honneur aux dames ! Je suis Aélis Jenna De Middenhall, fille de Fergus De Middenhall, grand architecte du Roi Mildegarde et future épouse du maître de ces lieux !

Elle lui fit une petite révérence, tête haute cependant, pour lui montrer qu'à ce jeu, c'était elle qui allait l'écraser avec son statut et lui rappeler où était le respect. C'est alors qu'elle l'entendit siffler un « tsss ! » amusé. Elle plissa les yeux. Cet homme la provoquait.

— Oui, désolée que votre grade de chevalier vous oblige à m'obéir ! D'ailleurs, puisque vous êtes là, chevalier, vous allez m'être utile. Je cherche la bibliothèque ! Pourriez-vous me guider jusqu'à elle, s'il vous plait ?

Il posa ses mains sur ses hanches en geste d'agacement et de réprobation.

— Dois-je dire que c'est un ordre ? insista-t-elle, peu encline à continuer à vouloir jouer de son statut. Je suis désolée de vous obliger à revoir vos plans, mais je tourne dans cette aile du château depuis vingt minutes et je ne la trouve pas !

Il baissa ses bras et soupira. Aélis lui sourit, faussement ravie par ce début de victoire.

— Je vous autorise à me détester, soyez tranquille... Vous n'êtes sans doute pas le premier ici. Tout le monde se méfie de moi, y compris le Duc lui-même. Donc, je ne suis plus à ça près !

Le visage de l'homme face à elle changea d'attitude tout à coup, comme s'il considérait les propos de la jeune femme avec plus d'intérêts.

— Qu'est-ce qui vous fait dire que le Duc se méfie de vous ?
— Disons que ma première rencontre avec lui ne fut pas des plus appréciables... J'ai bien failli mourir d'un coup d'épée... ou de peur !

Elle se toucha la poitrine en souvenir de son cœur affolé lors de cette confrontation, puis se reprit.

— Mais c'est votre seigneur, continua-t-elle, donc vous devez connaître ses humeurs !
— C'est donc ainsi que vous parlez de votre futur époux ? lui dit-il alors, plus sournois. Un homme ayant des humeurs ? C'est pourtant le propre des femmes, non ?
— Ne vous amusez pas à tester mes humeurs de femme ! rétorqua Aélis. Oui, le Duc a ses humeurs ! C'est toujours quand il veut, comme il veut ! Il est d'une impolitesse sans nom !
— Rien que ça ! se moqua le chevalier.
— Ne faites pas votre étonné ! Je suis sûre que vous voyez de quoi je parle ! Vous comptez lui répéter mot pour mot mes propos ? Vous êtes du type « chevalier cafardeur » ?
— Je comprends juste pourquoi il se méfie si vous le décrivez de la sorte.
— J'ai tous les droits ! Il est...

Aélis sentit sa patience s'effriter en repensant à ce qu'il lui faisait vivre depuis son arrivée.

— Oui, il est... ? répéta l'homme, sarcastique.
— Arrogant, impoli, effrayant, froid, même pas capable de se présenter à sa future femme convenablement ! Il peut m'éviter autant qu'il veut, si je le trouve, il va passer un sale quart d'heure !

L'homme qui lui faisait face haussa un sourcil et croisa les bras. Elle voyait bien que son descriptif l'amusait autant qu'il le laissait perplexe. Elle redressa une mèche de ses cheveux derrière l'oreille pour reprendre de sa superbe.

— Bref ! Peu importe ! Il ne s'agit pas de lui ici, mais de nous !

— De nous ? répéta-t-il, un sourire presque séducteur au coin des lèvres.

Aélis fronça les sourcils devant son air moqueur et lui attrapa la main, faisant fi des bonnes manières.

— Montrez-moi cette foutue bibliothèque !

Elle le tira dans le couloir sans trop savoir où aller.

— À gauche ou à droite ?

— Gauche.

Elle vira à gauche avec lui tout en le tirant.

— Ensuite ? enchaîna-t-elle d'un ton dur.

— Tout droit, puis à droite.

Après quelques minutes à traverser les couloirs du château, ils arrivèrent enfin à la bibliothèque. Et là, la présence de ce chevalier hautain s'effaça devant le spectacle qui se donnait à ses yeux. Des dizaines et dizaines d'étagères dans une grande salle avec des milliers de livres rangés. Elle en rit d'émerveillement.

— Si on m'avait montré cela dès le premier jour, ma déprime aurait pu être moindre !

Le chevalier s'appuya sur une poutre dans un coin et la laissa regarder les étagères.

— Comment peut-on avoir un tel choix et le garder pour soi ? Croyez-vous que le Duc ait lu tous ces livres ?

— Quel intérêt aurait-il alors de les garder si ce n'était pas le cas ? lui répondit son accompagnateur, toujours aussi cynique.

Elle prit quelques livres dans ses bras comme on faisait son marché.

— Hey ! Ces livres ne sont pas à vous ! Avez-vous eu la permission du Duc ? lui demanda-t-il alors, tout en s'avançant vers elle.

— Je suis la future Duchesse ! Donc ce qui est à lui sera à moi !

— Sera ! C'est ça ! Vous ne l'êtes pas encore !

Elle fronça les yeux, trouvant cet homme vraiment horrible.

— Et d'ailleurs, tout ce qu'il a ne sera pas entièrement à considérer pour acquis ! ajouta-t-il, certain. Je doute qu'il vous laisse tout prendre !

— On verra bien ! lui répondit-elle avec la même sévérité. Je suis sûre qu'il ne verra pas ces quatre livres disparus ! Il est tellement occupé à se tenir loin de moi qu'il faudra des mois avant qu'il repère ce manque dans sa collection. D'ici là, je serai mariée !

Le chevalier haussa un sourcil, sceptique.

— Quelle audace ! Quelle assurance ! ironisa le chevalier.

Aélis posa un livre sur une table et se tourna vers lui, plus méfiante.

— À moins que vous ne lui répétiez cela aussi ?

Il pencha un peu sa tête sur le côté et la jaugea. Elle voyait bien qu'il tentait de la faire culpabiliser par son regard inquisiteur et qu'il se délectait de la mettre mal à l'aise avec ses intentions traîtresses.

— Vous êtes vraiment incroyable ! lui dit-elle alors, tout en posant les autres livres avec fracas à côté du premier. Quel mal y a-t-il à vouloir emprunter trois livres ?

— Quatre !

— On ne va pas chipoter ! s'agaça-t-elle. Vous êtes vraiment à l'opposé du caractère de Finley.

— Finley ? Vous l'avez rencontré ?

— Oui ! Très gentil ! Adorable, même !

Il s'esclaffa, semblant être agacé d'entendre ces compliments pour cette personne.

— Adorable ? Vraiment ?

— Oui, pas comme vous, à tenter de me faire culpabiliser pour trois fois rien !

— Trois fois rien ? Bah voyons ! Je passe pour le méchant parce que vous volez quatre livres sans autorisation ! Mon boulot est quand même de neutraliser les « méchants », je vous rappelle.

— Je ne suis pas une « méchante » !

— C'est vous qui le dites ! En attendant, vous volez quatre livres !

Aélis s'énerva et posa ses mains sur ses hanches.

— Très bien ! Je reviendrai ici quand je serai la légitime propriétaire de ce château ! Rabat-joie !

Le chevalier s'esclaffa en l'entendant l'appeler ainsi.
— En attendant, le rabat-joie vous a tout de même emmenée ici ! N'est-ce pas « adorable » ? Ça mériterait une médaille du Roi !
La bouche d'Aélis s'ouvrit d'effarement devant son culot.
— Je vous l'ai presque ordonné ! C'est à moi qu'on devrait décerner une médaille devant ma patience à supporter un type aussi irrespectueux que vous ! Attendez que j'en parle au Duc !
— Faites, Madame-la-Duchesse-qui-ne-l'est-pas-encore ! Allez-y, faites !
— Je n'y manquerai certainement pas !

Elle prit un livre à nouveau dans ses mains.
— Quitte à être accusée de vol, autant que ce soit justifié ! Au revoir, Chevalier-qui-refuse-de-me-dire-son-nom ! Ce n'est pas grave, j'ai assez de descriptifs à donner pour qu'on sache de qui je parle ! Au plaisir de vous revoir le plus tard possible !
Aélis passa devant lui, la tête haute, et quitta la pièce.
— De rien ! Inutile de me remercier !
Elle le snoba en le privant d'une réponse qui pouvait finir en réelle dispute.
— Et ne vous perdez pas à nouveau dans les couloirs de cette aile ! Personne ne viendra vous chercher cette fois !
Il se mit à rire tout en la voyant s'éloigner. Aélis traversa les couloirs, se sentant à la fois agacée et humiliée.
— Quel type abject ! Je n'en reviens pas ! Comment peut-il être aussi irrévérencieux ? En même temps, il suffit de voir l'impolitesse du Duc pour comprendre que la bienséance est une option dans ce château. Est-ce ainsi que je vais être systématiquement traitée, accueillie, ici ?
Cette défiance envers elle l'insupportait. Elle ne pensait pas mériter si peu d'égards.
— En quoi ma présence peut-elle être si dérangeante ?
Même si elle n'était qu'une future duchesse, le personnel devait toutefois respecter la noble qu'elle était. C'était soit trop obéissant comme Finley, soit pas du tout. N'y avait-il pas de juste milieu ?

Elle regardait la couverture du livre qu'elle avait emportée avec elle.

— Pourquoi faire tant d'histoires pour l'emprunt d'un livre ou deux ?

Elle soupira.

— Je crains que seuls les personnages de ces livres ne deviennent mes amis si cela continue...

10

Rester distant
a ses inconvénients...

— Mademoiselle a passé sa matinée à sa toilette, puis à lire.
Callum Callistar écouta attentivement le débrief de Mills et sourit.
— Vous a-t-elle dit si son livre lui a plu ?
— Non, Monsieur. Souhaitez-vous que je lui pose la question ?
— Non, ça ira ! Continuez !
— Elle est allée ensuite se promener en ville avec Finley. Il semble qu'elle aime le marché d'Althéa. Elle a acheté des fruits, des légumes, des fleurs... Sativa s'est trouvée confuse de la voir venir en cuisine avec des denrées. Dame Aélis lui aurait demandé un repas spécifique. Après son repas, elle est descendue dans le jardin pour constater le travail des jardiniers sur la réhabilitation du parc. Elle semble prendre à cœur de redonner vie au petit jardin du château.
Le Duc se leva de son bureau et se dirigea vers la fenêtre donnant sur ledit jardin.
— C'est une mission qu'elle s'est donnée, ajouta Mills, et je

pense que ce n'est pas un mal. En se donnant un objectif, elle se sent utile et par-dessus tout, elle améliore son moral. Cependant..., tout cela ne comblera pas le sentiment d'aversion envers vous que vous alimentez par votre mise à distance. Messire, vous devez vous présenter à elle. Cela fait dix jours qu'elle est au château et vous ne vous êtes toujours pas présenté à elle convenablement, dans les règles de la bienséance ! Les fiançailles sont pour bientôt. Pourquoi repoussez-vous autant cette présentation ?

Mills observa le dos de l'homme à qui il faisait son rapport. Les mains dans le dos, il contemplait le fameux jardin qui avait retrouvé de sa fraîcheur.

— Je sais que ce mariage forcé vous déplait, mais il faut aller de l'avant ! continua le maître de maison. Elle est dans le même cas que vous. Non ! En fait, elle vit pire que vous, vu qu'elle est dans un territoire étranger, entourée de personnes en qui elle ignore si elle peut faire confiance ou pas. Elle n'a aucun point de repli ici. Votre présence à ses côtés la soulagerait d'un poids indéniable. Vous devez la soutenir davantage ! C'est une personne qui peut devenir une grande alliée, non une ennemie.

Mills l'entendit soupirer.

— Je le sais bien ! répondit alors le Duc.

— Vous ne pouvez pas vous contenter de rester en retrait éternellement pour l'observer. Il est temps de vous montrer à elle véritablement et d'apprendre à vous connaître mutuellement.

— On apprend beaucoup de choses à observer de loin... lui fit alors remarquer Callum Callistar. Regardez ce jardin. Aurait-il eu ce traitement de faveur si elle m'avait rencontré dès le premier jour ? Aurait-elle ressenti le besoin de s'occuper de ce bout de terre pour combler sa solitude si elle avait passé ses journées en ma présence et orienté son attention à notre bonne entente ? Vous l'avez dit vous-même : elle prend les devants doucement pour s'approprier les fonctions de châtelaine. En quoi dans ce cas, ma mise à distance est un mal ?

— Je comprends, Messire. Vous voulez qu'elle trouve sa place en tant que Duchesse avant celle d'épouse du Duc, mais n'est-ce pas risqué de lui imposer votre absence ? N'oubliez pas que la bonne marche d'un couple passe par la communication et...

— Mills ! Quand je partirai au front, elle aura en charge la bonne marche d'Althéa. Je dois l'y préparer.

— Althéa a toujours continué d'avancer avant qu'elle n'arrive. Elle n'aura pas de pouvoir sans l'aval du Duc affiché au peuple d'Althéa.

— Althéa n'avait pas de duchesse. Demain, elle en aura une et la Duchesse doit asseoir son autorité et montrer son utilité avec ou sans mon aval. Les Althéaïens vont devoir apprendre à se tourner vers elle comme dirigeante. Je sais qu'ils vont être beaucoup moins indulgents envers elle qu'envers vous, Mills, le maître de château, mais il faut qu'elle s'impose au-delà du fait qu'elle a sa légitimité parce qu'elle va être ma femme.

Mills ferma les yeux un instant, navré d'entendre cette dure réalité. Le Duc avait raison dans les grandes lignes. Cependant, son serviteur doutait que le fait de négliger le côté humain soit une bonne chose pour la suite.

— Sauf votre respect, sa légitimité ne peut pas paraître solide aux yeux des Althéaïens si vous agissez comme deux étrangers l'un envers l'autre... Il faut absolument que vous partagiez des choses ensemble pour que tout fonctionne. On doit vous voir ensemble, unis dans l'adversité !

— Ne vous inquiétez pas pour ce qui est de la communication et de mon lien que j'ai avec elle...

Cette déclaration interloqua alors Mills.

— Vous avez failli la tuer la première fois ! objecta-t-il alors. Je doute qu'elle vous ouvre ses bras quand elle vous verra. Si c'est une communication basée sur la défiance que vous cherchez, je doute que...

Mills se tut tout à coup tandis que le Duc Callistar se tournait vers lui en lui souriant mystérieusement.

— Je reconnais qu'elle a beaucoup de caractère ! On dirait un petit chien qui aboie à tout va pour faire croire qu'elle est effrayante et qu'elle sait mordre. C'est charmant cette prépondérance à tenter d'exister aux yeux des gens ! Elle peut devenir une excellente maîtresse pour Althéa pour peu qu'on ne s'arrête pas à cela et qu'elle arrive vraiment à asseoir avec plus de prestance ce qu'elle revendique...

Mills resta muet un instant, devant son analyse, avant de rectifier en nuançant.

— Ne vous basez pas uniquement sur votre altercation lors de l'exécution des gardes de l'entrée du château. Dame Aélis sera une bonne châtelaine au-delà de sa façon de vous faire face. J'en suis convaincu ! répondit Mills, tout en répertoriant dans sa tête les qualités de sa maîtresse. Il y a quelque chose de plus profond en elle... de plus humain.

Le Duc considéra les propos de Mills avec intérêt, puis se tourna à nouveau vers le jardin. Il sortit alors de sous sa chemise un collier. Une pierre blanche, translucide, accrochée à un lacet en cuir. Il tripota la pierre quelques secondes, puis sourit.

— Faites venir Finley ! lui ordonna-t-il alors.

— Oui, Monsieur.

— Je veux aussi savoir à quel point il s'entend bien avec ma fiancée, lui aussi, pour qu'elle vous ait mis tous les deux si rapidement dans sa poche !

Mills sourit et s'inclina, puis quitta le bureau du Duc avec un certain soulagement. S'il reconnaissait qu'il n'était pas facile de calmer la colère de sa maîtresse concernant son futur mari, il gardait confiance pour ce qui concernait les intuitions et les paris de son maître.

Finley frappa à la porte du bureau du Duc une heure plus tard.

— Tu m'as fait appeler ? déclara alors Finley, tout en entrant dans la pièce.

Assis derrière son bureau, Callum Callistar réglait des soucis de paperasse. Finley sourit. Son ami était un mystère. Il avait l'allure d'un chevalier, d'un guerrier, d'un électron libre que rien ne pouvait arrêter. Son physique allait dans ce sens. Grand, athlétique, avec un brin de rébellion avec sa petite mèche attachée à sa nuque avec sa ficelle rouge, Callum Callistar détonait avec son statut de gestionnaire de fief. Il le préférait largement en tant que combattant.

Finley s'avança et se pencha au-dessus du bureau pour satisfaire sa curiosité et voir ce que faisait le Duc.

— Ça semble soporifique ! Je suis bien content de ne pas être seigneur d'un fief !

— Je m'en doute ! C'est plus intéressant de sortir ma future femme dans Althéa, n'est-ce pas ?!

Finley s'étonna de sa remarque inopinée, un brin agressive, puis sourit.

— Et comment ! Nous rions bien ! C'est bien plus appréciable d'être auprès d'elle que de m'imaginer derrière ton bureau ! Elle est vraiment très agréable, à ma grande surprise ! Elle ne s'impose comme duchesse que lorsque c'est nécessaire.

— Je vois...

Callum Callistar se mit à sourire. Pouvait-il considérer dans son souvenir que la prédisposition d'Aélis à s'imposer à lui en tant que Duchesse pour qu'il l'emmène jusqu'à la bibliothèque lui emprunter des livres s'avérait nécessaire ? Aurait-elle agi avec autant de fermeté avec lui si elle avait su qui il était réellement ?

Il posa son coude sur le bureau et écrasa sa tête dans sa main d'un air songeur. Il devait reconnaître qu'Aélis De Middenhall était une femme intrigante et qu'elle attisait constamment sa curiosité malgré son souhait d'éviter de la rencontrer pour l'instant. C'était d'ailleurs en partie pour cette raison qu'il avait refusé de décliner son identité devant elle ; il souhaitait connaître la femme que les autres rencontraient. Cependant, il était loin de pouvoir confirmer qu'il avait ri avec elle, comme le prétendait Finley.

— Qu'est-ce qui te laisse songeur ? demanda alors Finley. Tu es jaloux des moments que je partage avec elle ? C'est pour cette raison que tu me convoques ?

Un petit sourire taquin s'esquissa sur les lèvres de Finley.

— Serais-tu déjà amoureux ? ajouta-t-il, un brin moqueur. C'est du rapide ! Cependant, je comprends ! Elle est charmante, fraîche, spontanée, très affûtée ! Et puis ses cheveux... Aaaah ! Un mystère aussi intrigant que curieux.

Finley, comme à son habitude, s'embarqua dans des envolées lyriques pour décrire la Duchesse.

— Ses cheveux argentés font vraiment sa beauté particulière. Elle les cache souvent. C'est bien dommage ! Ils brillent au soleil et elle n'en est que plus magnifique ! Je n'ai pas osé lui demander, mais, sais-tu d'où vient une telle couleur de cheveux ? C'est plutôt rare de voir des cheveux gris pour une personne si jeune !

— Cela vient de la lignée de sa mère... de ce que je sais.

La réponse sèche et sans fioritures du Duc surprit Finley.

— Ta jalousie est mignonne ! C'est nouveau, mais pas affreux à voir !

— Je ne vois pas pourquoi je serais jaloux à propos d'une femme que je ne connais pas ! grommela Callum Callistar.

— Si tu le dis ! Tu sembles avoir enquêté à son sujet en tout cas. Mills ?

— Non, pas Mills. Cléry !

— Pourquoi Cléry ? s'étonna Finley.

— Parce qu'un prêtre est au courant de beaucoup de choses !

Finley se rangea à cette réponse logique. Un homme d'Église était un parfait indic, étant au cœur d'une ville. Son statut d'homme de Dieu suffisait pour discuter avec les habitants sans attiser la méfiance. Son rôle de prêtre lui permettait d'aller de fief en fief et d'enquêter sans que cela ne se remarque.

— Si ce mariage t'a été ordonné, je pense toutefois que la femme qui t'a été proposée n'est pas une catastrophe, Cal ! Au contraire !

Callum fixa son ami avec intérêt.

— Je n'aime pas qu'on m'impose des choses. Tu es bien placé pour le savoir, toi, le dragueur invétéré qui envisage le mariage comme la fin de tous les plaisirs !

— Ah ah ! Tu sais que je suis un cas à part ! tenta de se justifier Finley. Plus sérieusement, ce mariage arrangé par le Roi Mildegarde ne doit pas vous fermer l'un à l'autre à cause de rancœurs. Elle m'a dit qu'elle ne savait toujours pas à quoi tu ressemblais et que tu ne t'étais toujours pas présenté à elle. Pourquoi agis-tu ainsi ? Elle ne mérite pas un tel traitement.

— Tu tiens le même discours que Mills. Vous êtes fatigants ! J'ai mes raisons. Je sens quelque chose de louche dans ce mariage, même si cette femme, en soi, ne me pose pas plus d'inquiétudes que ça. Pourquoi le Roi Mildegarde tient-il à me marier ? Je n'arrête pas de me poser cette question depuis qu'il m'a convoqué pour m'annoncer cette nouvelle dont je me serai bien passé ! Les raisons qu'il m'a données sonnent faux ! Il mijote quelque chose. C'est sûr ! Si je la tiens à l'écart, c'est justement pour éviter qu'elle devienne une victime collatérale de quelque chose de plus grave qu'un mariage arrangé !

Callum se leva de sa chaise et alla regarder par la fenêtre le jardin.

Rien n'est anodin quand ça vient du Roi. Je le sais mieux que quiconque ici-bas… Par ailleurs, j'ai des raisons plus personnelles de la tester…

11

Un départ impromptu.

Les jours qui suivirent ne furent guère reluisants. Aélis n'avait toujours pas vu son futur mari. Quand elle demandait à Mills pourquoi il ne venait pas se présenter à elle, Aélis voyait sur son visage une certaine gêne malgré un sourire qu'il voulait rassurant. Ses arguments pour défendre son maître trouvaient de moins en moins de rapidité à sortir de sa bouche. Il tentait de noyer le poisson en faisant diversion sur un autre sujet ou lui sortait une phrase banale du genre « ne vous inquiétez pas ! ». Et plus il esquivait le sujet, plus la colère grondait en elle. Elle voyait bien que le Duc ne semblait pas faire d'elle une priorité, ou ne serait-ce lui porter un intérêt suffisant. En vérité, elle s'interrogeait de son utilité dans tout cela.

Était-ce donc la vie qui l'attendait ? La vie de châtelaine qui servait juste à de la figuration ?

Elle se doutait que ce devait être le cas de nombreuses de ses consœurs, mais elle ne pouvait s'empêcher de penser que ce n'était pas cette vie qui l'attendait. Elle aspirait à plus. À plus de quoi ?

Elle ne savait pas, mais elle voulait vivre autre chose que cela.

Sa mère ne cessait de dire qu'elle était trop rêveuse, trop fantasque. Elle devait avoir raison. Ses parents lui manquaient. Elle savait que le bal de fiançailles approchait vite et qu'elle allait pouvoir les revoir à cette occasion, mais leur absence restait un poids sur son cœur dont elle n'arrivait pas à se défaire. Elle n'avait toujours pas d'amis en qui elle pouvait avoir réellement confiance, pas de confidents non plus, et cela lui pesait. Sampa et Finley étaient à son service avant d'être des amis. De plus, son rang l'empêchait d'être proche d'eux. Quant à Mills, elle se rendait bien compte que son réel maître resterait toujours le Duc.

Depuis deux jours, elle voyait que Mills était aussi très occupé. Il préparait le bal et tout le monde travaillait à cela. Si le bal de fiançailles n'était pas encore arrivé, le ballet des artisans ne cessait dans le château. Fleuristes, traiteurs, marchands de tissus, musiciens et troubadours entre autres se bousculaient pour être élus pour la soirée mondaine la plus controversée du moment. Le Duc Callistar allait se fiancer ! L'annonce venait d'être officialisée ce matin et en conséquence, ses sorties hors du château n'étaient plus vraiment à l'ordre du jour. Le plus fort des chevaliers du Royaume n'est plus un cœur à prendre et de facto, Aélis devenait une ennemie que ses prétendantes voyaient d'un mauvais œil.

La veille, elle s'était baladée incognito en présence de Finley dans Althéa. Elle avait besoin de prendre l'air et d'apprendre aussi, peut-être, comment vivait son futur fief. Sa petite histoire avec la sœur de Finley l'avait fait réfléchir sur ce que pouvaient attendre les habitants d'Althéa du mariage du Duc et de la présence d'une duchesse.

Comment ne pas prêter ainsi attention aux commérages du peuple ? Elle avait conscience qu'il ne fallait surtout pas se mettre à dos les Althéaïens. Si elle venait à déplaire aux Althéaïens, elle n'aurait que le château comme refuge. Dans ce cas, plutôt mourir que de vivre recluse dans un château !

Finley lui avait conseillé de rester discrète malgré sa demande d'escorte fort pertinente. Elle avait donc porté sa cape à capuche durant toute sa sortie en extérieur avec lui et avait frôlé les murs.

— Le bal est pour bientôt ! Nous allons enfin voir qui est sa fiancée ! parla une dame tandis qu'ils passaient à côté d'elle.

— Cela ne changera pas notre condition ! put-elle entendre de la bouche du ferronnier.

— On dit que c'est le Roi Mildegarde qui a exigé ce mariage ! fit alors le menuisier ayant son atelier à côté de celui du ferronnier.

— C'est dommage que nous, les femmes du peuple, ne puissions postuler pour être la femme du Duc ! Toujours les nobles avec les nobles !

— Ne peste pas, Vilina ! fit le menuisier. Je doute que la vie de châtelaine t'aille au teint.

— Pas faux ! répondit cette femme tout en riant. Surtout si le Duc décide de me tuer de son épée parce que j'ai pris une cuillère, plutôt qu'une fourchette lors de notre repas !

Les trois se mirent à rire. Finley posa sa main dans le dos d'Aélis à ce moment-là pour la forcer à avancer et ne pas se faire repérer. Ce fut la seule discussion qu'ils captèrent au sujet de la future duchesse. Finley s'était montré encourageant, lui faisant remarquer que les habitants d'Althéa n'avaient pas réellement d'opinion la concernant puisqu'ils ignoraient qui elle était et que ce serait à l'annonce officielle des fiançailles que les gens commenceraient à spéculer.

En y repensant, Aélis se dit que sa vie allait peut-être se finir comme l'avait si bien imaginé cette Vilina. Par moments, elle avait tendance à oublier qui était le Duc. Elle imaginait un type normal, comme on trouve tant de Ducs à la cour. Malgré tout, leur altercation l'avait séchée sur place la dernière fois et elle restait complètement terrorisée par ses yeux rouges la fixant. Dans ces moments-là, elle ne pouvait concevoir que sa vie serait aussi normale que ça. Elle soupira.

Tandis qu'elle se promenait dans les couloirs du château,

elle entendit les cloches de l'église retentir. Et puis tout à coup, la précipitation du personnel dans le château la troubla. Que se passait-il ? Elle décida donc de suivre cet attroupement qui se dirigeait vers le hall d'entrée. Les domestiques s'alignèrent alors et s'inclinèrent. Mills déboula en trombe derrière elle et lui demanda de le suivre vite. Ils sortirent du château et se positionnèrent tous deux sur le côté.
— Que se passe-t-il, Mills ? lui demanda-t-elle, inquiète.
— Nos troupes quittent Althéa.
— Quoi ?!
— Nous avons reçu une mauvaise nouvelle ! Le Duc et ses hommes doivent agir.
— Mais pour quoi ? Pour aller où ?
— Ils doivent arrêter des brigands qui s'en prennent aux commerçants de gemmes qui passent par notre route pour aller à Avéna afin de vendre leurs pierres précieuses. S'assurer de la sécurité de nos routes est un devoir pour Althéa. Sinon, les commerçants trouveront un autre itinéraire et nous perdrons en crédibilité, mais aussi en croissance économique.

Aélis n'eut pas la possibilité de récolter plus d'informations. Casque sur sa tête, elle aperçut alors le Duc en armure passer devant ses domestiques d'abord, puis franchir l'entrée du château et s'arrêter devant Mills et elle. Mills s'inclina tandis qu'elle restait immobile devant son impressionnant charisme de guerrier.
— Ne vous inquiétez pas, Messire ! lui déclara Mills. Nous surveillerons le château et ses habitants en votre absence.

Mills jeta un œil vers Aélis et se figea en constatant qu'elle ne s'était pas inclinée devant le Duc. La jeune femme fixait le Duc sans bouger. Cette fois-ci, ses iris étaient noires. Elle trouvait cela fascinant. Elle ne pensait pourtant pas avoir rêvé la dernière fois. Et malgré cela, elle ressentit la même intensité dans son regard. Le Duc resta silencieux devant elle un instant, puis passa son chemin. Elle ne savait pas quoi penser de cet instant, mais son cœur battit fort. Elle se sentit troublée. Il n'y avait pas de colère en lui ni de ressentiment visible. Pour la première fois, elle sentit de la considération dans son regard. Une considération plus douce.

Elle tourna la tête, le voyant dévaler les marches du grand escalier de l'entrée du château et la stupeur la saisit. Une troupe de soldats l'attendait, tous en armure et prêts au combat. Elle aperçut deux soldats qui se démarquaient du lot, en tête de cortège. Ce devait être des chevaliers ayant un rang particulier. Sa réflexion vint tout de suite à chercher qui parmi les deux pouvait être Finley, s'il était bien le bras droit du Duc. Et très vite, elle sourit. Il était là. Il avait un casque différent de celui du Duc, moins impressionnant, mais son armure était belle, brillante, des reflets or. On pouvait voir parfaitement son visage. Elle repéra un fouet accroché à sa hanche et un mini bouclier sur chaque coude. Il était magnifique ! Mais ce qui confirma d'entrée que c'était lui était qu'il avait monté Lutès. Elle comprit mieux pour quelle raison elle avait porté son attention sur ce cheval dans l'écurie et combien il correspondait à son maître. Sa robe parfaisait l'identité du chevalier qui le montait. Lui-même avait revêtu ses accessoires de combat et paraissait magique ! Elle pouvait imaginer combien Finley pouvait impressionner sur une bataille. Il était solaire.

Elle observa alors le second chevalier. Il avait également son propre casque, mais elle n'arrivait pas à voir son visage. Son armure était d'une nuance bleu-gris. Elle n'aurait jamais cru possible de voir des armures de couleurs, et pourtant, ce chevalier était tout aussi beau à voir. Elle ne vit pas d'épée ni de bouclier. Pas d'arme accrochée à son cheval non plus. Son cheval avait une robe grise et se montrait beaucoup plus posé que Lutès. Il y avait un côté assez mystérieux autour de ce chevalier.

Aélis contempla les troupes plus attentivement. Il y avait donc Finley et son acolyte en tête de cortège avec leur parure et monture personnelle, puis une cinquantaine de chevaliers portant l'armure des chevaliers d'Althéa, et enfin les soldats d'Althéa derrière.

Le Duc arriva à hauteur de Finley et du chevalier à l'armure bleu-gris et enfourcha ce qu'il semblait être sa monture. Un cheval noir majestueux qui s'agita en voyant arriver son maître. Pourtant, ce dernier le caressa comme si c'était un rituel pour

les deux combattants qu'ils étaient. Puis il l'enfourcha sans mal, malgré son armure. Elle vit ainsi l'armée ducale prendre la route. Ils traversèrent Althéa jusqu'aux remparts sous le regard des habitants, à la fois inquiets mais également admiratifs pour ses soldats. La grande herse s'ouvrit et ils disparurent.
Aélis regarda Mills qui sourit.
— Pourquoi souriez-vous ?
— Parce que je n'aimerais pas être à la place de ces brigands ! Le Duc semblait en forme aujourd'hui !
— Qu'est-ce qui vous fait dire cela ?
— Karis a henni quand il lui a susurré un mot à l'oreille !

Aélis dévisagea Mills, cherchant en quoi le fait qu'un cheval qui s'exprime puisse être un indicateur de la forme de son maître, mais Mills ne lui en dit pas plus et retourna à ses occupations comme si le départ de son maître n'était qu'une formalité. D'ailleurs, en regardant à nouveau les habitants, chacun semblait à présent reprendre son activité tandis que la grille du château se refermait sur le dernier soldat.

Elle resta quelques minutes à contempler l'animation dans les rues. Sampa vint à elle.
— Bonjour Ma Duchesse ! Souhaiteriez-vous mon aide pour quelque chose ?
Elle regarda Sampa, puis l'entrée avec l'autre garde, et sourit.
— Est-ce que tout se passe bien avec votre nouveau camarade de garde ? l'interrogea alors Aélis.
Sa demande sembla le surprendre.
— Ma foi, oui ! Toria voit ce poste comme un honneur qu'on lui a fait et prend très à cœur son travail de garde. Il n'est pas très loquace, mais semble attentif et rigoureux dans ce qu'il fait.
— C'est bien. Je suis contente. J'ignore si votre ancien camarade était un ami, mais je me doute que cela a dû vous bouleverser un peu d'assister à son exécution.
Elle baissa la tête, navrée une nouvelle fois de ne pas avoir pu empêcher sa mort.

— Pirlo était une recrue récente et je n'avais pas particulièrement d'affinités avec lui. Il était un peu nonchalant d'ailleurs et ça avait tendance à m'agacer. Ce qu'il s'est passé avec le Duc ne doit pas vous affecter plus, Madame. Nous avons manqué à notre devoir et nous en avons payé les conséquences.

— Le Duc n'avait pas besoin d'exécuter un des siens pour cela !

Sampa se montra une nouvelle fois surpris. Il pouvait sentir dans la tonalité de ses mots la rage qui couvait toujours en elle.

— Il a réagi avec le cœur. Il s'agissait de vous, après tout, Duchesse ! Sans doute la personne la plus importante à protéger ici, à Althéa. C'est peut-être l'homme qui a réagi avant le Duc.

Sampa lui sourit comme s'il pardonnait au Duc ses réactions alors qu'elle restait complètement dubitative à propos des raisons qu'il évoquait pour dédouaner son maître. Elle avait même l'impression qu'il connaissait plus son maître qu'elle. Pourtant, elle ne put s'empêcher de penser qu'elle était loin d'être une personne qui comptait pour le Duc. Trop d'éléments lui ont jusqu'à présent prouvé le contraire, mais elle ne pouvait le confier à Sampa. Elle serait Duchesse dans quelque temps et sa relation inexistante avec le Duc devait rester privée, pour le bien d'Althéa. Elle regarda une nouvelle fois Althéa du haut des escaliers de son château, sa grande herse refermée protégeant la ville, et elle comprit qu'il allait lui falloir du temps pour trouver sa place au milieu de tous ces gens...

12

Trouver la voie
de la parfaite duchesse.

Voilà deux jours que le Duc et ses soldats étaient partis. Aélis avait l'impression que la vie d'Althéa s'était tout à coup ralentie depuis leur départ. Tout semblait plus endormi, comme si l'absence du Duc dans son fief rendait les gens moins joviaux et plus en alerte d'un événement qui pourrait perturber la paix d'Althéa. En un sens, Aélis les comprenait. Elle ignorait comment Althéa résisterait à une attaque si ses troupes étaient toutes à l'extérieur.

Elle se rendait compte qu'elle ignorait encore beaucoup de choses concernant son duché. Elle ne doutait pas que le Duc avait assuré ses arrières, mais il était vrai qu'il y avait un côté angoissant dans cette possible issue. Elle s'interrogeait sur le rôle qu'il lui faudrait jouer en cas d'attaque ? Elle ignorait tout simplement si elle avait la capacité de faire quelque chose à son échelle et si elle aurait cette crédibilité pour qu'on lui obéisse le cas échéant. Elle se rendait bien compte qu'elle n'avait pas du tout été préparée à son rôle de duchesse ni par ses parents ni par le personnel du château d'Althéa, et encore moins par ses précepteurs.

On l'avait catapultée ici, sans préavis, et elle se sentait complètement perdue. Elle comprenait la méfiance d'Éliette ou des domestiques. En cas de crise, ils ne pourraient même pas compter sur elle. Du haut de la fenêtre de sa chambre, elle n'était bonne qu'à satisfaire le Roi Mildegarde pour donner au Duc le change sur un possible bon équilibre privé, mais même sur ce créneau, elle se sentait transparente et donc incompétente. Sa mission d'aider le Duc s'avérait pour l'instant être un échec.

Ce ressenti d'être un poids aux chevilles d'Althéa ne la lâchait pas. Elle avait vraiment la sensation d'être plus un fardeau qu'un bienfait pour tout le monde ici. Cependant, elle ne voyait pas comment elle pouvait se rendre utile ni par où commencer.

On frappa à la porte tandis que des larmes coulaient le long de ses joues. D'un revers de main, elle les fit disparaître et cria un « entrez » tout en tentant de ne rien laisser paraître d'inquiétant sur son visage. Il ne manquerait plus qu'on la considère comme une femme précieuse et pleurnicheuse, profondément ridicule, pour parfaire le tableau pitoyable que l'on pouvait dessiner d'elle !

Mills se montra alors à elle.

— Bonjour, Dame Aélis. Je viens à vous pour prendre de vos nouvelles. Voilà deux jours que vous n'avez pas quitté votre chambre.

Mills était vraiment un homme dont elle appréciait la prévenance et la juste finesse. Il savait être l'épaule qu'il fallait pour toute personne ayant besoin d'un soutien. Il n'en faisait ni peu ni trop. Le Duc avait toutes les bonnes raisons du monde de s'appuyer sur lui. Malgré tout, Aélis ne savait pas quoi lui répondre, car effectivement, le cœur n'y était pas.

— Puis-je vous proposer de faire un tour dans le jardin en ma compagnie ? Le soleil est resplendissant aujourd'hui.

Elle ne savait pas s'il avait perçu sa tristesse précédemment effacée sur son visage, mais sa proposition la surprit. Cependant, il restait un de ses rares alliés ici.

— D'accord !

Il lui proposa alors son bras et ils partirent dans le jardin. Mills n'avait pas tort. Son enfermement jouait sur la faculté de ses yeux à accepter la lumière du soleil, signe de sa réclusion prolongée. Elle avait l'impression d'avoir vécu dans une caverne durant des mois alors qu'il ne s'était passé que deux jours. Tout l'agressait d'une façon déconcertante.

— Il ne faut pas rester ainsi, en retrait, Madame. Vous êtes la Duchesse ! Vous devez faire acte de présence au sein du château.

Tandis qu'ils marchaient sur l'herbe fraîche, le regard de la jeune femme se perdit au loin.

— Je ne veux gêner personne.

— En quoi pourriez-vous gêner ? s'étonna alors Mills.

— Je suis consciente de n'être d'aucune utilité ici. Je ne sais pas ce qu'on attend de moi et je ne sais pas si je serais capable de répondre à ce qu'on peut justement attendre de moi...

— Pourquoi pensez-vous qu'on attend quelque chose de vous alors que vous n'êtes même pas encore Duchesse ?

Aélis rompit leur avancée et fixa Mills.

— On ne m'a pas appris à être Duchesse, que ce soit en tant qu'épouse ou responsable d'un fief. Comment pourrais-je être mariée au Duc alors que je n'ai que mon statut noble comme revendication ?!

Mills sourit et repensa aux paroles du Duc. Il avait bien cerné dans quelles conditions la Duchesse aller devoir prendre ses fonctions.

Vous êtes bien plus sensible à son bien-être que je ne le pensais, cher Duc Callistar. Au temps pour moi !

— Althéa ne s'est pas construit en un jour. Vous ne pouvez pas tout maîtriser alors que vous venez à peine d'apprendre à quoi ressemble le fief du Duc. Ne soyez pas inquiète ! Les choses se feront progressivement. Au lieu de construire une tour sans expérience, contentez-vous déjà d'apprendre à rassembler les bons matériaux pour sa construction dans un premier temps, puis vous pourrez vous pencher sur comment on construit une tour.

Mills lui sourit.

— Avancez par petites étapes. Vous faites déjà un pas. Regardez combien votre jardin a changé grâce à votre décision et aujourd'hui combien il est agréable pour nous d'en fouler son sol sans s'empêtrer les pieds dans des ronces. Je suis persuadé que de simples petites actions peuvent déjà faire grandement du bien à la majorité. Sachez que le Duc n'a jamais autant regardé le jardin de la fenêtre de son bureau que depuis que vous en avez pris la gestion de son embellissement.

Aélis se trouva déroutée par les mots de Mills à propos du Duc.

— Il apprécie le jardin actuel ?

— Certainement ! Sinon il n'aurait pas passé autant de temps depuis quelques jours à la fenêtre.

Aélis sourit, puis tout à coup, leva les yeux pour chercher quelle pouvait être la fenêtre de son bureau donnant sur le jardin.

— Autant de temps ? répéta-t-elle alors, le sourire s'effaçant soudain. Donc il préfère la vue du jardin que celle de sa femme ?!

Mills se trouva alors gêné.

— Eh bien, il ne passe pas des heures à la fenêtre ! Ne me faites pas dire ce que je n'ai pas dit ! Disons que lorsqu'il a de la paperasse à régler dans son bureau, il jette un coup d'œil à l'évolution des travaux du jardin. Il ne s'est pas du tout trouvé contrarié que vous preniez vos dispositions pour sortir ce jardin de son état de friche. Au contraire !

— Pourquoi refuse-t-il de me voir, Mills ?

Aélis baissa les yeux, visiblement meurtrie par autant de distance.

— C'est lui qui fait peur au plus grand nombre et on dirait que c'est moi le monstre dont il faut éviter de croiser la route et le fer. Je sais que ma chevelure peut effrayer, qu'on peut penser que je suis une sorcière, mais... je n'ai pas de mauvaises intentions, je vous assure ! Je n'ai même pas de pouvoirs !

Aélis s'esclaffa de l'ironie de son existence toujours faite de préjugés.

— Vos cheveux n'ont rien à voir avec son attitude, je vous assure. Le Duc met tout en œuvre pour que votre arrivée se passe du mieux possible. Ne croyez pas qu'il vous ignore. Il agit juste dans l'ombre pour l'instant parce qu'il estime que c'est pour le mieux ainsi.

Aélis se satisfit peu de cette réponse. Mills ne souhaitait pas l'accabler de pensées négatives à son sujet, attention louable, mais son manque de clarté concernant son maître et ses intentions restait blessante cependant pour la personne qu'elle était et qui se sentait inutile.

— Dame Aélis, laissez-nous faire pour l'instant. Je vous demande juste un peu de patience.

Aélis inclina sa tête pour accéder à sa requête, même si elle-même doutait de tout cela.

— Projetez-vous pour l'instant en tant que châtelaine plutôt qu'épouse.

— Par où commencer ? en rit de dépit la jeune femme. Il y a tant de sujets sur lesquels je me sens mise à l'écart !

Mills se mit à réfléchir.

— Et si vous commenciez par faire de ce château le vôtre ? Vous aurez bien le temps plus tard de vous occuper de la vie d'Althéa.

Aélis pesa sa proposition un instant.

— Faire de ce château le mien ? répéta-t-elle doucement. Comment ça ?

Mills sourit.

— En restant comme vous êtes !

— Pardon ?

— Vous commencez à prendre vos marques. Regardez ce qui a été fait plutôt que ce qui ne l'a pas encore été. Vous avez tissé une relation avec le Chevalier Finley, avec Sampa. Vous vous êtes rapprochée de Sativa et du personnel de cuisine. Continuez à vous faire connaître de votre entourage.

Aélis observa Mills avec attention, puis se mit à réfléchir. Elle se mit à sourire.

— Est-ce que vous pensez que j'ai carte blanche sur tout, dans ce château ?

Mills se trouva déconcerté.

— Eh bien... Vous êtes la Duchesse... Le seul qui peut émettre une objection serait...
— Le Duc !
Aélis lui sourit avec un petit air malicieux.
— Vous ne comptez pas le pousser à sortir de son trou en faisant quelque chose d'extravagant au point que ça lui déplaise et se sente obligé de vous faire face ?
— Avouez que ce ne serait que justice ! Il mériterait bien que je fasse déménager son bureau dans ce jardin pour qu'il soit obligé de me croiser !
Mills grimaça. Sa Duchesse était bien plus intelligente qu'il ne le pensait. Aélis soupira.
— En venir à de tels procédés reste bien triste toutefois. Je n'ai pas envie de provoquer davantage de conflits entre lui et moi. Notre confrontation au sujet de la grâce de Sampa me suffit !
Elle tourna alors sa tête vers le vieux kiosque au fond du jardin.
— Mills, pourrais-je dégager des fonds pour le réhabiliter, lui aussi ?
Mills tourna la tête vers le kiosque qu'elle contemplait avec mélancolie.
— Il faut faire établir également des devis et voir avec l'intendante en charge de la trésorerie si cela peut se faire. Qu'avez-vous en tête pour ce vieux kiosque ?
— Je ne sais pas. Il m'inspire juste une nostalgie indescriptible. Comme s'il avait vécu de belles choses aujourd'hui oubliées. Je veux juste qu'à l'instar de ce jardin, il montre qu'il est toujours là si on souhaite un lieu pour se reposer ou se réfugier, ou même se distraire.
Mills analysa l'ampleur des travaux et sourit quant aux raisons évoquées par sa maîtresse. Il n'y avait pas forcément besoin d'une raison pour vouloir faire exister certaines choses. Leurs seules présences pouvaient suffire à apaiser, faire du bien. Il semblait qu'Aélis De Middenhall soit dans cette appréciation des choses. Une personnalité complètement différente des habitudes du Duc Callistar.

— Le mieux est que vous consultiez directement l'intendante, Dame Ysalis. Elle aura peut-être des connaissances pouvant alléger le coût des travaux.

— Oui...

Tous deux regardèrent le kiosque en piteux état et sourirent. Ce kiosque à rénover était le symbole d'un renouveau en même temps que l'arrivée de la Duchesse à Althéa. Mills contempla quelques instants Aélis. Une douceur se dégageait d'elle en fixant ce kiosque.

— Ce kiosque a beaucoup de chance d'avoir croisé votre regard !

13

Des mots
pour vous blesser.

Fort ragaillardie par les conseils de Mills, Aélis décida dès le lendemain de trouver l'intendante, responsable de la trésorerie d'Althéa. Ysalis Alidosi était une femme dans la vingtaine assurée. Aélis fut étonnée de se trouver face à une femme si jeune pour un tel poste au sein du château. Pourtant, ce qui la marqua en premier lieu fut le regard noir qu'elle lui lança lorsqu'elle vint à elle pour se présenter et expliquer son projet. Ysalis était une femme blonde, plutôt bien lotie en courbes, portant une belle robe pour mettre en valeur son corps. En premier lieu, rien ne semblait indiquer qu'elle s'occupait des finances. Cependant, très vite, son discours porta sur la valeur de l'argent et les investissements importants pour Althéa.

— Désolée, mais je me dois de refuser votre demande. Débroussailler un jardin, je veux bien faire l'effort pour ne pas voir le château recouvert de lierres et de ronces, mais réhabiliter un vieux kiosque délabré, je n'en vois pas l'utilité.

Aélis grimaça. Le ton sec et autoritaire de cette femme ne lui plaisait guère.

— Il aura une utilité pour moi, et peut-être pour d'autres.

— Un tel coût pour l'usage de quelques personnes, je suis désolée, mais c'est non. Il y a d'autres dépenses plus utiles ailleurs.

Ysalis coupa court à la discussion et retourna à ses papiers. Se rendant bien compte que l'amabilité serait inutile avec elle, Aélis tenta une autre stratégie, plus dure.

— Je crois que vous n'avez pas bien compris. Je suis la Duchesse et non une domestique demandant un set de couverts pour les cuisines ! À ce niveau, ce n'est pas vous qui décidez, mais moi !

— Vous n'êtes pas encore Duchesse ! répondit-elle tout en lorgnant sur des feuilles qu'elle lisait en diagonale. Et quand bien même, croyez-vous que vous ayez tous les droits pour autant ? Le Duc n'a pas demandé à être marié à vous. On lui a imposé votre venue et de partager sa couche. Croyez-vous que cela fait de vous quelqu'un de bienvenu au sein du château ? Vous êtes juste tolérée.

Aélis recula d'un pas face au plaidoyer méprisable de l'intendante.

— Je vois... Vous ne m'aimez pas parce que vous me considérez comme une arriviste. Je ne crois pas pourtant avoir été désagréable comme vous, depuis mon arrivée. J'avais espéré que vous seriez plus ouverte à mes propositions. Il semble que je me sois trompée sur votre compte.

— Il n'a jamais été question que l'on devienne amies. Vous ne connaissez rien du Duc et vous allez lui gâcher sa vie. En cela, je ne vais pas m'aplatir devant vous.

— Je n'ai pas non plus demandé à lui être destinée ! C'est le Roi Mildegarde qui l'a décidé !

— Et cela vous empêche-t-il de choisir entre vivre votre vie selon vos souhaits ou vous emprisonner au Duc ? Vous pouvez très bien fuir, plaider pour un autre mariage ou entrer au couvent ! Il y a toujours des solutions !

Aélis n'en croyait pas ses oreilles. La femme devant elle était odieuse, d'un irrespect total envers elle. Elle la considérait coupable de ce mariage au même titre que de celui de pourrir la vie de son cher Duc alors que, pour l'instant, c'était plutôt lui qui avait le monopole de lui faire vivre un enfer.

— Le Duc ne veut pas de vous ! Il ne veut pas de cette union ! Il serait temps de le comprendre et de retourner dans les jupons de votre mère ! Arrêtez cette mascarade. Faites-le pour vous deux ! Refusez ce mariage une bonne fois pour toutes ! Le Roi sera plus enclin à excuser une femme que son bras droit. Callum ne refusera jamais une demande du Roi, car il lui doit beaucoup. Mais vous, vous pouvez encore négocier ! Je suis persuadée que vous n'avez même pas essayé !

Aélis se crispa. Elle avait envie d'étrangler cette femme pour qu'elle se taise. Sa venue à Althéa était déjà une étape compliquée à accepter et Ysalis Alidosi venait raviver son aigreur et son chagrin quant à son avenir gâché par la volonté d'un seul homme, le Roi. Mais ce qui la blessait le plus dans ses propos était que non seulement elle n'avait effectivement rien tenté pour se défendre devant Hélix Mildegarde, mais qu'Ysalis Alidosi attisait un peu plus les flammes du doute quant au comportement distant du Duc à son égard.

Il ne voulait vraiment donc pas de ce mariage... Luttait-il finalement à sa façon en ne venant pas à elle et en l'ignorant ? Ysalis avait sans doute raison. Elle avait accepté sa destinée sans réellement se défendre. Hormis pleurer et faire des reproches à son père, qu'avait-elle fait pour défendre sa position devant le Roi ? Elle n'avait été en rien courageuse et ambitieuse. Elle avait accepté son sort sans broncher et aujourd'hui, elle espérait faire croire qu'elle avait du répondant pour qu'on accepte son statut de duchesse ?

Ysalis garda son visage dur et satisfait. Aélis voyait bien qu'elle jubilait de la voir si faible face à elle. Mais en même temps, elle ne trouvait rien à dire pour contrer ses propos. Elle lui plantait un couteau dans la poitrine et la douleur était terrible. Son rang de duchesse ne servait à rien dans pareil cas, si elle était incapable d'assoir son autorité sur elle en la remettant à sa place. Au contraire, l'intendante lui démontrait qu'elle n'avait rien d'une duchesse et qu'elle ne le serait sans doute jamais puisque le Duc lui-même ne désirait pas la connaître.

— Qu'est-ce qui vous fait accepter aussi facilement cette union ? demanda alors Ysalis. L'argent ? La gloire ? La réputation ?

Aélis s'esclaffa, consternée par de telles insinuations.

— Quelle femme serait assez folle pour sauter de joie à l'idée d'épouser le Grand Chevalier de Sang ?! Vous croyez que je prends du plaisir à m'unir avec un homme qui me terrifie à un tel point que je ne puisse plus me relever quand il pointe son épée sur moi ? Je vais être mariée au guerrier sanguinaire le plus connu du royaume et je dois m'extasier ? Vous plaisantez, j'espère ?

— Vous me confirmez seulement que vous ne le méritez pas et que sa place n'est pas d'être à vos côtés. Maintenant, excusez-moi, mais j'ai des choses plus importantes à faire que de bavasser avec vous !

Le corps tendu, Aélis fixa sévèrement un instant Ysalis qui resta indifférente, puis quitta son bureau en trombe. Elle sortit du château pour aller dans le jardin retrouver le kiosque délabré. Une fois devant, elle se laissa alors tomber à genoux et pleura à chaudes larmes. C'était la pire humiliation qu'elle avait pu subir de toute sa vie. Jamais elle n'avait rencontré une personne aussi vile, mesquine. Ysalis Alidosi venait d'écraser l'infime parcelle de volonté qu'elle avait réussi à gagner grâce à Mills et à présent, elle avait l'impression d'être encore plus inutile et insignifiante qu'elle ne le pensait. Cette femme venait d'égratigner son amour propre et sa prépondérance à rester optimiste malgré les difficultés. Quelle force pouvait-elle maintenant trouver pour avancer alors qu'on l'avait mise face à ses manquements les plus simples : ceux de sa dignité ?

Aélis passa les deux jours suivants dans un état de déprime qui ne passa pas inaperçu aux yeux d'Éliette. Elle ne souriait pas, elle regardait soit un point dans le vide, attendant que le temps

passe, soit elle restait cloîtrée dans sa chambre à lire des livres de la bibliothèque comme c'était le cas à présent.
— Madame souhaite une collation ? demanda alors Éliette.
— Non, merci. Je n'ai ni faim ni soif.
— Il faut vous nourrir pour être dans votre meilleure forme pour le bal de fiançailles.
Aélis s'esclaffa de façon cynique.
— Des fiançailles avec un homme que je n'ai jamais vu depuis que je suis ici, dans un château où vous la première n'êtes pas heureuse de me servir. À quoi bon ? Quel avenir m'attend ? Quel plaisir puis-je y trouver ?
Éliette resta silencieuse.
— Nous devons tous beaucoup au Duc, vous savez...
Aélis regarda alors Éliette qui se tenait droite, les mains serrées devant elle.
— Althéa était une ville très pauvre et plutôt malfamée. Le Duc a ravivé les couleurs d'Althéa pour en faire ce qu'elle est aujourd'hui. Il a engagé beaucoup de monde pour redresser la ville. S'il fournissait l'argent venant de ses batailles gagnées, c'est au peuple d'Althéa qu'il s'est adressé pour redonner un sens à chacun et pour que chacun ajoute sa pierre pour améliorer la qualité de l'ensemble. Il a mobilisé en chacun des Althéaïens son sens du partage, de la solidarité pour reconstruire une nouvelle Althéa, majestueuse et reconnue de tous les autres fiefs du Royaume d'Avéna. Comprenez que tout le monde ici lui doit quelque chose. Une aide, un emploi, un prêt, un garant, une bataille même... On est tous solidaires du Duc. Sans lui, nous serions encore dans la boue au milieu des larcins et du sang. Même s'il jouit d'une réputation de terrible guerrier, ici il est considéré comme un Roi. Votre arrivée a jeté forcément un froid. Ce n'est pas un mariage d'amour, mais une union d'obligation. Quel bonheur peut-on lui espérer dans de telles conditions ? Nous ne savons rien de vous ni ne connaissons vos intentions concernant votre approche de la gouvernance. Nous étions en paix avant que vous arriviez et nous ne voulons pas que cette accalmie soit rompue.

— Je n'ai jamais prétendu vouloir du mal aux Althéaïens. Au contraire ! Mais depuis mon arrivée, peu sont ceux qui me laissent une chance de montrer mes valeurs. L'hostilité à mon égard est telle que je ne sais plus quoi faire pour ne pas gêner les gens alors que je ne demande qu'à m'acclimater à la vie d'Althéa ! Je n'ai pas choisi ce mariage. On me reproche de n'avoir pas été plus offensive contre les désirs du Roi Mildegarde, mais si je l'avais été, quels auraient été les risques pour moi ? Si je m'oppose à ce mariage, je deviens quoi ? Je suis prise entre deux feux ! Entre l'épée du Roi et celle du Duc ? Et si je prends la troisième voie, celle de la fuite, c'est pour quoi ? Le couvent ? Est-ce donc ce qu'on attend de ma vie ? Moi non ! Je rêvais d'une vie où je garderai ma liberté, je rêvais d'une vie où je pourrais choisir mon mari, le moment où j'aurais des enfants, où je pourrais me sentir utile... Le Roi Mildegarde a tout arrêté...

Aélis fondit en larmes devant Éliette. La coupe était pleine. Elle n'en pouvait plus qu'on la juge alors qu'elle n'avait rien fait pour mériter tout ça.

— On m'a volé ma vie !

Éliette resta à l'observer pleurer sans plus d'empathie.

— Vous croyez être la seule à ne pas aimer vivre votre vie actuelle ? Vous croyez qu'on vit pour être heureux ?! Nous avons le même âge, mais il est clair que j'ai davantage notion de ce qu'est la réalité par rapport à vous. Rien n'est beau, rien n'est facile, rien n'est acquis dans ce monde. Il faut tout le temps se battre, travailler, se relever, pour rester vivant. Vous osez vous plaindre alors que vous vous faites servir toute la journée. Vous ne travaillez pas et passez votre temps à lire. Ne vous étonnez pas qu'on vous montre de l'hostilité ! Vous êtes une enfant gâtée. Bienvenue dans le monde réel !

Éliette la quitta sans plus de considérations. Aélis pleura davantage, se sentant seule et incomprise. Après Ysalis, la sentence d'Éliette était le coup de grâce. Elle n'avait pas besoin d'entendre ses paroles si dures à son égard. Elle en avait déjà encaissé avec l'intendante. Pourtant, au-delà de l'affliction qui pesait sur ses épaules, une envie d'en démordre naissait en elle, muée par la colère. Elle avait envie de tous les faire taire et leur montrer qui elle était. Elle se regarda dans le miroir et vit cette femme blessée qui ne demandait que réparation pour ce qu'on lui faisait vivre.

Savoir se relever pour survivre... Elle commençait à comprendre que la leçon restait la même peu importait le lieu ou les circonstances. Elle allait leur montrer que si elle se relevait, ce serait pour être plus haute qu'eux tous ! Elle était la future Duchesse d'Althéa la majestueuse, après tout !

Elle serra le tissu de sa robe de ses mains et réfléchit à une nouvelle stratégie pour qu'on la considère enfin pour ce qu'elle était vraiment.

14

Des mots
pour toucher...

Aélis contemplait le vieux kiosque délabré avec tristesse. Au-delà d'une occupation, elle sentait au fond d'elle qu'elle devait sauver ce lieu de l'oubli. C'était comme un appel qu'il lui lançait pour qu'on l'aide à vivre. Une sensation bizarre, telle une synergie entre cet endroit et elle, qui la connectait à quelque chose qui la dépassait peut-être. Elle s'assit sur l'herbe et imagina ce bâtiment du temps de sa splendeur. Quelques indices lui permettaient d'en deviner une ébauche. Sans doute avait-il eu une vie avant celle-ci ? Peut-être des enfants y ont joué dedans ? Sans doute des après-midis entières ont été passées sous son toit ? Pourquoi pas une histoire d'amour ? Elle s'interrogea alors sur les châtelains précédents le Duc Callistar. Qui avait pu y vivre ? Que sont-ils devenus ? Comment le Duc Callistar avait-il hérité d'Althéa et de ce château ? Elle admira les alentours et notamment le château. Depuis combien de temps existait-il ? Il avait quelques marques d'usure du temps, mais gardait sa splendeur et en imposait toujours, à l'inverse de ce kiosque et de son jardin laissé à l'abandon.

Elle se leva et se promena dans le jardin qui avait retrouvé ses couleurs. La fin de l'hiver s'annonçait et bientôt des fleurs apparaitraient un peu partout. Il lui tardait de voir quelles surprises allaient sortir de terre. Elle examina une nouvelle fois le kiosque. Pourquoi devait-il être entouré de si belles choses alors que lui, s'enlaidissait chaque nouveau jour qui passait ? De nouvelles tuiles étaient tombées depuis. Ce spectacle la désolait. Elle devait trouver une autre solution que l'intendante. Elle devait le sauver coûte que coûte ! Elle observa plus attentivement quels matériaux avaient besoin d'être changés. Il lui fallait avant tout un menuisier. Le kiosque était principalement fait de bois... Peut-être devait-elle déjà prendre contact avec un menuisier d'Althéa pour constater l'ampleur des travaux ? Elle pouvait essayer de le réhabiliter par étapes... Petit bout par petit bout.

Elle sourit et quitta le jardin en trombe. Elle traversa le château, passa devant Mills qui la vit se précipiter vers l'entrée du château.

— Sampa ! s'écria-t-elle. J'ai besoin de vous pour une escorte. Pensez-vous pouvoir vous faire remplacer à la garde de la porte ?

Sampa considéra la demande de sa duchesse avec attention, puis posa un genou à terre tout en s'inclinant.

— Vous me flattez de tant de considération sur ma capacité à vous protéger. Comme à mon habitude, je ferai mon possible pour vous servir au mieux. La relève de la garde est dans une heure. Si cela vous convient, je suis votre homme dans une heure !

— Parfait ! Je dois voir le menuisier d'Althéa !

Sampa releva sa tête, le visage surpris, puis baissa à nouveau sa tête.

— Je ferai au mieux pour vous mener au bout de votre quête.

Sortir dans Althéa était toujours un plaisir pour Aélis. L'effervescence de la ville était vivifiante, même si elle-même devait rester cachée sous sa capuche. Tellement habituée à la tristesse et au jugement ambiant au sein du château, elle perdait l'habitude d'une forme de positivisme et Althéa devenait sa planche de salut, un soulagement bienvenu qui lui permettait de souffler un peu, loin des médisances du château.

La devanture de la boutique du menuisier ne payait pas de mine. Hormis de la sciure de bois partout et des planches un peu éparpillées, rien ne laissait deviner la qualité du travail. Aélis s'arrêta devant la petite maison et observa quelques instants deux filles qui semblaient être les deux enfants du menuisier. L'une devait avoir seize ans, l'autre entre huit et dix ans. La grande tressait les cheveux de la petite, assise sur une chaise en bois. Aélis repéra le menuisier au fond de sa boutique. Elle s'avança légèrement vers l'intérieur pour interpeller le patron des lieux.

— Excusez-moi ! Bonjour ! J'aurais besoin de vous parler.

— Je suis occupé ! lui répondit alors le menuisier tout en évitant de croiser son regard.

Aélis grimaça. L'homme avait une petite bedaine et était aussi roux que ses deux filles. Il n'était pas des plus avenants physiquement. Elle devinait quelqu'un de bourru, peu bavard et n'aimant pas faire dans le social.

— S'il vous plait ! Je ne veux pas abuser de votre temps ! Je souhaiterais juste m'entretenir avec vous quelques minutes.

Le menuisier contempla cette fois Aélis plus attentivement, devant cette insistance. Il remarqua alors la présence de Sampa, puis la belle robe d'Aélis.

— Vous venez du château ? demanda-t-il alors.

Aélis hésita à répondre. Pourtant, elle se devait d'être honnête si elle voulait voir son projet aboutir positivement.

— Oui !

Il considéra un instant la jeune femme, puis attrapa une planche qu'il posa sur son établi.

— Repassez plus tard...

Aélis souffla. Il n'était pas impoli, mais pas des plus engageants non plus. Elle jeta à nouveau un coup d'œil aux deux jeunes filles et s'approcha de la grande.

— Dis, tu voudrais bien me coiffer comme ta sœur ? J'adore trop ce que tu lui as fait !

La jeune fille ne sut comment interpréter sa demande. Aélis tomba sa capuche et se détacha les cheveux à la hâte pour accentuer sa demande. Les deux fillettes écarquillèrent les yeux en voyant ses cheveux argentés. Sampa demeura soucieux face à son choix audacieux, elle qui d'ordinaire préférait la discrétion.

— J'ai une demoiselle de chambre qui n'est pas des plus... coopératives avec moi et je dois dire que je trouve ses coiffures un peu ternes... Tu ne voudrais pas me tresser mes cheveux, à moi aussi ?

— Vous venez du château ? demanda alors la petite.

— Oui ! répondit volontiers Aélis. Je suis Aélis ! Enchantée !

— Moi c'est Myriam, et ma sœur...

— Tais-toi, Myriam. Il faut éviter de parler avec les gens du château ! la coupa sa grande sœur.

— Pourquoi ça ? l'interrogea alors Aélis.

— Parce que les petites gens ne causent pas avec les nobles ! lui répondit-elle tout en haussant les épaules, telle une évidence.

— Même pour me coiffer ? demanda alors Aélis.

Le menuisier approcha alors.

— Je vous ai dit que je n'ai pas le temps !

— Oh ! Ça ira ! répondit Aélis, avenante. Je ne suis pas pressée ! Votre fille va me coiffer en attendant !

Elle fouilla alors dans la poche de sa robe et en sortit une pièce d'or. Elle la donna alors à la jeune fille.

— Bien sûr, je rémunère tout travail effectué !

Le menuisier fronça les sourcils.

— Vous essayez de corrompre ma fille ?

— Hé ! s'interposa Sampa. Veuillez respecter votre Duchesse, menuisier !

Aélis barra de son bras l'intervention de Sampa.

— Duchesse ? répéta le menuisier, incrédule.

— Ça ira, Sampa. Merci. C'est normal qu'un père s'inquiète

pour ses enfants.

Elle sourit alors au menuisier.
— Je suis Aélis De Middenhall. Pardonnez-moi, j'aurais dû me présenter en premier lieu. J'ai manqué de politesse !
Elle s'inclina légèrement en respect envers son potentiel sauveur, loin des usages de rang que voudraient son statut et celui du menuisier.
— Vous êtes la future épouse du Duc Callistar ?
— C'est ce que dit la rumeur ! plaisanta Aélis, non sans être un brin sarcastique. Ne vous faites pas de soucis. Je ne ferai aucun mal à vos filles. J'ai besoin de votre expertise, Monsieur. Je souhaiterais réhabiliter le kiosque du jardin du château et vous êtes, je pense, le seul qui puisse m'aider.
— Le kiosque ? Il existe toujours ? s'étonna le menuisier.
— Vous voyez de quoi je parle ? répondit Aélis, intriguée mais heureuse.
— Mon père y a travaillé dessus quand j'étais petit ! répondit l'homme, de façon laconique.
— Il est tout délabré et j'aimerais le faire réparer.
— Les nobles n'ont donc que ça à faire de leur argent ?!
— S'il vous plait, c'est important ! J'ai besoin d'un devis, au mieux d'une aide !
Le menuisier soupira d'agacement.
— Je passerai demain.
— C'est vrai ? s'exclama Aélis. Merci !
Elle lui attrapa ses mains calleuses avec reconnaissance, ce qui étonna le menuisier. Les nobles ne touchent pas les gens du peuple d'ordinaire.
— Maintenant, fichez-moi la paix ! railla l'homme, gêné par ce geste tactile entre eux.
— Je suis sérieuse pour ma coiffure ! J'aimerais que votre fille me coiffe si ça ne vous dérange pas ! Je partirai ensuite !
— Tsss... Faites ce que vous voulez !
Aélis tendit la pièce à la jeune fille avec un grand sourire, et la

petite céda sa place.

— J'adore me faire coiffer ! Je veux plein de tresses ! Comme Myriam !

— Et moi je trouve la couleur de vos cheveux incroyables ! déclara la petite Myriam.

Le menuisier vint le lendemain matin, comme convenu. Aélis le conduisit jusqu'au kiosque, non sans cacher son excitation. Ils croisèrent Mills, qui jugea la présence du menuisier avec intérêt. Il sourit quand ils les virent se rendre au jardin.

— La vache ! Il a ramassé avec le temps ! s'exclama le menuisier en s'en approchant.

— Oui, il a besoin d'un bon coup de peinture.

— Un coup de peinture ne suffira pas...

Elle s'avança vers le menuisier, mais celui-ci lui fit un geste de main pour qu'elle ne le rejoigne pas. Il pénétra à l'intérieur doucement.

— Le plancher est mort. La toiture est à refaire. C'est dangereux. Restez à l'écart.

Il l'examina attentivement, sous le regard investi d'Aélis.

— Hormis les poutres de fondation, tout est à jeter.

— Vraiment ? répondit Aélis, affectée par ce triste diagnostic.

Le menuisier tapa du pied sur une des planches du plancher. Celle-ci céda et de la poussière en sortit, ce qui le fit tousser.

— Il est bouffé par les bêtes. Il faut changer ce qui est infecté et traiter ce qui est encore bon, mais il y a du boulot. Il y a plus à changer qu'à garder !

Il grimpa sur une des balustrades, vérifiant bien avant la solidité de cette dernière, puis de sa main, il caressa les poutres maintenant la toiture. Aélis remarqua ses mains larges se balader sur le bois, comme si par son toucher, il sondait l'intérieur de chaque morceau de bois, tel le professionnel qu'il était.

— Pour la toiture, il faudrait voir Jean.
— Qui est Jean ?
— Il bosse à la carrière. Il vous vendra des ardoises.
— Et vous..., vous n'avez pas des chutes de bois dont vous ne vous servez plus pour... le réparer ?

Le menuisier observa alors Aélis avec surprise.
— Les riches sont donc si radins ?
— Ce n'est pas ça ! répondit la jeune femme, d'un air navré. Je ne paie pas avec l'argent du château.

Aélis ne cacha pas son embarras au monsieur.
— Je n'ai donc pas beaucoup d'argent à disposition.
— Pourquoi souhaitez-vous dans ce cas le faire réparer ?

Aélis caressa à son tour une des poutres et sourit.
— Ne mérite-t-il pas de vivre ? Qui sait quels souvenirs il a et quels souvenirs il peut encore créer ?! J'aimerais m'en créer avec lui, et je souhaiterais que le Duc s'en crée aussi en s'y rendant
— Et il ne peut pas le payer pour vous ? Vous êtes sa future femme, non ?
— Il ne sait rien de cette entreprise. Je voudrais lui en faire la surprise...

Aélis se mit à rougir, gênée de cet aveu. Le menuisier resta silencieux.
— Vous trouvez ça idiot, c'est ça ?

Le menuisier examina à nouveau le kiosque.
— Quand j'étais petit, mon père avait réparé le toit. Une branche d'un des grands arbres à côté s'était rompue et avait fini par éventrer la toiture. L'ancien Duc de l'époque l'avait fait réparer, car il estimait que ce kiosque était l'endroit préféré de sa fille.
— Je savais qu'il y avait une histoire sentimentale derrière ! s'enthousiasma Aélis.
— J'étais jeune, donc j'ai peu de souvenirs de l'ancien Duc. Il y a eu par ailleurs une régence entre l'ancien Duc et le Duc Callistar.
— Vous m'apprenez son histoire. Je ne sais rien du passé d'Althéa.

Le menuisier considéra sa future duchesse avec attention.

— L'ancien Duc, le Duc Haverhill, n'a pas supporté la mort de sa fille. Il a vécu sur Althéa plusieurs années après, mais l'a laissée péricliter. Il a perdu toute envie de vivre lorsque sa fille est morte. Ce kiosque est à l'image d'Althéa : il s'est laissé mourir, dans l'oubli. Le Roi Mildegarde, à la mort du Duc Haverhill, a confié Althéa à un de ses généraux, le Général Fritz, le Duc Haverhill n'ayant plus de descendance. Mais là encore, Althéa n'a pas été dirigée par quelqu'un qui voulait son bien. Le général Fritz s'est juste satisfait d'être chef de fief et c'est tout. Quand le Roi désigna le Duc Callistar pour le remplacer, Althéa était une ville pitoyable. La grande Althéa était le repère des bandits et des maladies. Le Duc Callistar fut d'abord accueilli avec méfiance. Les habitants d'Althéa vivaient mal à cause de ses dirigeants successifs et la réputation du Chevalier de Sang le précédait.

Le menuisier contempla le kiosque avec un petit sourire.

— Pourtant, il a nettoyé la ville de sa gangrène et lui a redonné ses couleurs d'antan. Il fait au mieux depuis pour Althéa. Il y a encore beaucoup de problèmes, mais je vois une amélioration depuis son arrivée. Je suis plus rassuré pour mes filles depuis quelque temps. Nous devons beaucoup au Duc Callistar. Il fait tout pour redonner de l'espoir aux gens de son fief.

Aélis serra les pans de sa robe. Elle était heureuse d'entendre des compliments envers son futur mari, mais l'amertume restait. Elle ne savait toujours rien à son sujet hormis les ouï-dire. Elle se sentait exclue de ce qu'il partageait avec les autres.

— De quoi est morte la fille de l'ancien Duc ? osa-t-elle lui demander.

— Elle est morte en couche. Pauvre femme. Mais c'était il y a longtemps...

Un silence s'installa entre eux. Aélis réalisait combien la vie de centaines de gens dépendait juste d'une naissance malheureuse, juste de la volonté d'une personne à s'occuper des autres ou non, ou d'une certaine fatalité à laquelle seules les prières à Dieu étaient la planche de salut. Elle ferma les yeux, navrée d'une telle réalité.

Le Duc Callistar semblait être un homme de volonté et cela

suffisait à améliorer la vie des habitants d'Althéa. Quant à elle, quelle volonté pouvait-elle avoir, pouvant améliorer la vie de ces gens ? Elle ne savait pas si elle avait cette envergure à faire le bien de tous.

Elle sourit en regardant son kiosque.

— Vous voulez bien m'aider à le restaurer ? fit alors Aélis, le visage suppliant. Je n'ai pas la prétention d'améliorer votre quotidien, mais je ferai au mieux pour vous payer comme je le pourrai !

— Le kiosque des souvenirs... murmura l'artisan tout en regardant la toiture béante.

Il soupira. Il ne ressentait aucune méchanceté en Aélis depuis le début. Sa candeur le touchait.

— Si c'est une surprise pour le Duc, je veux bien fournir un effort. Il a rendu Althéa plus saine pour mes filles, je peux bien lui rendre ses efforts avec ce kiosque. Si cet endroit est à l'image d'Althéa, alors effectivement, il mérite d'être réhabilité !

— Merci ! cria alors Aélis tout en posant ses mains en prière. Je suis sûre que ce kiosque redeviendra magnifique, tout comme Althéa !

— Je vais voir avec Jean pour la toiture et avec Hippolyte pour le plancher. Peut-être que le mieux est d'en faire un sol de pierres plutôt que de planches... On lui assurera ainsi une vie plus robuste !

15

Un retour
fait de surprises.

— C'est une blague ? s'époumona l'intendante, tout en arrivant en trombe vers Mills qui inspectait les travaux du kiosque.

Mills lui sourit avec bienveillance.

— Bonjour Madame ! C'est un beau jour pour un ravalement de façade, vous ne trouvez pas ?

De colère, Ysalis serra les pans de sa robe.

— Avec quel argent compte-t-elle payer les travaux ? J'ai refusé fermement sa demande !

— Vous avez refusé une demande de notre Duchesse ? répondit Mills, tout sourire, mais dont le ton sarcastique mit tout à coup mal à l'aise l'intendante.

— Future Duchesse ! Elle n'est pas encore mariée au Duc Callistar.

— Vous avez pourtant bien débloqué une enveloppe pour ses fiançailles à venir, donc vous savez que ce détail n'est que temporaire. D'ailleurs, tout le monde l'appelle déjà Duchesse !

Ysalis pesta et souleva légèrement sa robe pour aller trouver

Aélis qui était en train de se faire coiffer par les deux filles du menuisier, sur une couverture posée sur un coin de pelouse du jardin.

— Comment osez-vous aller à l'encontre de mon refus pour entamer les travaux de ce kiosque ?

Aélis s'amusait à faire une couronne de pâquerettes qu'elle posa sur les cheveux de Myriam. L'arrivée de l'intendante fit tomber sa bonne humeur.

— J'ai trouvé l'argent ailleurs... lui répondit-elle sèchement.

Mills vint les rejoindre.

— Ailleurs ? Où ? Vous avez demandé à Papa et Maman ?

— Effectivement, j'ai demandé le soutien paternel dans ce projet.

L'intendante grinça des dents.

— Votre père ne sera pas toujours là pour vous aider.

— C'est vrai. Dans quelque temps, je n'aurai plus à demander votre permission. Je ferai avec ou sans votre accord quand je serai Duchesse. Toutefois, je vous remercie d'avoir refusé.

La remarque d'Aélis interpella Ysalis. Elle regarda Mills qui lui sourit de façon énigmatique.

— Grâce à vous, la réhabilitation de ce kiosque a pris encore plus d'importance quant à mon intention de la mener à son terme rapidement. Ce sera le cadeau de la famille De Middenhall à votre Duc pour les fiançailles. Ce sera la dot de la famille en remerciement envers le Duc de prendre soin de leur fille chérie.

Aélis esquissa un petit sourire, bien consciente d'avoir rendu le coup qu'elle lui avait mis en plein cœur quelques jours auparavant.

— Je suis persuadée que le Duc sera touché de cette magnifique attention de sa future épouse ! commenta Mills.

Aélis se leva et vint vers l'intendante.

— Vous pouvez me mettre des bâtons dans les roues... lui murmura-t-elle. Ce n'est pas grave, car quoiqu'il arrive, je trouverai le moyen de vous contrer. Vous vous adressez à une noble. Ne sous-estimez pas votre ennemie.

Elle la contourna ensuite et s'adressa à Mills.

— Mills, pourriez-vous nous faire parvenir une petite collation, pour ces demoiselles et moi, mais aussi pour nos amis le menuisier, le maçon et le ferronnier.

— Avec plaisir, Ma Duchesse ! répondit Mills en s'inclinant.

Le menuisier regarda la Duchesse avec surprise. C'était bien la première fois qu'une noble prenait soin de son travail et de lui de la sorte. Aélis lui sourit.

— Vous assurez les travaux et j'assure le bien-être de mes employés. C'est ce qu'on attend d'une bonne duchesse, non ?

Elle se tourna alors vers l'intendante qui pestait, ne supportant pas sa façon de paraître des plus agréables aux yeux de tout le monde.

Aélis lui sourit faussement. Cela en fut trop pour l'intendante qui quitta le jardin sans attendre.

— Je suis heureux de voir que vous commencez à trouver votre place dans ce château ! lui fit alors la remarque Mills.

— Je ne m'attendais pas à me retrouver au milieu de la fosse aux lions, je dois vous avouer. Mais je crois qu'il va falloir que je m'arme de patience et que j'aiguise aussi mes griffes si je veux survivre parmi les lions.

— Sachez dans tous les cas que vous pouvez compter sur le vieux tigre que je suis pour vous aider !

Aélis sourit et le prit dans ses bras pour un câlin. Mills écarquilla les yeux par tant de démonstrations d'affection de sa part, loin du protocole qu'exige son rôle de duchesse.

— Vous êtes mon meilleur allié depuis le début. Merci.

Mills regarda le menuisier retirer les vieilles planches de bois du kiosque avec deux de ses hommes.

— Et moi, je pense que vous êtes le meilleur atout à venir pour notre Duc...

Les cloches de l'église retentirent en milieu d'après-midi avec frénésie. Le calme ambiant d'Althéa cessa tout à coup. Après quelques secondes à contempler les cloches au loin, les Althéaïens cessèrent immédiatement leurs activités pour se rendre vers l'avenue centrale de la ville, menant vers le château. La grande porte des remparts s'ouvrit et la délégation des chevaliers d'Althéa apparut avec à sa tête le Duc dans son armure de Chevalier de Sang.

Aélis se précipita vers l'entrée du château et retrouva Mills au grand escalier avec quelques domestiques et l'intendante. Un grand silence accompagna leur passage. Chacun des Althéaïens appréhendait la mort d'un des siens après chaque expédition. Le « zéro victime » était impossible. Tout Althéaïen en avait conscience. Si le soulagement de voir leur Duc revenir vivant était palpable, l'angoisse demeurait pour ceux qui étaient restés sur le carreau. Le Duc Callistar passa devant le grand escalier et arrêta son cheval devant Aélis. Il la regarda un instant de ses yeux sombres cette fois-ci, puis continua sa marche vers les écuries. Finley apparut alors derrière lui et remarqua la présence de la duchesse. Instinctivement, il descendit de son cheval, retira son casque et s'agenouilla devant elle pour lui rendre hommage.

— Ma belle Duchesse, je suis heureux de me présenter à vous vivant !

Aélis sourit devant sa prévenance.

— Mon cher chevalier à l'armure doré, je suis heureuse de vous voir en pleine forme !

Elle lui fit une petite révérence. Les autres chevaliers qui suivirent relevèrent l'intervention d'un des deux plus grands chevaliers de la garde d'Althéa devant la jeune femme et comprirent leur obligation protocolaire. Chacun descendit à son tour de son cheval et s'inclina devant la Duchesse en posant le genou en salutation. Mills s'étonna de cette cérémonie, mais sourit. Finley avait lancé à lui tout seul l'hommage des chevaliers à leur Duchesse. Le Duc resta à l'écart, attendant que chaque chevalier vienne le rejoindre. La fin du défilé s'acheva avec l'apparition du chevalier en armure bleu gris. Il remarqua le petit manège devant la Duchesse. Il observa le Duc au loin surveiller en silence la cérémonie autour de la Duchesse qui salua en retour chaque chevalier s'agenouillant devant elle. Il descendit de son cheval et se posta devant Aélis. Cette dernière se figea devant la carrure imposante du chevalier. Elle ne pouvait pas voir grand-chose de son visage caché sous son heaume. Il ne posa pas son genou à terre, mais se pencha en avant, le bras barrant son ventre.

— Mes hommages, Madame. Je ne peux me mettre à genou que devant le Saint-Père, notre Dieu à tous. Je suis désolé.

Aélis remarqua alors son chapelet accroché à son armure, au niveau de son poignet gauche.

Un fervent croyant ?

— Oh ! fit Aélis, surprise par sa demande de pardon. Je comprends. Je ne me porterai jamais au-dessus de notre Saint-Père. Je suis toutefois contente de voir que le Tout-Puissant a accepté de vous laisser nous revenir à nos côtés.

— Je ne peux pas en dire autant de tous nos hommes.

Il se redressa et jeta un regard vers le charriot contenant les cadavres des soldats tombés en mission.

Aélis écarquilla les yeux et comprit combien chaque sortie de la troupe d'Althéa avait son lot de bonnes et de mauvaises nouvelles.

— Ils se sont tous battus vaillamment pour Althéa, Duchesse.

Aélis lui sourit.

— Je n'en doute pas. Veillez à ce que la douleur des familles soit la moindre possible, même si je mesure combien la tristesse va accaparer leur cœur.

— J'y veillerai en votre nom, Madame.

Il s'inclina à nouveau et la quitta. Aélis l'observa s'éloigner avec curiosité.

— Mills, pouvez-vous m'en dire plus sur ce chevalier ? Il semble avoir une importance capitale dans les troupes du Duc, comme Finley...

— Si Finley est le bras droit du Duc Callistar, ce chevalier peut être considéré comme son bras gauche. Il a également un grand pouvoir magique.

Aélis songea qu'elle ne savait rien de leur magie ni de la force de guerre des troupes d'Althéa, hormis des rumeurs.

Il faudra que je questionne Finley à l'occasion...

Le Duc Callistar observa une dernière fois Aélis au loin, puis ferma la procession jusqu'à l'écurie. Aélis soupira. Il était le seul à ne pas l'avoir saluée dignement.

— Je t'écoute, Mills.
Le Duc Callistar se changeait dans sa chambre tandis que son serviteur se tenait à quelques mètres, prêt à faire son rapport. Callum enfila une chemise blanche.
— La Duchesse n'a pas rencontré de réels problèmes durant votre départ. Elle a su s'occuper avec justesse.
— Avec justesse ? répéta le Duc, interloqué par ce qualificatif.
Mills lui sourit.
— Je commence à comprendre votre position, à vouloir la tester. J'ai quelque chose pour vous.
— Pour moi ?
Mills lui tendit une enveloppe. Le Duc contempla le morceau de papier avec surprise.
— Elle m'a écrit ?
— Oui, comme vous n'allez pas lui parler, elle s'est dit qu'il restait la conversation épistolaire pour communiquer avec vous.
Le Duc s'esclaffa et prit son courrier avec sidération.
— Charmant ! commenta-t-il tout en ouvrant l'enveloppe.
Il déplia la lettre lui étant destinée et en lut son contenu, plutôt bref, à sa surprise.

J'espère que mon cadeau de fiançailles égayera davantage la vue depuis la fenêtre de votre bureau...
Votre Promise.

Le Duc jeta un regard vers Mills qui se tenait droit, devant lui, tout souriant.

— Vous savez de quoi elle parle dans cette lettre ?

Mills ne répondit rien, mais son visage ravi répondait pour lui. Le Duc quitta sa chambre et se précipita vers la pièce lui servant de bureau. Mills le suivit en silence. Il contourna le bureau une fois entré dans la pièce et regarda par la fenêtre. Ses yeux s'écarquillèrent un instant. Complètement ébahi par la surprise, il se tourna vers Mills.

— Elle l'a fait réparer ?!

— Oui. L'intendante a refusé son financement. Elle a donc décidé de faire passer sa dot dans la réparation.

Callum Callistar fronça les sourcils.

— L'intendante s'est opposée à la Duchesse ?

— Oui, mais la Duchesse a eu le dernier mot, puisqu'elle a réussi à restaurer ce kiosque.

— Pourquoi s'est-elle lancée dans cette entreprise ? murmura alors le Duc, cherchant à la comprendre.

Mills se permit de lui répondre.

— C'est à partir de petites choses que vient le bonheur !

Le Duc contempla une nouvelle fois depuis sa fenêtre le kiosque, puis sourit.

— Je me vois forcé de répondre à sa lettre, n'est-ce pas, Mills ?

— Les fiançailles approchent à grands pas. Il est peut-être bon de la remercier pour ce cadeau effectivement.

— Mmmh... se contenta de répondre le Duc tout en souriant.

Il examina la lettre, puis la porta à ses narines pour en sentir l'odeur.

— Femme maline... Votre séduction est aussi douce que mignonne !

16

Le devoir,
l'espoir et des primevères.

Voile noir sur le visage, Aélis restait discrète. Il lui paraissait normal d'être présente auprès des familles endeuillées lors de l'enterrement, mais elle ne savait quels mots dire à ces gens qui ont perdu leur proche, mort pour Althéa. C'était une expérience bizarre, dont elle n'avait jamais eu à se soucier auparavant. Aujourd'hui, la vie de duchesse la propulsait dans des considérations plus proches de la vie courante. Elle réalisait que le temps de l'innocence s'estompait. Elle se revoyait chez ses parents, aussi insouciante que rêveuse, ignorant combien la vie était compliquée parfois. Les pleurs de ces mères et femmes lui rappelaient combien chaque être humain avait une présence éphémère dans ce monde et qu'elle ne pouvait y déroger. Ses parents l'avaient jusque-là protégée au mieux, même si les brimades ne l'avaient pas épargnée. Mais elle réalisait combien il fallait profiter au maximum de cette vie, si propice à être écourtée à tout moment. Comme ce fut le cas pour la fille de l'ancien Duc d'Althéa. Elle devait certainement se réjouir de donner la vie. Ce devait être le symbole de l'amour qu'elle partageait avec un homme. Et son rêve s'était brisé en mourant en couches. Quel triste destin avait-elle vécu ?! Aélis ne pouvait s'empêcher de penser à son propre destin. On lui avait bien imposé un mari dont elle ignorait tout. Qui pouvait lui dire ce qui l'attendait encore ?

Alors qu'elle restait plongée dans ses pensées, un homme vint alors vers elle.

— Votre présence est bienvenue, Duchesse. Je suis Cléry, le prêtre de cette église.

Le prêtre la salua alors d'un petit signe de tête.

— Bonjour, mon Père ! Je suis heureuse de pouvoir voir votre visage !

— Je suis également heureux de pouvoir me présenter à vous plus solennellement. Appelez-moi Cléry, je vous en prie !

La demande du prêtre désarçonna Aélis.

— Bi... bien, si cela vous convient...

— Votre présence est importante dans de telles circonstances. Vous leur indiquez votre soutien dans cette triste douleur.

— J'en suis consciente. Je me désole de ne pas y voir le Duc.

— Le Duc est directement ou indirectement responsable du bien comme du mal qui survient aux habitants d'Althéa. Sa présence peut être gênante.

— Je ne comprends pas... répondit Aélis, perplexe.

— S'il est le maître responsable de son fief, vous êtes celle qui peut être le lien entre les Althéaïens et lui. Vous ne les avez pas conduits à la guerre et à la mort, mais vous pouvez représenter le Duc dans ce triste moment.

Aélis pencha la tête devant cette pertinente réflexion.

— Dites-moi Cléry, est-ce que le Duc a vu beaucoup de ses hommes tomber au combat ? Je ne suis pas sûre d'aimer devoir représenter le Duc dans de telles circonstances, trop souvent.

Cléry sourit.

— Rassurez-vous ! Même si la mort est inévitable au sein des chevaliers et soldats de n'importe quel fief, vous êtes dans celui qui s'en sort le mieux !

— Autrement dit...
— Votre époux a la meilleure armée qui soit !

Le prêtre lui sourit avec bienveillance.

— Je suis heureuse de vous rencontrer, Cléry. La dernière fois, au confessionnal, je n'ai pas eu le luxe de voir votre visage, or j'aime voir à qui je parle.

— Vous êtes venue au confessionnal ? feignit faussement le prêtre.

Tous deux partagèrent un regard complice concernant le respect du secret du confessionnal.

— Vous êtes donc rassurée ?

— Je préférerais vous rencontrer dans des circonstances plus joyeuses que des enterrements ou un besoin de confession !

Cléry se mit à rire.

— Je comprends. Mais il m'arrive de célébrer aussi la joie ! Je serai d'ailleurs aux premières loges pour votre mariage avec le Duc !

Aélis se figea, comme si la mention de son mariage était une affaire plus ou moins oubliée dans sa tête et qu'elle revenait la frapper comme un boomerang.

— La joie... je ne sais pas si c'est vraiment le mot qui puisse qualifier le sentiment qui me parcourt à l'évocation de cet événement. Je dois paraître excessivement égoïste et irrespectueuse, mais je dois bien avouer que c'est surtout l'inquiétude qui me gagne.

Le prêtre observa cette inquiétude sur le visage de la jeune femme.

— Donnez-vous du temps. Le Duc est un homme qui peut paraître mystérieux quand on le rencontre la première fois, mais s'il y a une chose dont vous pouvez être certaine, c'est de la confiance que vous pouvez avoir en lui. C'est un homme fiable.

— Je ne demande qu'à vous croire. Encore faut-il le rencontrer !

Cette fois-ci, ce fut le prêtre qui demeura perplexe.

— Vous ne lui avez toujours pas parlé ? l'interrogea alors le prêtre, circonspect.

Aélis lui sourit gentiment, malgré une tristesse perceptible dans son regard.

— Je vais vous laisser. J'étais ravie de discuter avec vous, Cléry.

— N'hésitez pas à venir au confessionnal.

— Merci, mais je pense que Dieu ne m'aidera pas beaucoup.

— Ne rejetez pas son aide. Il peut vous surprendre, vous savez !

— Dites-lui dans ce cas que les épreuves qu'il dresse devant moi ne m'aident pas à trouver les réponses à mes questions ! Il serait utile qu'il m'ouvre des chemins plus concrets à emprunter pour comprendre l'intérêt de l'entreprise dans laquelle il m'a jetée !

Cléry sourit alors.

— Votre impatience à vouloir obtenir des réponses rapidement montre combien cette situation interpelle votre intérêt ! En soi, cela montre qu'il aura choisi la bonne personne comme Duchesse d'Althéa.

Aélis grimaça devant son cheminement de pensée. Elle voyait bien en cela un religieux, toujours optimiste envers la vie de ses sujets, même quand tout va mal.

— Je préfèrerais quand même avoir moins de déconvenues !

Elle quitta le cimetière et Sampa vint à elle.

— Tout va bien ? Cela n'a pas été trop dur ?

— Merci Sampa. Ça va ! Rentrons au château.

— Bien, Duchesse ! Souhaitez-vous vous appuyer sur moi ?

Sampa lui sourit et lui proposa son coude. Aélis sourit de sa prévenance et passa sa main sous le bras du soldat.

— Il va falloir que je discute avec le Duc concernant ma garde personnelle !

Sampa haussa un sourcil, piqué par la curiosité. Aélis observa les pavés qu'ils piétinaient avec douceur.

— Il est temps que je m'entoure des bonnes personnes. Je ne peux pas me contenter de ce qui est, mais plutôt imposer ce qui doit être.

Sampa l'écouta sans trop comprendre où elle voulait en venir.

— Je suis navré que ma présence ne soit pas à la hauteur pour vous.

Aélis le dévisagea, comprenant la méprise.

— Oh non ! C'est tout le contraire. Je souhaiterais vous faire soldat de ma garde personnelle à temps plein !
— Qu..quoi ?!
— Cela m'énerve de vous défaire de vos fonctions de garde de la porte du château pour répondre à mes demandes de sorties. C'est délicat pour vous comme pour moi. Je songe donc à changer cela. Cela vous dérangerait de me servir à temps plein et d'abandonner la garde de la porte du château ?

Sampa fixa Aélis avec incrédulité, avant de poser le genou à la hâte et de baisser la tête.

— Je ne saurai vous remercier suffisamment de l'honneur que vous me faites. Je ne sais pas si je serais un bon élément à votre garde personnelle, mais sachez que j'en suis honoré !
— Tant mieux ! Je suis contente que nous soyons d'accord pour travailler ensemble à ma sécurité. N'hésitez pas à me dire les risques que peuvent entraîner mes demandes !
— Je ferai au mieux pour assurer votre sécurité !
— Parfait ! J'en parlerai à Mills, mais je pense qu'il va me renvoyer à l'accord du Duc. Enfin ! On verra !

Tandis qu'Aélis s'extasiait devant les boutons de roses qui commençaient à sortir, Mills vint la trouver.
— Le printemps semble réellement s'installer.
— Oui, je suis contente, le jardin va être magnifique !
— J'ai une lettre de la part du Duc, Madame.

Aélis écarquilla les yeux en voyant l'enveloppe qui lui était tendue.
— Il... m'a vraiment répondu ?!
— Il semblerait...

Aélis prit la lettre avec hésitation. Il n'y avait rien d'écrit dessus. Juste le seau du blason d'Althéa tamponné à la cire de bougie.
— Je souhaitais également vous avertir. Nous avons envoyé les

invitations pour les fiançailles. La date est fixée à dans cinq jours.

— Oh... Très bien...

Fébrile, elle décacheta l'enveloppe et lut le message du Duc Callistar.

> *Certains offriraient des bijoux, des coffres de pièces d'or, voire une parcelle de terre, un bataillon d'hommes... Vous êtes surprenante. Merci pour ces magnifiques primevères dans le jardin. Je ne doute pas qu'elles me seront d'une grande utilité pour mon moral !*
>
> *Bien à vous,*
> *Callum.*

Aélis relut la lettre plusieurs fois sans en croire ses yeux. Elle jeta un œil au jardin, et en particulier aux primevères qui fleurissaient un peu partout sur la pelouse. Elle voulut en rire, mais son indignation était plus forte et faisait surgir en elle une irritabilité dont elle ne se pensait pas capable.

— C'est une blague ! Il se fout de moi ?!

Devant ces mots plutôt surprenants, Mills se crispa. Aélis froissa la lettre de colère.

— Il a bien vu le kiosque, Mills ?

— Bien sûr ! répondit-il, ne comprenant pas l'objet de sa déception.

— Très bien. Je vois... Le message est clair. Nous ne nous entendrons jamais !

Elle quitta alors le jardin en trombe. Mills la suivit avec inquiétude.

— Madame, puis-je savoir quel contenu vous indispose dans cette lettre ? Je suis sûr qu'il y a un malentendu !

Aélis arrêta son avancée et fit face à son serviteur. Elle lui posa la lettre sur le torse. Mills s'en saisit avec appréhension.

— Vous pouvez même la garder et la brûler !

Mills s'empressa de la lire tandis qu'Aélis s'éloignait de lui. Il ferma les yeux un instant, puis soupira en voyant Aélis disparaître de sa vue.

— Pourquoi jouez-vous avec ses nerfs ? Vous êtes intenable, Maître !

Il soupira et courut jusqu'à sa maîtresse.

— Il est clair qu'il s'amuse avec vous, Madame. Ne le prenez pas mal ! Ce sont les petites taquineries qui font l'affection !

— Je ne crois pas qu'il ait le droit de taquiner une personne qu'il refuse de rencontrer ! Je veux le voir tout de suite ! Où est-il ? J'ai été assez patiente, mais ça suffit !

— Eh bien, j'ignore où il se trouve actuellement...

— Trouvez-le donc ! Je veux le voir immédiatement, sinon je quitte définitivement ce château pour retourner chez moi !

Mills cessa de la suivre et soupira. L'agacement de la jeune duchesse se justifiait. Aélis avança à travers les couloirs du château avec rage.

— Je vais lui faire avaler ses primevères par les narines ! Il va voir ! J'ai vaincu l'intendante, ce n'est pas un petit duc de pacotille qui va me faire plier l'échine...

C'est alors qu'elle tomba nez à nez avec trois personnes qu'elle connaissait bien...

17

Le jeu de dupe.

Aélis inspira un bon coup et s'avança avec plus de calme vers eux. Finley la remarqua et lui sourit.

— Bien le bonjour, Ma Duchesse ! lui déclara-t-il alors, tout en s'inclinant pour la saluer.

Elle répondit d'un signe de tête, puis regarda le prêtre Cléry.

— Bonjour Ma Duchesse ! C'est une belle matinée, aujourd'hui.

Elle inclina légèrement sa tête pour lui rendre son bonjour, puis elle lorgna vers le troisième homme.

— Voyez qui vient nous voir ! déclara-t-il, un brin cynique.

Aélis plissa des yeux.

— Voyez sur qui je tombe ! répondit-elle, aussi cinglante que lui.

C'était bien lui. Le chevalier de la bibliothèque. Il croisa les bras en la voyant.

— Finley... fit-elle alors, tout en fixant l'autre chevalier. Vous êtes bien le bras droit du Duc.

Finley observa son compagnon d'un air perplexe.

— Euh... oui.

— Vous êtes donc celui qui peut prendre les décisions en cas d'absence du Duc, n'est-ce pas ?

— On peut le supposer...

— Très bien ! Alors tous les autres chevaliers et soldats sont sous vos ordres, dans ce cas ?

— Eh bien...

— Où voulez-vous en venir ? lui demanda alors Cléry, tout aussi intrigué que Finley et Callum.

— Oui, où voulez-vous en venir ? répéta celui qu'elle considérait comme le « chevalier de la bibliothèque ».

Aélis sourit au chevalier de façon narquoise.

— Finley, pouvez-vous donc obliger ce chevalier à saluer sa Duchesse comme le veut le protocole ? déclara-t-elle, tout en fixant Callum. Je ne me souviens pas vous avoir vu me saluer au retour de mission, tout comme vous restez impertinent devant moi encore aujourd'hui. Où étiez-vous ? Auriez-vous fui vos camarades pour éviter de plier le genou devant moi comme tous vos compagnons de guerre ?

Finley se crispa, ne sachant comment réagir devant la demande de sa Duchesse. Cléry jaugea la tension entre la jeune femme et celui dont elle semblait ignorer réellement l'identité. Devant l'hésitation de Finley, Aélis insista.

— Puisque vous ne daignez me saluer de votre propre initiative, je vais vous rappeler vos obligations !

— Voyez-vous ça ! s'en amusa le Duc. Finley, comptes-tu me faire plier le genou de force ?

Cléry leva les yeux de dépit et s'esclaffa devant cette situation incongrue, ce qui n'échappa pas à Aélis.

— Qu'y a-t-il de drôle dans ma demande, Cléry ? l'interrogea alors Aélis, presque déçue de sa réaction amusée sur une question simple de respect et d'honneur.

Cléry se figea et tripota nerveusement le col romain blanc qui cerclait son cou et indiquait sa position cléricale. Aélis chercha à comprendre et observa plus attentivement l'arrogance de ce chevalier rebelle.

— Attendez... Ne me dites pas que...

Les trois hommes fixèrent Aélis, pendus à ses lèvres, redoutant qu'elle ait deviné que le Duc était parmi eux.

— Vous êtes le chevalier à l'armure bleu-gris ! déclara-t-elle tout en indiquant le Duc du doigt. Vous ne pouvez pas plier le genou parce que votre fidélité va d'abord au Tout-Puissant, c'est ça !

Heureuse d'avoir fait le lien, Aélis prit cependant un temps supplémentaire de réflexion tandis que les trois hommes restèrent muets devant la théorie incroyable de leur duchesse.

— Prêtre Cléry... Pouvez-vous intervenir et réprimander votre fidèle fervent de Dieu en lui enseignant la politesse et le respect du rang ?

Le Duc pouffa devant Cléry, complètement désappointé.

— Je mérite la flagellation ! clama-t-il alors. Nul doute ! Cent coups de fouet dans le dos et cinquante « Je vous salue Marie » me semblent pertinents pour me remettre sur le droit chemin.

Cléry fronça les sourcils devant son ton impertinent. Aélis le dévisagea alors, folle de rage. Elle lui donna un coup de pied dans le tibia, obligeant le Duc à perdre son équilibre et se baisser pour soulager sa jambe.

— Bah voilà, vous pouvez plier le genou devant moi ! fit Aélis, tout à coup satisfaite du revirement de situation.

Finley et Cléry restèrent pantois devant la scène. Le Duc se frotta le tibia et se mit à rire.

— Bravo, Duchesse ! Je capitule ! Vous m'avez bien eu, je dois le reconnaître !

Il se releva et soupira tout en la sondant. Puis, il attrapa sa main et la baisa doucement sur son revers.

— Bien le bonjour, Belle Duchesse !

Aélis se raidit, ne s'attendant pas à ce baise-main impromptu. Pour une raison qu'il ignorait, Finley se trouva mal à l'aise et toussota.

— Bien ! Puisque le problème est réglé, je prends congé. Ne vous entretuez pas en mon absence !

— Attendez, Finley ! s'écria alors Aélis, prise entre le baise-main troublant de son chevalier et ses devoirs de duchesse. Ne vous interrompez pas pour moi ! De quoi parliez-vous ? Enfin, si je peux en être informée...

Elle réfléchit alors et reprit ses paroles, en même temps qu'elle récupérait sa main.

— Non, je suis en droit de savoir ! De quoi parliez-vous ?!

Finley jeta un regard vers le Duc qui sourit tout en la dévorant du regard.

— Nous parlions des bandits ! intervint le Duc.

Aélis le contempla alors, plus recentrée sur l'essentiel que sur son trouble précédent.

— Des bandits ? Ceux qui ont attaqué la route des marchands ? Vous avez réussi à les arrêter, n'est-ce pas ?

— Oui, nous avons pu stopper leur trafic et nous avons pris en otages deux d'entre eux. Finley a la charge de les faire parler.

Aélis observa Finley.

— Vous allez les torturer ? lui demanda-t-elle d'une petite voix.

Finley se trouva gêné.

— Ma Duchesse, je suis chevalier. Même si vous me trouvez charmant, je reste un guerrier... avec tout ce que cela comporte de... mauvais.

Aélis baissa la tête. Elle réalisait combien elle idéalisait les choses sans penser au mal autour d'elle.

— Si nous voulons en savoir plus, continua le Duc, il nous faut leur soutirer un maximum d'informations. Depuis quelques mois, des gisements de pierres sont la cible de ces brigands. Je pense qu'ils sont à la solde de quelqu'un. Nous devons remonter la filière et comprendre pourquoi ils s'en prennent aux pierres.

— Les pierres sont les catalyseurs d'énergie des chevaliers magiques ! continua Cléry. Il ne faut pas sous-estimer ce qui peut être fait avec de telles pierres en leur possession. Le pouvoir que confèrent les pierres peut être dangereux pour tout le monde.

— Vous avez vous-même une pierre qui est rattachée à votre mana, c'est ça ? demanda alors Aélis à Finley.

— Oui, répondit Finley. La mienne est ancrée dans la garde de mon fouet.

Il toucha alors son fouet accroché à sa hanche. Aélis remarqua une pierre jaune.

Aélis regarda alors le chevalier de la bibliothèque avec curiosité.

— Et vous, où se trouve votre pierre ?

Le Duc sourit et joua le jeu.

— Sur mon chapelet de prière !

Aélis fronça les sourcils, cherchant à démêler le vrai du faux dans ses propos. Bizarrement, elle n'arrivait pas à croire en sa dévotion religieuse.

— Nos chevaliers doivent agir ! les interrompit Cléry. Que se passerait-il si les pierres devenaient inefficaces, ou au contraire, si leur pouvoir prenait une proportion insoupçonnée ?

Aélis secoua la tête affirmativement. Elle avait du mal à songer au pire. Le monde de la magie et des combats était tellement loin d'elle. Cependant, elle imaginait combien le royaume entier pouvait payer cette négligence si ces brigands n'étaient pas stoppés définitivement.

— Le Duc est une personne avisée, n'est-ce pas ? confirma Aélis. Je suis sûre qu'il fera tout pour Althéa et le royaume d'Avéna.

Les trois hommes observèrent Aélis avec attention. Cléry jeta un regard vers Callum Callistar qui souriait en la regardant. Callum inspira nonchalamment.

— Mouais ! Le Duc se la coule douce pendant qu'on se partage les tâches, nous, les petits chevaliers !

Les propos de Callum étonnèrent tout le monde alors que son sourire restait vissé sur son visage.

— Il reste invisible, le bougre ! continua-t-il d'un ton plaisantin.

Sa remarque rappela à Aélis ses petits tracas épistolaires.

— Ne m'en parlez pas ! grommela alors Aélis tout en serrant le poing, le visage plus sombre. Si je le trouve, je ne suis pas sûre qu'il puisse sauver qui que ce soit, encore moins sa personne que je vais réduire en charpie si ça continue !

Les trois hommes restèrent subjugués par le ressentiment négatif évident de leur Duchesse. Finley s'inquiéta pour le Duc qui venait de perdre légèrement son sourire assuré, mais peut-être plus encore pour sa Duchesse.

— S'il vous embête, je peux... vous prêter mon fouet pour le flageller, ma Duchesse ! lui proposa Finley, aux petits soins.

Callum déglutit tout en voyant le visage goguenard de son bras droit.

— C'est gentil, Finley ! Mais j'ai des primevères à lui faire avaler par les narines avant ! répondit Aélis, visiblement en colère contre le Duc.

Elle les quitta alors, tandis que Callum tentait de cacher son rire pour ne pas être démasqué. Cléry regarda la Duchesse s'éloigner et soupira.

— À quoi tu joues avec elle, Callum ?

— Moi ? Mais à rien ! répondit Callum d'un air songeur. Je ne suis qu'un chevalier à l'armure bleu-gris !

Il fit un clin d'œil à Cléry, puis regarda Finley.

— Alors comme ça, tu veux lui prêter ton fouet pour me flageller ? Alors que nous connaissons tous les trois les dégâts de ton fouet ?

Finley se raidit, puis sourit faussement.

— Bon bah, je vous laisse, j'ai un interrogatoire à mener !

— C'est ça ! Casse-toi avant que je le découpe en morceaux !

Mills arriva alors sur ces entre-faits.

— Ah vous voilà, Monsieur ! Il y a urgence ! La Duchesse est en colère contre vous, à la suite de votre lettre, et souhaite vous rencontrer le plus rapidement possible, sous peine de quitter Althéa si ce n'est pas le cas.

— Voyez-vous ça ? ! répondit Callum, amusé.

— Pourquoi lui avez-vous parlé des primevères plutôt que du kiosque ? !

Le Duc ricana. Cléry toisa son ami.

— Des primevères à te faire avaler ? ! répéta-t-il alors les mots d'Aélis avec consternation.

— C'est bon à manger, des primevères ? leur demanda alors le Duc, tout en réfléchissant nonchalamment. Je me demande comment elle va me les assaisonner ?

Le Duc les abandonna tout en sifflotant tranquillement.

— Il est déconcertant ! déclara alors le prêtre.

— Vous n'imaginez pas à quel point leur relation m'épuise ! confirma Mills.

Cléry observa Mills et sourit.

— Mon confessionnal vous est ouvert si vous le souhaitez. Je suis sûr que notre Seigneur serait surpris par tout ce que le Duc vous fait vivre au quotidien !

— Il est pire que toutes les guerres que j'ai affrontées ! marmonna Mills, désabusé.

18

À trop vouloir jouer
avec le feu...

— Callum, on a un problème !

Finley déboula dans le bureau du Duc, lui signifiant une urgence.

— Monsieur ! Nous avons un gros problème !

Mills emboîta le pas dans le bureau avec la même sévérité sur son visage. Tous deux se regardèrent, surpris d'avoir le même discours.

— Premier sur le coup ! s'exclama alors Finley pour obtenir en premier une audience auprès du Duc. Edern vient de me trouver pour m'informer de quelque chose de louche, constaté du haut des remparts.

— Edern ? répéta alors le Duc, tout ouïe.

— Une calèche a quitté Althéa. Elle était pleine de valises et des soldats ouvraient et fermaient son convoi.

— C'est ce que je craignais ! intervint alors Mills. La Duchesse a laissé une lettre ! Elle a mis ses menaces à exécution ! Elle quitte Althéa pour retourner chez ses parents à Piléa. Elle rompt les fiançailles !

Le Duc se leva d'un bond de sa chaise et frappa la paume de ses mains sur le bureau.

— Et merde !

— Je vous avais dit qu'elle était foncièrement en colère, à cause de votre lettre et qu'elle exigeait une entrevue. Vous avez balayé d'un revers de main sa demande d'entretien et bafoué ses sentiments. On voit le résultat ! À quatre jours de vos fiançailles !

— Ça va ! Épargnez-moi vos réprimandes, Mills ! Ce n'est pas le moment. Je n'ai pas d'autres choix que d'aller à sa rencontre et lui demander d'opérer un demi-tour. Ce n'est pas le moment de nous mettre le Roi Mildegarde à dos. Les vols de pierres le mettent suffisamment en colère !

— Je fonce faire préparer Kharis ! dit alors Mills.

D'un signe de tête, Callum Callistar confirma le besoin de son cheval à Mills qui quitta immédiatement la pièce.

— Tu l'as vexée ! déclara alors Finley, inquiet. C'est malin ! À trop jouer, tu as perdu !

— Je ne suis pas inquiet pour son départ. Je le suis plus pour la dangerosité de son voyage. Je suis devenu un ennemi pour les trafiquants de pierres. Nous avons mis à mal un de leur trafic en reprenant le contrôle de la route principale du commerce d'Althéa. Ils vont forcément vouloir se venger !

— Tu crois qu'ils s'en prendraient à elle ?

— C'est la future Duchesse d'Althéa ! gronda Callum. Et tout le royaume d'Avéna a appris nos fiançailles !

— Je viens avec toi ! trancha Finley. Je vais chercher Cléry. Ses paroles pourront peut-être la ramener à la raison si tu échoues.

— Je te remercie, mais je sais encore parler correctement ! Je n'ai pas besoin de lui !

Callum grimpa sur son cheval et observa une dernière fois Mills.

— Ramenez-la vite ! lui dit alors doucement son serviteur tout en se voulant rassurant sur les capacités du Duc à réussir son entreprise.

Callum lui fit un signe de tête et son cheval fit un tour sur lui-même, pressé de pouvoir galoper. Il vérifia si Finley était prêt. Ce dernier monta sur Lutès quand un cheval traversa la grande avenue d'Althéa menant au château, avec un soldat allongé à moitié sur l'animal. La monture s'arrêta devant eux et le soldat tomba au sol. Tous reconnurent Sampa. Mills et Finley se précipitèrent sur lui. Mills le releva légèrement pour qu'il puisse mieux parler. Il avait le visage en sang et une blessure sur le flanc.

— La Duchesse...

— Où est-elle ? lui ordonna de répondre le Duc, du haut de son cheval, le regard furieux.

— On nous a attaqués... Ils ont pris la Duchesse avec eux. Je suis le seul survivant.

— Tu aurais dû mourir avec eux ! trancha Callum, énervé de l'incompétence des soldats qui accompagnaient Aélis.

— Qui vous a attaqués ? demanda alors Finley.

— Huit hommes... murmura Sampa, faible. Il y en avait un avec une cicatrice traversant son visage.

Finley échangea un regard entendu avec le Duc.

— Ce sont eux ! rétorqua Finley, sans hésitation. Comme tu le craignais, ils se vengent de notre attaque.

Callum serra les dents. Sa colère était palpable à tel point que Kharis la ressentait et s'agitait. La sueur sur le front, signe évident de sa lutte pour tenir jusqu'à ce qu'il délivre son message, Sampa s'évanouit.

— Changement de plan ! annonça alors Callum. Finley, va chercher Cléry. On part à trois !

— Huit contre deux, c'est largement jouable ! s'enorgueillit Finley.

— Ils étaient huit à attaquer, mais rien ne dit qu'ils ne sont pas plus nombreux à un point de ralliement. Je préfère nous assurer la présence de Cléry.

Finley remonta sur son cheval et partit en direction de l'église.
— Mills ! Je veux plus d'informations de sa part ! Réveille-le !
— Il semble profondément blessé. Il faut le soigner. Il va mourir.
— Je n'ai pas le temps d'attendre ses soins ! s'énerva Callum. Plus on perd du temps, plus les chances de la retrouver rapidement s'amenuisent. Je dois savoir vers où ils sont partis !

Mills comprit l'inquiétude du Duc et soupira. Il secoua Sampa et lui donna de petites claques.
— Sampa ! Ne nous lâche pas maintenant ! Sampa !

L'inertie du soldat irrita davantage Callum qui descendit de son cheval et décida de prendre le relai. Il souleva Sampa sur toute sa hauteur et de sa main appuya sur sa plaie en sang. La douleur fut telle qu'un horrible gémissement sortit de sa gorge.
— Vers où ils sont partis ?! Je veux une direction, une ville, un lieu ! N'importe quoi !

Un œil fermé, Sampa regarda brièvement le Duc. Il leva lentement sa main et de son index montra une direction.
— La... montagne... d'Ostria...

Callum jeta Sampa dans les bras de Mills.
— Soignez-le et mettez-le au cachot. Je lui règlerai son compte moi-même à mon retour.

Aélis ouvrit les yeux doucement, puis sursauta en réalisant quels étaient ses derniers souvenirs. On les avait attaqués et on l'avait kidnappée. Elle fit rapidement un point sur sa situation. Ligotée et bâillonnée, les pieds nus, elle était assise dans un coin, au sol, contre un rocher. Huit hommes s'affairaient devant elle. Elle regarda le ciel ; le soleil était au crépuscule. Ils devaient donc établir leur campement pour la nuit. Elle examina les alentours. Ils étaient en pleine nature. Elle ne savait où exactement. Rien ne pouvait l'aiguiller sur sa position. Ses souvenirs étaient flous. Elle se rappelait l'attaque, ses soldats combattant les brigands, du sang, des cris de douleur, la panique de ne pas voir tout ce qui se passait à l'extérieur de la calèche et puis... Elle observa attentivement les hommes et repéra rapidement celui qui l'avait fait sortir de la calèche. Elle ne pouvait oublier cette balafre qu'il arborait sur son visage. C'était bien lui le plus effrayant de tous. Elle ignorait ce qu'ils attendaient d'elle. Elle ignorait pourquoi ils la gardaient toujours en vie. D'ailleurs, elle ne voyait pas d'autres prisonniers. Elle ne pouvait qu'en déduire que sa garde personnelle avait été entièrement éliminée. Elle ferma les yeux et s'attrista sur le sort de Sampa. Si elle n'avait pas décidé de quitter définitivement le château pour retrouver son fief d'origine, Piléa, il serait encore en vie. Ils seraient tous encore en vie. Elle pleura alors malgré le bâillon qui obstruait sa bouche. Encore une fois, elle n'avait pas mesuré l'ampleur de ses actes sur les autres. Elle ne doutait d'ailleurs pas que ce qui la maintenait pour l'instant en vie était son rang de future Duchesse d'Althéa. Elle était une rançon possible, un atout de négociation, un pion pour une stratégie évidente.

Elle tenta de desserrer ses liens dans son dos, mais en vain. L'un des hommes allumait un feu et remarqua son agitation. Il se redressa et vint la trouver.

— Bah alors, ça y est ! La Duchesse ouvre ses petits yeux de femme noble !

Aélis lui jeta un regard froid qui étonna le brigand. Il lui attrapa le menton pour approcher son visage du sien.

— Tu as du cran à me défier ainsi du regard, mais c'est moi qui reste en position de force !

Il frappa alors son visage d'une gifle qui propulsa Aélis au sol et l'immobilisa. Le brigand retourna s'occuper de son feu, la laissant accuser le coup en silence. Elle resta ainsi un long moment avant que le balafré ne vienne la voir. Il la redressa et toucha ses cheveux.

— Une telle couleur de cheveux, ce n'est pas courant à ton âge. Tu sembles très jeune...

Il la scruta des pieds à la tête et sourit.

— Tu restes baisable. Je me demande ce que dirait ton Duc de mari si je me servais dans sa gamelle !

Aélis écarquilla les yeux, de plus en plus inquiète sur son sort.

— Tu as peur, hein ? Je le lis dans tes yeux ! Tu peux ! Le patron nous a dit de calmer les ardeurs du Duc d'Althéa. Quoi de mieux que de maintenir la pression sur lui en détenant la vie de sa femme dans nos mains ?!

Aélis s'agita, gémissant des mots à travers son bâillon. Le balafré le lui retira aimablement.

— Croire qu'il va rester tranquille tant que je suis votre otage est une grosse erreur. On parle du Chevalier de Sang ! Il viendra ! Pour l'honneur ! On ne le défie pas de la sorte sans le payer ! Vous devriez le savoir !

— Qu'il vienne ! La dernière fois, je n'avais pas les meilleurs hommes avec moi. Il a pu nous battre avec sa foutue magie et ses soldats. Mais là, j'ai un chevalier magique avec moi ! La donne sera différente !

Il montra d'un signe de tête un homme qui mangeait dans son coin. Il ne ressemblait en rien à un chevalier. Pas d'armure, pas de prestance. Il semblait même détaché de tout.

— Quel est son pouvoir ?

— Tsss ! Tu le verras quand ton mari tombera à tes pieds... Enfin, s'il vient !

L'expression d'Aélis sur son visage se durcit.

— Il va tous vous tuer !

Le balafré lui remit le bâillon pour la faire taire et se releva. Il la laissa ainsi, tout en ricanant. Si ce type l'agaçait, son inquiétude se dirigeait pourtant vers ce soi-disant chevalier magique. Elle le contempla avec assiduité pour essayer de trouver ce qui pourrait l'aiguiller sur sa dangerosité. Si le Duc tirait son pouvoir de son épée et Finley de son fouet, il devait aussi avoir un objet magique dont il se servait pour combattre. Elle ne vit malheureusement rien autour de lui pouvant la faire avancer dans ses recherches. Le chevalier la regarda alors. Ses yeux étaient vides de toute vie. Il semblait vivre en apnée.

Elle baissa les yeux, parcourue d'un frisson dans le dos. Les hommes mangèrent et burent du vin sans se soucier d'elle. Au point que cette inattention devint un avantage pour elle. Elle frotta la corde qui maintenait ses poignets contre un bord saillant du rocher. Elle frotta encore et encore, même si l'usure restait minime.

Allez, Aélis ! Tu ne peux pas rester avec eux ! Mieux vaut être seule dans la nature, qu'avec eux ! Je dois m'échapper, coûte que coûte !

Elle continua à faire glisser ses cordes contre le rocher avec toute la hargne et la vitalité qui lui restaient et des fibres de la corde cédèrent. Elle sentit ses liens se desserrer doucement, même si ses poignets devenaient de plus en plus douloureux à force d'insister sur la corde. Cette légère avancée fit monter son adrénaline. Ses yeux allaient et venaient entre le frottement de la corde et l'activité des brigands. De nouvelles fibres de la corde lâchèrent, suffisamment pour qu'elles puissent sortir ses mains de la corde entourant ses poignets. Elle surveilla immédiatement ses ennemis pour trouver le moment opportun pour défaire les liens à ses chevilles. Ils buvaient comme des trous. Seul le chevalier ne buvait pas. Il restait dans son coin, silencieux. Elle se tourna légèrement et lentement, tout en les épiant, et se détacha les chevilles. Son cœur palpitait dans sa poitrine. La moindre erreur pouvait lui être fatale. Elle était à la fois terrifiée et pleine d'assurance. Elle se traîna ensuite progressivement le long du gros rocher et tout à coup, une fois suffisamment loin de leur attention, elle se releva et s'enfuit.

19

... on trouve
le tranchant de son épée !

Peu importait la direction, tout ce qui comptait pour Aélis était de prendre le plus de distance possible, tant qu'ils n'avaient pas remarqué sa disparition. Pourtant, le début de sa course fut stoppé net par une ronce qui s'accrocha à sa cheville et la fit chuter. Le bruit de sa chute et son gémissement souffrant attirèrent l'attention des brigands qui remarquèrent que leur otage n'était plus à sa place. Elle se releva malgré la douleur et reprit sa course à travers les arbres, les buissons et les herbes hautes. Trois de ses ennemis réagirent et partirent immédiatement à sa poursuite. Des larmes coulaient sur les joues d'Aélis tandis que la douleur saisissait ses pieds et ses chevilles. Elle piétinait tant de végétaux et de cailloux qui lui lacéraient la chair qu'elle se disait que plus jamais elle ne pourrait porter de chaussures. Sa robe se déchirait au fur et à mesure qu'elle avançait, se prenant dans les branches. Seul son instinct de survie la poussait à chercher une issue favorable à son calvaire. Les branches, les feuilles, les insectes attaquant son visage et son corps n'étaient que détails face à ce qui l'attendait si elle se faisait rattraper. Tout ce qui comptait, c'était de trouver une lumière au bout du tunnel, trouver un refuge où se cacher, n'importe quoi qui pourrait la sauver.

C'est ainsi qu'elle arriva sur le bord d'une rivière. Son regard se posa à droite, puis à gauche et enfin de l'autre côté du cours d'eau. Elle entendit les brigands arriver dans son dos et se décida à la traverser. La profondeur semblait moindre à ce niveau. L'eau gelée s'immisça à travers ses vêtements jusqu'à sentir son cœur être saisi par la sensation désagréable du froid, mais elle avança malgré tout. Les trois hommes arrivèrent au bord de la rivière et la virent dans l'eau. L'un d'eux fonça la chercher.

— Il ne faut pas qu'elle nous échappe ! cria l'un des brigands, restant sur la berge.

Aélis donna ses dernières forces dans son avancée dans l'eau, mais son poursuivant gagna rapidement des mètres sur elle et lorsqu'elle arriva enfin de l'autre côté de la rivière, son courage l'abandonna et elle s'effondra pour reprendre son souffle. Son ennemi l'attrapa par les cheveux au moment où elle se relevait. Elle arracha un cri de douleur tandis qu'il tirait sur sa tignasse cendrée pour la ramener à lui et stopper définitivement sa progression. Aélis agrippa les poignets de l'homme qui la maltraitait pour réduire sa poigne sur ses cheveux, en vain.

Il la traîna ainsi en chemin inverse, quand un cheval sortit d'un buisson et fonça sur eux. Aélis eut seulement le temps de voir la robe noire du cheval passer par-dessus elle, puis la tête du brigand tomber dans l'eau avec l'expression de son visage figée par l'effroi, pour lentement couler au fond de la rivière. Le cheval continua sa course vers l'autre rive et Aélis vit un second cheval, à la robe beige, le suivre, puis un troisième arriver à côté d'elle à la robe grise. Dans un état d'inertie, elle leva la tête et reconnut le chevalier au chapelet.

Il descendit de cheval et la releva. Aélis regarda avec horreur le sang s'échappant du corps flottant du brigand à la tête tranchée suivre le courant de la rivière.

— Tout va bien, Duchesse ! Vous n'êtes plus en danger ! put-elle l'entendre la rassurer.

Elle tenait à peine sur ses jambes meurtries et le chevalier comprit, à la vue de ses blessures et de son état général qu'elle était affaiblie. Il la souleva par la taille et la déposa sur son cheval. Elle s'étonna presque de sa gentillesse alors que leurs entrevues au sein du château avaient toujours été tendues. Il monta ensuite derrière elle et ils attendirent au loin. Aélis vit que les deux autres brigands n'avaient pas faits long feu. Mais ce qui la choqua était la sauvagerie de l'attaque. Elle frissonna de terreur en voyant l'un des brigands tomber à genoux, l'épée du Chevalier de Sang, son futur mari, dans sa gorge. Il retira lentement son épée telle une exécution sans sommation.

Le chevalier à l'armure bleu-gris lui cacha alors le visage de sa main couverte par son armure.

— Ce n'est pas un spectacle pour une Duchesse.

Elle se tourna vers le chevalier et sanglota de peur, mais très vite, l'attention du chevalier casqué revint vers l'action de l'autre côté de la rivière. Aélis poussa alors la main du chevalier et vit le chevalier mercenaire apparaître devant Finley et le Duc.

— C'est un chevalier magique ! cria-t-elle alors, désormais inquiète pour eux.

Finley et le Duc tournèrent la tête vers Aélis, assise sur le cheval de leur camarade et sous sa protection. Tous deux montèrent automatiquement leur vigilance d'un cran. Callum descendit de son cheval et se mit en garde. Finley ne bougea pas, comme s'il savait qu'il n'avait pas à intervenir. Le cœur d'Aélis se serra à l'idée que le Duc perde ce combat à cause de son enlèvement.

— Fin, continue ! Ils ne sont pas tous là. Va vite à leur campement finir le travail. Je te rejoins rapidement.

Après analyse de la situation, Finley acquiesça.

— Entendu ! Sois prudent avec lui !

— Toi aussi ! Il y en a peut-être un autre de son acabit plus loin !

Le cheval de Finley hennit et bientôt le chevalier d'or disparut derrière les arbres et les buissons. Le chevalier mercenaire s'avança doucement vers le Duc. Callum redoubla de vigilance, bien que le terrain soit à présent plus apte à recevoir leur combat.

— De quel fief viens-tu ? Qui est ton patron ? demanda alors Callum.

Devant le silence du chevalier, Callum ancra un peu plus au sol son pied arrière pour préparer son attaque ou sa défense.

— Je vois... Tu es un chevalier apatride, un mercenaire, c'est ça ? Qui te paie ?

— Qu'est-ce que ça t'apporte de le savoir ? lui répondit le mercenaire. Qui paie ? Qui doit être tué ? Toi comme moi savons que le résultat est toujours le même : nous sommes des marchands de morts. Tu es le premier marchand de morts du Roi Mildegarde. Tu sais qu'au final, peu importe de savoir qui a tort ou raison, l'essentiel est la mission. Donc tu te doutes de ma mission aujourd'hui.

— Tout comme tu sais qu'elle est la mienne... répondit le Duc, d'un ton aussi grave que lui.

Le chevalier ennemi sortit alors une boule de cinq à dix centimètres de diamètre de la poche de son pantalon, et sourit. Il lui montra alors une pierre incrustée dedans.

— Je vois à ta pierre sur ton épée que nous avons tous les deux une pierre noire... déclara alors le chevalier mercenaire.

— Je suis lié à l'obsidienne... déclara Callum. Et toi ?

— La tourmaline noire...

— Deux pierres chassant les ondes négatives tout comme pouvant les attirer selon son porteur... commenta Callum de façon plus pensive.

L'onde négative noire apparut autour du Duc. Son mana sortait par effluves de son armure, mais Aélis constata qu'il manquait la couleur rouge qu'elle avait pu voir lors de sa première rencontre pour sauver Sampa.

La boule du chevalier mercenaire se mit à briller d'une lueur noire. Tout à coup, le mana autour de la boule s'agrandit. Le chevalier la lâcha et elle resta en suspension dans l'air. La boule se transforma aussitôt en une masse en acier accrochée à un manche en bois. Des pics sortirent de la boule qui continua de grossir.

— C'est son arme ?! déclara Aélis, stupéfaite de voir pour la première fois la magie d'un chevalier devant ses yeux. Jamais elle n'aurait pu croire qu'un objet puisse se transformer de la sorte. Elle imagina alors la magie de chacun des chevaliers présents, mais son attention resta posée sur le pouvoir du chevalier ennemi.

— Il s'agit d'une masse d'arme ! déclara son chevalier protecteur. Une arme contondante, faite pour assommer ou casser des membres ! Quand une épée a du mal à traverser une armure, rien de tel qu'un coup de masse d'arme sur le heaume pour assommer un homme.

Aélis comprit vite le problème.

— Le Duc n'a pas de bouclier !

L'inquiétude s'installa sur le visage de la jeune femme tandis que la boule grossissait encore. Lorsqu'elle cessa sa transformation, chacun comprit la force de ce chevalier. La boule devait atteindre à présent les cinquante centimètres de diamètre et les pics l'entourant devaient mesurer une dizaine de centimètres chacun.

— Comment peut-il porter une telle arme ? s'interrogea alors Aélis. Elle doit être très lourde !

— C'est son mana lié à sa pierre qui doit jouer dessus. Elle doit être légère pour lui, mais immensément lourde pour celui qui reçoit son coup.

Aélis s'agita en cernant bien le danger.

— Il faut protéger le Duc ! Nous ne pouvons pas rester ici sans rien faire !

— C'est son combat ! répondit-il à son oreille. Et on parle du Chevalier de Sang.

La confiance de son protecteur médusa Aélis autant que ce qui se jouait à présent sous ses yeux. Le chevalier ennemi se saisit de sa masse d'arme et sourit. Une armure se matérialisa immédiatement autour de son corps à son contact. Noire, mais avec des stries, son armure semblait plus irrégulière dans sa composition, avec des aspérités propres à la tourmaline. Celle du Duc, extension de l'obsidienne, avait un noir plus lisse, plus miroitant, plus compact. L'armure de ce chevalier déchu avait quelque chose d'aussi inquiétant que celle du Duc, mais d'une autre façon. Ces reflets volcaniques renvoyant des éclats plus ternes, propres à la caractéristique des tourmalines, angoissaient la Duchesse. Son casque était à l'effigie de son arme : rond et couvert de pics.

— Lorsqu'on m'a dit que ma mission concernait le Chevalier de Sang, c'est ce qui m'a encouragé à l'accepter. Ta réputation te précède. J'avais envie de te rencontrer. Voir si cette réputation est surfaite ou pas.

— Tsss ! Ils me disent tous la même chose ! déclara Callum. Va falloir trouver autre chose à dire, ça devient usant à entendre !

— Ce sera la dernière fois que tu l'entendras, je te le promets !

— C'est ce que j'espère à chaque fois, mais bon... C'est à croire que cela se transmet entre mes ennemis après leur mort !

Le chevalier mercenaire fit tourner sa masse dans un geste de poignet la menant de haut en bas avec une agilité déconcertante.

— Je suis Likone et je te présente mon arme, Fakon !

20

Résister
ou se laisser dévorer.

— Je suis Likone et je te présente mon arme, Fakon !

Likone lui fonça alors dessus et abattit sa masse sur le Duc. Callum l'évita de justesse et la masse d'arme s'écrasa au sol.

— Tu nommes ton arme, toi ? fit alors Callum, amusé. Curieux !?

— Je ne fais qu'un avec mon arme. Elle est ma plus fidèle amie. Elle est à mes yeux un être à part entière. Il est normal que je l'affuble d'un nom.

— OK, pourquoi pas ! Et elle te répond ?

— Moque-toi ! Bientôt, tu n'auras plus ce luxe !

Callum prit à nouveau une pose d'attente, les deux mains serrant l'épée au-dessus de son épaule gauche.

— Je n'ai jamais songé à donner un nom à mon arme. Je n'ai jamais considéré mon épée comme quelque chose de vivant. Pour moi, c'est juste un objet m'aidant à obtenir une fin. Mais je vais faire honneur à ta considération sur ton arme. Pour ce combat, je vais nommer également mon épée.

— Je ne t'ai rien demandé !

— Ça me fait plaisir, je t'assure. Que dirais-tu de «Aélis»?!
— N'est-ce pas le prénom de ta femme ? Tu donnes le prénom de ta femme à ton arme ? Tu es offensant au possible !
— Tu crois ? Moi, je vois en cette appellation, une volonté que mon arme transpose la vengeance de ma femme !

Il abattit soudain en réponse son épée sur lui.
— Tranche, Aélis ! cria Callum.

Likone contra l'attaque par le métal de la boule de son arme. Aélis entendit la mention de son prénom comme une étrange dédicace, tel un talisman que le Duc s'accordait par son biais, en plus de sa volonté à désirer la venger. Elle sourit, heureuse de le voir enfin penser à elle.

— Tu te fiches de moi ? s'agaça Likone en tentant un second coup.

Un des pics de la masse effleura alors le heaume de Callum.
— Elle est en mode gentille, là ! répondit Callum, confiant. Aélis peut être très impétueuse, enragée, complètement imprévisible, tu sais !

Aélis grimaça devant ce descriptif assez réducteur de sa personne. Callum fit alors un tour sur lui-même et frappa de son épée le long pic qui venait de l'attaquer. Likone sourit sous son casque.

— Tu ne casseras pas mon arme d'un coup d'épée.

Callum comprit que son coup n'avait aucun effet et se recula immédiatement. Une pause intervint entre les deux combattants pour se jauger. Callum observa un instant son épée.

— Aélis, tu l'as entendu ! Il te nargue !

Aélis pouffa du haut de son cheval. Le chevalier dans son dos marmonna un «Arrête de bavasser ! Finis-le plutôt ! Qu'on rentre !». Elle se tourna alors vers lui et lui sourit.

— Certainement pas ! s'exclama Aélis. J'ai l'impression qu'en m'incluant dans son combat, il me parle enfin ! C'est... un bel acte de considération.

Elle serra les rênes de la monture du chevalier avec reconnaissance. Elle se demanda même si ce n'était pas une façon pour lui de se faire pardonner.

— Vas-y, Callum Callistar ! lui cria-t-elle alors. Montre-lui son erreur d'appréciation nous concernant.

Callum tourna un instant la tête vers l'autre côté de la rivière et remarqua Aélis lui sourire. Son attention revint aussitôt vers son ennemi avec un sentiment bizarre le parcourant. L'encouragement de la jeune femme augmentait sa volonté d'être exemplaire au combat. Elle l'observait et c'était suffisant pour donner le meilleur de lui. Il sourit alors sous son casque.

L'obsidienne incrustée sur la garde de son épée brilla dans un reflet de lumière ; son mana augmenta légèrement et le rouge apparut enfin.

— Tu te décides enfin à porter ta magie à mon niveau ! déclara Likone.

— C'est ça, ton niveau ? se moqua Callum.

— Je ne vois pas pourquoi je me fatiguerais à montrer plus !

— Dis-moi, Likone... Pourquoi tu as été répudié ?

— En quoi cela change notre combat actuel ?

— Je me disais juste que c'était dommage ! Un beau gâchis de t'avoir en ennemi alors que tu sembles être un atout intéressant pour un fief.

— Serais-tu en train de me débaucher ?

— T'emballe pas ! Les chevaliers magiques d'Althéa sont d'un rang différent du tien !

— Vraiment ?

— Ouais ! Ils sont cool, eux ! Toi, tu portes la déprime sur toi !

Likone esquissa un sourire.

— Serais-tu en train de me dire que ma tourmaline a renversé mon mana en ondes négatives ? Regarde plutôt ton mana !

— Je ne nie pas ! Chaque pierre a son côté positif et son côté négatif. Son porteur choisit, par sa mentalité, quel pouvoir de la pierre va ressortir sur son arme. Pour mon cas, la négativité est très présente en moi naturellement, mais pour l'instant, elle ne me dévore pas ! Va savoir pourquoi ?! Je la sens crépiter en moi, elle bouillonne même en cet instant, même si je la contiens. Elle ne demande qu'à sortir. Elle n'attend que mon autorisation. Je devrais me méfier de cette puissance sous-jacente. Nous savons combien notre pouvoir peut ronger l'esprit d'un homme. Et pourtant, la partie saine rouge que tu vois se mélange à la partie noire. J'injecte du sain dans la noirceur quand je sens que la négativité devient incontrôlable. C'est ainsi que mon pouvoir fonctionne. C'est ainsi qu'il se développe. Autrement dit, c'est ce qui nous différencie : le contrôle mental. Toi, tu as un esprit faible.

Likone ricana alors.

— Un esprit faible, tu dis ? Parce que j'ai viré à l'ennemi ? Parce que j'ai décidé de vivre comme je l'entendais et non comme on m'obligeait à vivre ? Parce que je me fiche de savoir qui doit mourir ?

— Non, parce que Fakon commence à prendre le contrôle sur toi ! prononça durement Callum.

— Quoi ? répondit Likone, dubitatif.

— Tu ne t'en rends pas compte, n'est-ce pas ?

— La ferme !

Likone lança une nouvelle attaque. La masse d'arme du chevalier répudié tenta de toucher plusieurs fois Callum, mais ce dernier esquiva.

— Bats-toi, Chevalier de Sang !

Callum continua d'éviter chaque assaut consciencieusement.

— Très bien, passons à l'étape suivante ! tonna Likone d'un air plus grave, tandis que la boule de pics effleura à nouveau le visage du Duc.

Likone l'attaqua une nouvelle fois et finit son geste afin que sa boule soit face à l'épaule du Duc. Soudain, l'un des pics de la boule s'agrandit et traversa l'armure de Callum. Aélis étouffa de ses mains un cri d'effroi en voyant la barre de métal traverser l'épaule gauche de Callum et la pointe ressortir de l'autre côté de son corps. Callum ne bougea pas.

— Tu devines la suite ? lui déclara alors Likone.

Un second pic de la boule s'allongea et vint transpercer la jambe du Duc. Des gouttes de sang tombèrent au sol.

— Tu es fini, Chevalier de Sang !

L'arrogance du vainqueur s'affadit légèrement lorsqu'il vit les yeux de son adversaire virer au rouge sang.

— Non ! répondit Callum. C'est toi qui es fini !

L'aura noire et rouge du Chevalier de Sang décupla tout à coup, au point de laisser croire à son adversaire qu'elle allait le dévorer tout entier. Un frisson le parcourut subitement, comme si la mort, de ses yeux rouges, s'abattait sur lui. Il resta ancré au sol quand le Duc arma son épée vers le ciel. Dans un tourbillon de mana noir et rouge, son épée changea de forme. Elle s'élargit de plusieurs centimètres et s'allongea d'autant. L'obsidienne absorba le mana du Duc et l'épée prit une teinte noire opaque. L'énorme épée évolua en un énorme sabre qui s'abaissa dans un bref mouvement et trancha cette fois le manche de la masse d'arme de Likone.

Aussitôt, la tourmaline perdit son lien avec le mana du chevalier mercenaire et les pics enfoncés dans la chair du Duc se rétractèrent. La boule tomba au sol, retrouvant sa taille initiale. Likone regarda son manche se dématérialiser, impuissant. Le Duc s'avança d'un pas, les yeux redevenus à la normale sous son heaume, et positionna son sabre sous la gorge du chevalier.

— Je t'avais dit qu'Aélis pouvait devenir furibonde selon les circonstances.

Likone contempla la pointe de la lame du sabre avec incrédulité.

— Ton épée... Elle... Elle a changé de forme ! couina le vaincu.

— Tu dis que ma réputation me précède et que c'est pour cette raison que tu as accepté la mission : pour me rencontrer. Mais qu'as-tu entendu, à propos de mon épée ?

Likone se mit à réfléchir.

— Laisse-moi deviner... Tu as entendu tout et rien à la fois sur moi.

Likone resta silencieux.

— Une épée ? Un sabre ? Une épée avec plusieurs tranchants ? Une faux ? Plein de trucs ubuesques, je parie ! Tout ce que tu as pu entendre est vrai. Mon épée est polymorphe. Elle prend l'apparence que je souhaite lui donner avec mon mana.

La salive de Likone resta coincée dans sa gorge en entendant les explications de son adversaire et il fit un bruit d'effroi.

— Une des caractéristiques de l'obsidienne est d'être très tranchante. Combiné à ma puissance magique, le tranchant devient donc plus précis si je le souhaite. J'ai tranché le manche, car le bois a une dureté moindre que le métal. Donc même avec ton mana, j'avais plus de chance de rendre ton arme obsolète en la coupant au niveau du manche.

Le regard de Likone se durcit tout à coup.

— Je peux la reconstituer ! La pierre est toujours intacte !

Il sourit alors, puis leva la main pour libérer son mana, mais Callum appuya davantage la pointe de sa lame sur sa gorge.

— Tu veux vraiment continuer ce combat ? demanda pour confirmation Callum. Tu n'as donc toujours pas compris !

— C'est toi qui ne comprends rien ! Je n'ai rien à perdre ! Seule ma dignité de chevalier reste intacte et me mène au combat !

— Ta dignité de chevalier, tu dis ? Certes, ta conscience te pousse à la sauvegarde de ton honneur. Mais ton âme est corrompue et en cela, tu salis ta dignité. Dès que tu es apparu à moi, mon obsidienne a capté les énergies négatives de ton âme et a fait frémir mon sang à travers mon mana au point que j'en ressente une excitation particulière à la faire disparaître. Mon obsidienne voulait absolument absorber ton énergie négative. Toutes les énergies négatives que tu as combattues en tant que chevalier de fief, que tu as fait disparaître en les absorbant par ta tourmaline ou que tu as côtoyées, que tu as dû repousser tellement de fois, ont fini par t'envahir et ta pierre a renversé son pouvoir positif en pouvoir négatif. Automatiquement, le négatif appelle le négatif et ton mana a sombré avec ta pierre, ton esprit aussi. Tu as fini déchu de tes fonctions de chevalier, tu es devenu un criminel. Ta soif de négativité a continué à augmenter en même temps que tu multipliais les missions et ton âme s'est noircie.

Likone fusilla du regard Callum et serra les dents de rage.

— Comment oses-tu me juger ?! hurla le mercenaire. Toi qui avoues ouvertement être envahi de négativité.

— Je te l'ai dit ! Elle est contrebalancée par du positif.
— Quel positif ? ! cria Likone.
Callum sourit sous son casque.
— J'ai un talisman avec moi !
— Un tali... sman ? Donne-le-moi ! Dis-moi où le trouver ?!

Le sabre de Callum s'entoura de mana rouge et noir et ses yeux devinrent rouges une nouvelle fois.

— C'est trop tard pour toi ! Tu es perdu !

Likone activa sa pierre en lui envoyant du mana de sa main, pensant que sa discussion servant de diversion lui donnerait suffisamment de temps pour contre-attaquer, mais Callum le sentit. La boule s'agrandit à nouveau, ses pics apparaissant encore, mais le Chevalier de Sang lui démontra rapidement sa puissance sur lui : avant que les pics de sa boule ne le transpercent à nouveau, il frappa de son sabre l'objet de toutes ses forces, arrachant un cri du fond de sa gorge. Tel un couteau dans du beurre, la lame du sabre traversa la boule emplie de magie qui s'ouvrit en deux demi-sphères. Elle brisa dans son passage la tourmaline incrustée dans la boule qui tomba en morceaux. Une lueur noire s'échappa des fragments de tourmaline, comme si toute l'énergie qu'elle contenait s'évaporait dans les airs. Les fragments de pierre devinrent alors plus ternes. Puis, dans un second geste, il pivota d'un quart de tour sur lui-même et fendit le torse de son ennemi d'une diagonale d'où le sang se mit à jaillir, malgré l'armure.

Likone tomba au sol. L'armure disparut à son tour. Sans plus aucune protection, il savait qu'il vivait à présent ses derniers instants. Ses yeux regardèrent une dernière fois le chevalier qui venait de le vaincre.

— Tu n'as pas voulu m'écouter, Chevalier Likone. Mon obsidienne est capable de tout trancher, mais par-dessus tout, elle voulait éradiquer l'énergie négative qui t'habitait. Devant ton refus de perdre et à cause de ta noirceur déjà très présente en toi, tes ondes négatives se sont renforcées : je n'ai pu réfréner la soif de destruction de ma lame. Désolé.

Callum le laissa au sol expirer son dernier souffle et retourna auprès de Kharis, son cheval. Il grimpa sur sa monture et contempla une dernière fois Likone.

— J'aurais voulu sauver ton âme, mais tu as préféré te noyer dans tes ténèbres. Je me suis donc contenté de rendre ton arme obsolète.

Il regarda ensuite Aélis au loin. Elle avait suivi tout le combat. Elle avait vu pour la première fois qui était le Chevalier de Sang. Même s'il avait gagné ce duel, elle avait pu voir toute la complexité résultant de sa magie, mais aussi combien il pouvait être sans pitié. Finley sortit des fourrés avec Lutès.

— Ils ont dû sentir le danger ! déclara-t-il alors au Duc. En voyant notre arrivée, ils ont tout laissé en plan et ont déguerpi.

Callum resta silencieux et se contenta de traverser à nouveau la rivière pour retrouver Aélis sous bonne protection. Finley le suivit. Une fois devant elle et le chevalier au chapelet, il observa son état général un instant.

— La prochaine fois, vous resterez au château au lieu de prendre la fuite !

Tout le corps d'Aélis se crispa à sa remarque assassine. Alors qu'elle pensait une forme de rapprochement entre eux à travers ce combat, le Duc, sous son casque de Chevalier de Sang, venait de tout balayer d'une phrase bien sentie contre elle. Elle serra ses rênes et sourit amèrement.

— La prochaine fois que je demanderai une audience, vous me l'accorderez !

Le Duc s'esclaffa.

— Tsss ! Je n'ai aucune obligation, je suis le Duc d'Althéa !

Il tapota du talon Kharis et s'avança sur le chemin retour, laissant Aélis sidérée par la réponse de son cher futur mari.

— Je vais le tuer ! marmonna-t-elle.

— Qui aime bien, châtie bien ! Dieu nous apprend à supporter pour mieux apprécier.

— Épargnez-moi votre laïus de pratiquant ! le réprimanda alors Aélis, d'un regard noir. Il n'y a aucune énergie positive dans cet homme ! Il n'est pas mieux que ce chevalier décédé !

Elle le montra alors du doigt tandis que Callum s'éloignait.

— C'est le mal personnifié ! Il est hors de question que j'en tombe amoureuse alors qu'il me pourrit l'existence depuis le jour où le Roi Mildegarde a prononcé son nom comme celui de mon futur époux ! Est-ce clair ?

Le propriétaire du cheval sur lequel elle était assise leva les deux mains en signe de capitulation.

— Eh beh... intervint alors Finley, d'un ton jovial. Vos fiançailles risquent d'être sportives !

21

Quand la goutte d'eau
fait déborder le vase...

— Bonjour Monsieur ! Je viens vous annoncer que nous avons fait le nécessaire pour que la ville d'Althéa soit avertie de vos prochaines fiançailles. Vous devrez donc vous montrer à la foule durant la cérémonie de fiançailles pour présenter la future Duchesse aux Althéaïens.

Callum se contenta d'un « mmh » peu concerné. Mills soupira.

— Il semblerait que le cadeau de notre Duchesse vous plaise finalement plus que les primevères ! déclara alors le maître de château.

D'un air suffisant, il contempla le Duc, allongé sur une des banquettes du kiosque sous lequel il se trouvait. Callum jeta un coup d'œil torve sur Mills, par-dessus le livre qu'il était en train de lire.

— Pour information, ses pieds cicatrisent tout doucement, mais le médecin est serein quant à sa rapide guérison.

Callum se renfrogna derrière son livre.

— Au moins, tant qu'elle ne peut plus marcher, j'aurai l'espoir de la voir au bal de fiançailles ! persifla-t-il, visiblement toujours vexé de son départ précipité d'Althéa. Vous devriez peut-être dire au médecin de ne pas la faire guérir trop vite !

— Je suis certain qu'elle sera ravie d'apprendre que sa vitesse de guérison dépend d'un ordre de son futur fiancé ! Vous souhaitez qu'elle finisse par vous détester ? Vous êtes bien parti, en tout cas !

Le Duc referma son livre bruyamment et se leva tout à coup. Il dévisagea Mills d'un air désabusé, puis soupira.

— En ce moment, c'est vous que je déteste, à oser perturber la tranquillité de ma lecture !

Il quitta le kiosque et laissa Mills sur ces derniers mots. Le serviteur se mit à sourire.

— Il semble de bonne humeur aujourd'hui !

— Merci, Sativa, pour ce bouillon ! Vous n'étiez pas obligée de vous déplacer jusqu'à ma chambre pour me l'apporter, vous savez !

Sativa sourit à Aélis.

— Cela ne me dérange pas. Je voulais voir comment vous alliez ! Si au château, on s'est bien arrangés pour ne pas ébruiter votre enlèvement, il n'en reste pas moins que les domestiques sont au courant de ce que vous avez enduré !

Aélis baissa les yeux vers ses pieds cachés sous sa couverture, tandis qu'elle restait une journée de plus allongée sur son lit.

— Vous m'apportez une agréable présence, Sativa. Merci !

— Vous avez pourtant une petite mine. Vous devez vite vous remettre sur pieds pour vos fiançailles qui approchent dangereusement.

— Dangereusement est bien le mot !

Devant la mine d'incompréhension de la chef cuisinière, Aélis étaya son propos.

— Je ne crois pas... je veux dire, je ne sais pas... si c'est une bonne idée de me fiancer au Duc.

Sativa resta dans sa position d'incompréhension, comme si l'idée de refuser de se marier avec son maître était impossible à envisager.

— Je n'ai aucun atome crochu avec lui ! Je suis à Althéa depuis un mois et je ne sais toujours pas à quoi il ressemble !

La main de Sativa se posa tout à coup sur celle de la jeune femme et vint interrompre immédiatement ses doutes.

— Notre Duc est un homme bon. Croyez-moi ! Même si aujourd'hui vous en doutez, vous comprendrez pour quelles raisons il est si convoité par les femmes nobles du royaume d'Avéna.

Aélis grimaça, peu convaincue, sans pour autant paraître impolie quant à la véracité de ses propos. Sativa se leva du lit sur lequel Aélis se reposait et la salua pour lui signifier son départ. Mills apparut alors à la porte de sa chambre.

— Bonjour Duchesse !
— Bonjour Mills !
— Je viens vous apporter de quoi vous occuper !

Il posa alors trois livres sur sa table de chevet.

— Des livres !

Aélis lui offrit toute sa gratitude dans son regard empli d'émerveillement.

— Je savais que ça vous plairait. C'est le Duc qui m'a suggéré de vous en apporter quelques-uns.

Aélis resta dubitative de cette attention soudaine du Duc. Mills prit alors une chaise et s'assit à côté du lit.

— Comment vous sentez-vous aujourd'hui ? Vos pieds vous font mal ?

— Ça va beaucoup mieux. Le docteur me demande de garder mes bandages. Je passe des onguents régulièrement sur les plaies et cela semble avoir son effet.

— Tant mieux ! Votre rétablissement est primordial. Il faut vite oublier cette mésaventure pour diriger vos pensées vers le bon déroulement de vos fiançailles.

Le bonheur d'Aélis de se faire apporter de la lecture s'effaça pour laisser place à de la tristesse.

— Je ne sais ce qui me navre le plus entre le résultat de ma fuite et mon enlèvement, ou ces fiançailles !

Mills se trouva désolé de sa remarque.

— Ce qui est passé est passé ! Vous ne pouvez rien changer à cette péripétie avec ces brigands, mais vos fiançailles...

— Des hommes sont morts par ma faute ! le coupa sèchement Aélis.

— Ces brigands ont eu ce qu'ils méritaient ! répondit Mills, de façon déconcertée.

— Je parle des soldats d'Althéa qui accompagnaient ma calèche !

— Oh...

Un silence s'installa entre eux avant que Mills reprenne.

— Leur devoir était de vous escorter et vous protéger. C'est ce qu'ils ont fait. Ils savaient qu'ils devaient dédier leur vie à sauver la vôtre. C'est leur destin de soldats.

L'argumentation de Mills blessa davantage Aélis qui laissa échapper une larme.

— J'ai demandé à Sampa de m'aider à débaucher ses soldats ! Ils sont tous morts aujourd'hui, y compris Sampa...

— Sampa ? répéta Mills, surpris. Mais il n'est pas mort !

Aélis releva la tête pour vérifier dans les pupilles de son serviteur la plus stricte vérité.

— Il est vivant ?! s'étonna-t-elle de l'apprendre.

— C'est lui qui nous a prévenus de votre disparition.

Aélis se dégagea de ses couvertures pour se précipiter sur Mills et lui attraper les mains.

— Où est-il ? Je veux le voir !

L'attitude gênée de Mills refroidit l'enthousiasme de la jeune femme.

— Eh bien, il a été gravement blessé. Il est comme vous, en convalescence.

— Où ? insista Aélis.

— Le Duc l'a fait emprisonner au cachot...

— QUOI ?!

La stupeur se mélangea à l'effroi dans le cœur d'Aélis qui s'inquiéta désormais.

— Pourquoi ?!

— Parce qu'il n'a pas pu assurer votre sécurité et s'est permis de revenir sans vous.

Aélis serra les draps du lit, de colère. Tout son corps tremblait face à cette forme d'injustice dont le Duc faisait part auprès de Sampa.

— Je veux le voir immédiatement ! déclara-t-elle alors d'une voix froide.

— Madame... c'est impossible...

— Emmenez-moi au cachot ! C'est un ordre !

Le regard noir de sa maîtresse et son injonction surprirent Mills, mais il comprenait sa colère. Il baissa ses épaules et capitula.

— Vous pensez pouvoir marcher jusque-là ?

— Je pourrais marcher des kilomètres ! rétorqua-t-elle, animée d'une force poussant à l'admiration.

— Très bien. Je vais voir pour vous trouver des chaussures adéquates pour ne pas aggraver vos blessures...

Aélis descendit les escaliers étroits du château menant au cachot. Mills ouvrait la marche, une torche à la main, la guidant pour éviter les potentiels dangers qu'elle pourrait rencontrer, en particulier à cause de son état. Pourtant, elle se fichait bien d'une marche plus haute qu'une autre ou d'un plafond plus bas, d'une toile d'araignée ou même de la douleur de ses pieds, son attention était focalisée devant elle, à la fois impatiente et inquiète des conditions de détention de Sampa. Ils longèrent alors un couloir et elle vit alors des geôles.

— Restez bien au centre du couloir, s'il vous plaît.

Plus elle avançait, plus elle sentait l'angoisse l'envahir. Comme tout cachot, l'atmosphère y était lourde, malsaine. Elle pouvait sentir la présence de prisonniers autour d'elle par un bruit, un toussotement, un rire, un sifflement, mais elle ne les voyait pas. Ils restaient tous tapis dans l'ombre, à l'image des cafards préférant l'obscurité des murs humides aux légers puits de lumière occasionnels.

Mills cessa sa progression et se tourna vers une cellule. Il lui jeta un coup d'œil rassurant, lui indiquant qu'il était là. Aélis se précipita aux barreaux et examina la cellule. Elle vit Sampa, allongé sur un lit de fortune. La pièce était crasseuse, un rat finissait son repas. Elle serra les barreaux de la cellule avec rage.

— Ouvrez ! ordonna-t-elle à Mills.

Mills obéit et immédiatement, Aélis s'agenouilla au chevet de Sampa. Il était inconscient. Mills entra dans la geôle et éclaira davantage le lit. Aélis toucha le front de Sampa, remarquant sa respiration difficile.

— Il a de la fièvre ! Ce n'est pas un lieu pour soigner un blessé ! s'agaça Aélis.

Mills fit une mine navrée.

— Sampa ! lui chuchota-t-elle à l'oreille. C'est moi, Aélis ! Je vais vous sortir de là !

Sampa tourna la tête vers elle et ouvrit les yeux légèrement.

— Vous êtes en vie...

L'articulation difficile de Sampa indiquait sa lutte constante contre la douleur. Aélis lui sourit malgré tout.

— Oui, le Duc est venu me sauver. Je vais bien.

Sampa lui sourit, soulagé de la voir ainsi.

— Merci ! lui murmura-t-elle alors. Merci d'avoir combattu pour moi. C'est à mon tour maintenant de vous sauver. Je vous le promets !

Elle se releva alors, altière.

— Mills, je veux que vous le transfériez dans une chambre du château. Il a besoin d'un médecin rapidement. Rappelez-le ! Cet homme doit vivre coûte que coûte. Est-ce clair ?

— Bien, Madame.

Mills inclina sa tête en accord, signe de sa subordination à la Duchesse.

— Où est le Duc ? continua-t-elle.

Mills se trouva gêné.

— Je... je l'ignore, Madame.

— Mills, arrêtez s'il vous plait. Ce petit jeu grotesque a assez duré.

La voix grave d'Aélis surprit Mills.

— Vous savez très bien où il est. Vous êtes son plus fidèle serviteur. Vous connaissez parfaitement son emploi du temps.

— Duchesse...

Aélis leva son index pour qu'il se taise et lui lança un regard hostile.

— Si vous voulez que notre entente continue, il va falloir cesser de me cacher ce qui est en rapport avec le Duc. Je vais devenir sa future épouse. Je suis donc celle la plus à même à être dans la confidence de tout ce qui le concerne. Si je souhaite le voir, vous ne pouvez m'en empêcher. Vous allez contre mon ordre et je peux vous punir pour cela !

La stupeur de Mills s'accentua devant les propos d'Aélis. C'était la première fois qu'elle se montrait aussi agressive contre lui. C'était la première fois qu'elle revendiquait son rang de future duchesse au point de l'appliquer avec fermeté sur lui.

— Je sais que votre position est délicate vis-à-vis de nous deux, mais il va falloir que cela cesse. Pour tout le monde. Je répète donc : où est le Duc ?

Mills baissa les yeux.

— À l'entraînement avec les chevaliers et soldats.

Aélis relâcha un peu sa sévérité sur lui et lui sourit.

— Ne vous inquiétez pas ! Celui qui va vraiment devoir composer devant ma colère, c'est le Duc ! Il ne vous réprimandera pas. Je vais m'en assurer.

Mills releva la tête et la dévisagea. Il jeta un regard vers Sampa, puis vers sa maîtresse. Le cocon devenait papillon !

Il sourit alors à Aélis.

— J'ai toute confiance en vous !

22

Lorsque la colère de la Duchesse d'Althéa s'abat sur vous...

— Bien ! N'oubliez pas que le plus important est de protéger les articulations ! Ce sont les parties les plus vulnérables ! Un coup d'épée derrière le genou et vous êtes immobilisés ! Un coup dans la nuque, et vous êtes assommés ! Un poignet à découvert, et vous perdez votre arme et votre main avec. Il faut absolument que vous preniez en compte cela lors de votre attaque contre votre ennemi, mais aussi dans votre défense en tant que point décisif pour survivre.

En armure, le Duc écoutait avec intérêt la leçon dispensée par Finley aux soldats. En accord avec lui, il restait malgré tout silencieux et en retrait, préférant lui laisser la lumière. Finley demanda le prêt d'une épée et se tourna vers le Duc.

— Voici une parade pour contrer une attaque derrière la nuque. Je suis l'attaquant, et le Duc le défenseur.

Le Duc accepta son rôle de plastron dans la démonstration. Il se mit en garde et se laissa attaquer au niveau de la nuque. Alors que l'épée de Finley s'apprêtait à toucher le cou du Duc, ce dernier plia ses genoux pour éviter l'attaque. L'épée de Finley brassa l'air au-dessus de sa tête. Le Duc fit pivoter ses pieds en une fraction de seconde pour que son épée atteigne l'arrière des genoux de Finley. Il stoppa son geste juste à temps.

Finley regarda l'arrière de ses genoux où l'épée touchait malgré tout son corps dénué de protection à ce niveau-là et vit le Duc sourire sous son heaume. Il grimaça puis baissa son épée, signe de fin de démonstration. Le Duc retira également son arme de l'arrière de ses genoux et se redressa.

— Vous avez compris ? déclara Finley aux soldats. C'est votre vie que vous jouez dans un combat. Il est primordial que vous ayez cela en tête. Votre vie dépend de pas grand-chose : une entaille sur vos articulations. Entraînez-vous maintenant à attaquer et défendre vos articulations !

Finley rendit l'épée empruntée à un des soldats et retrouva le Duc.

— Quand tu souris comme ça, tu es vraiment flippant. On dirait que ça t'amuse de jouer avec mes nerfs.

— Qui sait !

Leur discussion s'interrompit quand Callum vit Finley arrêter son regard sur quelque chose derrière son ami. Il se tourna et vit Aélis venir à eux.

— C'est moi où... elle semble en colère ? souffla Finley à Callum.

Aélis dévala les mètres les séparant d'un pas assuré, puis passa devant eux sans un regard et se dirigea vers les soldats.

— Stooop ! hurla-t-elle alors à la stupéfaction de tous les hommes sur le terrain, qui se figèrent.

Tous découvrirent la chevelure cendrée d'Aélis qui, dans sa colère, avait oublié de cacher sa tête.

— C'est votre Duchesse qui l'ordonne ! continua-t-elle d'une voix moins sûre.

Devant leur incrédulité, Aélis s'approcha d'un des soldats et prit alors son épée de la main.

— Je vous la rends ! lui dit-elle ensuite de façon sèche.

Elle revint vers Finley et le Duc, puis souleva l'épée au-dessus de ses épaules en arrachant un cri, signe de la lourdeur de l'arme pour ses frêles petits bras de jeune femme. Finley et Callum restèrent médusés par ce qui se passait sous leurs yeux. Aélis porta son épée jusqu'à Callum et l'abattit sur lui. Il eut juste le temps d'un réflexe pour parer le tranchant de l'épée d'Aélis avec la sienne. Aélis abattit une seconde fois l'épée sur Callum, complètement hébété. C'est Finley qui intervint en lui saisissant le poignet pour stopper la progression de son assaut. Aélis tourna alors la tête vers Finley et ce dernier s'étonna du regard meurtrier de sa Duchesse. Il lui prit pourtant l'arme des mains, puis s'agenouilla devant elle.

— Pardonnez mon intervention, ma Duchesse, mais je me dois de protéger le Duc de toute agression.

Aélis fixa la tête baissée de Finley, mais cela ne calma pas sa colère. Callum la vit alors s'approcher et elle le poussa de ses deux mains. Callum recula de quelques pas, puis elle recommença, tandis que Finley se vit obligé de se relever pour intervenir à nouveau. Il se positionna derrière elle et lui saisit les deux bras pour l'empêcher de porter atteinte au Duc.

— Ma Duchesse, je vous en prie ! Ne m'obligez pas à être plus dur avec vous ! lui cria-t-il tandis qu'elle se débattait. Même s'il se montre inébranlable et paraît faire fi de sa santé, le Duc a deux blessures à la suite de son dernier combat qui ne doivent pas se rouvrir ! Il doit y aller doucement !

Le Duc resta stoïque devant elle, cherchant à comprendre sa haute hostilité contre lui.

— Relâche ta Duchesse ! lui ordonna le Duc.

Finley sonda un instant l'attitude du Duc.

— Laisse-la faire ! continua-t-il d'un ton grave.

Malgré son inquiétude, Finley obéit et libéra Aélis qui revint à la charge et poussa une nouvelle fois de ses deux mains l'armure du Duc. Le Duc se laissa bousculer, laissant en même temps la colère d'Aélis décliner au fur et à mesure. Les larmes de la jeune femme apparurent tandis qu'à bout de force, elle tapait le devant de son armure de ses poings. Le Duc resta silencieux, tout comme Finley et les soldats témoins de ce triste spectacle. Aélis finit par cesser de le frapper, mais garda son regard haineux.

— Je vous écoute ! lui déclara alors le Duc.

Aélis observa ce casque de guerre qui lui faisait face, avec écœurement.

— Comment avez-vous osé ? lui demanda-t-elle alors, le souffle court et épuisée.

Finley regarda le Duc avec doute, cherchant à comprendre également ce qui se jouait.

— Il me semble avoir été claire, concernant Sampa ! gronda-t-elle tandis qu'elle reprenait son attitude altière tout en récupérant son souffle. IL M'APPARTIENT ! hurla-t-elle.

Le Duc resta silencieux, même si cette déclaration de propriété pour un autre homme que lui le gênait. Elle leva l'index en menace contre Callum.

— Je vous interdis de le maltraiter !

— C'est un soldat d'Althéa, donc il est sous mon commandement. Il devait vous protéger et il a failli à sa mission. Il a été averti sous vos yeux une première fois. Soyez heureuse que je ne l'ai pas exécuté ! Il paie son erreur.

Aélis serra les poings et fonça à nouveau pour le pousser de ses deux mains. Callum resta ancré au sol, ce qui surprit Aélis.

— Tout soldat ici doit être dévoué à votre survie. Il sert d'exemple à tous si l'un d'eux venait à échouer dans leur première mission : protéger leur Duchesse.

Aélis se tourna et observa tous ces yeux rivés sur elle. Chacune de ces vies était dédiée à ce que la sienne dure le plus longtemps possible. Elle savait que c'était ainsi que fonctionnait la vie d'un vassal pour son suzerain. Pourtant, elle n'aimait pas cette façon de mésestimer la vie d'un homme.

— Je vous interdis de punir un homme qui a tout fait pour me sauver ! Tout le monde n'a pas votre puissance de frappe, votre magie ou votre expérience. Comment voulez-vous que leur pourcentage de réussite soit de 100 % ?

Callum considéra sa remarque avec intérêt. Sous couvert de le mettre à un niveau supérieur de combat, elle excusait ce qu'il considérait comme la faiblesse évidente d'un soldat.

— Chaque soldat s'entraîne dur pour être à 100 % ! intervint Finley. Je comprends votre volonté de protéger vos soldats comme ils vous protègent, mais vous leur donnez aussi une excuse pour ne pas être à 100 % en leur signifiant que vous leur pardonnerez de ne pas l'être.

Aélis réfléchit au discours de Finley.

— J'ai retrouvé Sampa dans sa geôle, fiévreux et souffrant. Une punition, c'est une chose, le laisser mourir dans l'ombre en est une autre.

Elle serra son poing, sentant sa rage renaître en elle. Elle fixa alors le Duc, muée d'une volonté inébranlable.

— En tant que future Duchesse, je désigne Sampa comme premier soldat de ma garde personnelle. Je le retire de votre commandement pour le prendre dans mon propre commandement ! Il assurera donc ma sécurité et de ce fait, je serai la seule à lui imposer la punition la plus adéquate.

Finley écarquilla les yeux, sidéré par la prise de position inattendue d'Aélis.

— Vous êtes en train de dire que vous souhaitez créer votre propre armée ? voulut éclaircir Finley.

Aélis acquiesça de la tête.

— Comme je viens de le dire, je veux ma garde personnelle.

Elle s'avança alors vers les soldats et les contempla un par un.

— Finley fera passer des tests aux volontaires souhaitant être engagés dans la garde personnelle de la Duchesse. Il s'agit donc d'une élite dont l'incorporation implique un courage hors-norme face aux dangers que ma protection sous-entend, une obéissance et une fidélité à 100 %.

Elle jeta un œil vers Finley et le Duc pour reprendre leur terme.

— Vous devrez être corvéables dès que je le déciderai.

Elle sonda l'attitude des soldats, visiblement hésitants à s'engager dans une telle charge de travail.

— En échange de la rudesse de cette mission, continua-t-elle, j'assurerai également votre protection ainsi que celle de votre famille. J'octroierai des avantages aux soldats de ma garde que les autres n'auront pas. À mission exigeante, privilèges en retour ! Je

compte sur vous pour donner le meilleur de vous-même et peut-être prétendre à rejoindre ma garde personnelle.
Finley dévisagea Aélis.
— Où est passée ma petite Duchesse toute frêle et mimi ? marmonna-t-il tout en réalisant lui-même la mission qu'elle venait de lui donner.
Il tourna sa tête vers Callum pour voir son attitude. Il restait impassible sous son casque. Il se contentait d'admirer la prise de pouvoir de la Duchesse, balayant au passage son propre commandement. Aélis revint vers le Duc, plus apaisée, même s'il pouvait encore sentir de l'animosité à son égard.
— J'ai fait transférer Sampa dans une des chambres du château. Voici un des privilèges de la garde personnelle de la Duchesse : des soins selon ma volonté. Pour sa punition, j'y veillerai et vous en informerai, puisque cela vous tient à cœur.
Le Duc sourit sous son heaume et finit par s'incliner devant elle, à sa grande surprise.
— Je suis heureux de voir l'amélioration de votre état de santé et que votre enlèvement ne vous empêche pas de rebondir. C'est à espérer que votre nouvelle garde personnelle ne laissera plus la possibilité d'un nouvel enlèvement de notre très chère Duchesse ! Auquel cas, je redoute d'avance votre prochaine convalescence et les mesures que vous déciderez par la suite, si je devais intervenir à nouveau pour sanctionner leur inefficacité ! J'en ai des frissons d'effroi ! J'imagine déjà votre surnom : la Duchesse de Sang !
Finley pouffa et la Duchesse le fixa, ne sachant comment prendre sa boutade. Elle lui lança un œil torve.
— Je suis bien heureuse de vous faire frémir. Tout compte fait, je ne vous laisse pas aussi indifférent que vous ne le laissez paraître !
Elle salua d'un signe de tête Finley, jeta un regard aux soldats et s'inclina en signe de reconnaissance pour ceux qui s'engageront dans sa garde personnelle, puis quitta le terrain d'entraînement. Une fois suffisamment loin d'eux, Finley s'esclaffa.
— Ça va, tes blessures ? Je crois que le Chevalier de Sang a

trouvé son plus redoutable ennemi. Je ne sais pas pourquoi, mais je sens qu'elle te battra à chaque fois.

L'armure de Callum s'illumina légèrement et se dématérialisa alors sous les yeux de Finley. Il vit alors son visage à découvert et son regard complètement conquis, dirigé vers la Duchesse qui disparaissait de sa vue.

— Je te laisse juger quels soldats seront performants à la mission que la Duchesse t'a confiée. Je dois partir, je n'aime pas son air rancunier à mon égard, je préfère ses sourires...

23

Se promener
en terrain neutre.

Son coup de sang contre le Duc avait épuisé Aélis. Elle s'assit sur un des bancs longeant le hall du château et regarda l'état de ses bandages aux pieds. Elle siffla de douleur en tentant de masser ses pieds. C'est alors qu'elle sentit une ombre devant elle. Elle leva les yeux et vit une tête qu'elle connaissait bien.

— Il manquait plus que vous ! déclara-t-elle entre ses dents. Désolée, mais je ne suis pas d'humeur !

Un sourcil de Callum se souleva à cette déclaration.

— Désolé, moi non plus, je ne pensais pas voir une Duchesse se donnant du plaisir en se tripotant à l'entrée du château !

Aélis plissa les yeux.

— Où voyez-vous mon plaisir ? Passez votre chemin, allez à la bibliothèque si le cœur vous en dit et faites comme si vous n'aviez rien vu ! Je n'ai pas envie de m'étendre sur mes problèmes avec vous !

Callum l'observa grimacer une nouvelle fois en touchant ses pieds.

— Vous n'êtes pas à l'entraînement d'ailleurs ? continua-t-elle sur la même lancée. Qu'est-ce que vous faites là ? Vous séchez les cours ? Pas bieeeen !

Bien loin de prêter attention à son sarcasme, Callum fixa avec intérêt la façon dont elle caressa sa cheville délicatement. Ses doigts fins touchaient sa peau blanche lentement dans un va-et-vient hypnotique.

— Remarquez, vous n'étiez déjà pas des plus vaillants quand il s'agissait de se battre contre les brigands ! déclara-t-elle alors, le sortant de sa fascination. L'excuse de rester à mes côtés pour ma protection vous a bien arrangé, n'est-ce pas ?! Avouez que vous êtes du genre tire-au-flanc !

Aélis sourit sournoisement. Callum croisa alors les bras.

— Et vous déduisez cela de moi juste par une absence à prendre part au combat et une autre à l'entraînement ?

Aélis haussa les épaules.

— Votre comportement me suffit pour me faire une idée. Vous vous défilez dès que possible ! Même pour me saluer, vous vous défilez ! Votre dévotion à Dieu vous permet de facilement esquiver. Je ne vous juge pas, mais... je me demande si le Duc voit ce que je vois à votre propos ? Je suis sûr qu'il n'imagine pas un quart de la façon dont vous agissez en réalité.

— Serait-ce une menace ? Comptez-vous me faire chanter pour obtenir mon attention et me faire faire n'importe quoi ?

Elle posa son index sur son menton et se mit à réfléchir malicieusement. Callum sourit à la voir jouer ainsi avec lui.

— C'est une option tout à fait envisageable. Ça me plairait bien de vous voir enfin m'obéir ! C'est une bonne idée que vous soumettez !

— Entre ce que vous pouvez dire ou non sur moi au Duc, vous êtes sûre de pouvoir vous en sortir ? J'ai autant d'éléments pour vous faire chanter, je vous rappelle, Duchesse voleuse-de-livres-de-la-bibliothèque !

— Problème réglé ! balaya Aélis d'un revers de main. Le Duc m'a prêté trois livres à lire pour passer le temps, en attendant que mes blessures disparaissent. Je doute qu'il se fâche pour un emprunt à présent !

— Emprunt ou vol ? rectifia avec amusement Callum. Dieu n'aime pas les voleurs, je vous rappelle !

Aélis se concentra à nouveau sur l'état de ses pieds. Callum visa ses bandages avec intérêt.

— Je me bats avec tout le monde depuis que je suis ici ! Je commence à prendre l'habitude des coups bas... Ne vous gênez pas d'insister dans votre obstination à me tenir tête, je trouverai bien un moyen de vous répondre à hauteur de l'affront puisque c'est comme ça que ça marche ici visiblement pour être respectée !

Callum soupira.

— Effectivement, vous n'êtes pas d'humeur. Vous n'êtes pas drôle aujourd'hui !

Il s'agenouilla alors, à la grande surprise d'Aélis et attrapa son pied.

— Qu'est-ce que vous faites ?!

Elle tenta de l'empêcher de la toucher, mais la poigne de Callum sur son mollet l'empêcha de contester davantage. Il défit son bandage pour voir l'état de ses plaies. Il soupira tout en bougeant délicatement son pied pour en examiner chaque entaille. Gênée, Aélis tourna les yeux.

— Si le Duc était un homme fou amoureux, il pourrait vous tuer d'oser toucher ma cheville et mon pied ainsi.

Callum sourit.

— Vous avez oublié que je suis indiscipliné !

Il refit le bandage délicatement afin que son pied et sa cheville soient les mieux protégés possible.

— Merci ! finit par dire doucement Aélis, une fois qu'il eut fini.

— Vous allez bien sinon ? lui demanda Callum.

Aélis le fixa avec perplexité.

— Pourquoi tout à coup tant de bienveillance à mon égard ?

Surpris, Callum s'esclaffa.

— Je vous ai porté à cheval sur tout le retour, vous avez oublié ? Je vous ai même protégé pendant que le Duc et Finley combattaient, même si vous pensez que c'est une excuse ! N'est-ce pas de la bienveillance, contrairement à l'irrespect constant dont vous m'affublez ?

— Moui... fit Aélis, nonchalamment. Bientôt, vous allez me dire que votre dévotion à Dieu vous oblige à choisir vos combats et vos défaites !

Callum pouffa.

— Les voies de Dieu sont impénétrables !

Aélis leva les yeux de dépit devant cette réponse trop facile à son goût.

— Au lieu de dire des inepties, et puisque vous êtes dans un état de grâce avec moi, je vais me charger de vous faire bouger... et sans avoir recours au chantage !

Happé par la curiosité, Callum resta à son écoute.

— Vous êtes un chevalier magique, n'est-ce pas ?

— À ce qu'il parait...

— Sampa, mon garde personnel ne peut assurer ma sécurité pour le moment. J'aimerais donc que vous m'escortiez en ville.

— Quoi ? fit alors Callum, surpris de sa demande. Moi ? Dans votre état ?

Il baissa à nouveau les yeux vers ses bandages refaits par ses soins.

— Je n'en peux plus d'être allongée dans mon lit dans une chambre, toute seule ! soupira Aélis. J'ai besoin de prendre l'air ! J'ai envie de manger des pâtisseries et voir du monde !

— Mills peut vous en apporter !

Aélis frappa légèrement de son poing la tête de Callum. Il lâcha un « aïe » en réponse.

— Vous écoutez ce que je dis ! J'ai besoin de sortir !

Callum ferma les yeux, déjà fatigué de ce qui l'attendait s'il acceptait sa demande. Aélis se leva et l'obligea aussi à se relever en l'attrapant par le bras.

— On y va ! En route ! Allez me chercher un cheval !

Couvert d'une cape à capuche et du cheval à la robe grise, Callum apparut devant Aélis, assise devant les grands escaliers du château. Il lui tendit la même cape à capuche que lui.

— Enfilez ça. Je préfèrerais qu'on reste incognito.

Aélis obéit et passa la cape par-dessus ses épaules. Callum s'assura que sa capuche couvre bien sa tête.

— Cela me va. Mes cheveux gris sont vite repérables et je n'aime pas les montrer.

Callum l'observa cacher sa chevelure avec regret. Ses raisons étaient plus de l'ordre de ne pas être reconnu en tant que Duc auprès d'elle que d'être pointés du doigt à cause de ses cheveux gris. Il trouvait cela dommage qu'elle en soit aussi peu fière. Il la fit ensuite monter sur le cheval pour qu'elle ne force pas sur ses plaies, puis fit avancer la monture.

— Vous ne montez pas derrière moi ? s'étonna Aélis.

— Ça ira. Je marcherai à côté.

Aélis contempla ce chevalier qui restait vraiment très mystérieux à ses yeux.

— Puis-je espérer que vous me disiez un jour votre nom, chevalier ?

— Peut-être un jour, oui !

Aélis s'agaça.

— Ce n'est pas cette réponse que j'attendais ! Vous êtes supposé enfin vous présenter à moi. On a partagé un cheval ensemble après tout et vous êtes sous mes ordres, non ?!

— Oh ! Et ça justifie une intimité suffisante entre nous pour que je vous dise mon nom ?

— Une intim...

Aélis gémit de désarroi face aux réponses détachées du chevalier. Le cheval s'avança dans la grande avenue et très vite, l'activité des habitants attira l'attention d'Aélis qui sourit. Callum leva un œil vers elle, subitement soucieux de son silence. Son sourire émerveillé le rassura.

— Où souhaitez-vous aller ? lui demanda-t-il tout en restant vigilant d'un danger possible.

— J'aimerais me détendre en allant voir ce qui m'est cher. Emmenez-moi chez le menuisier !

Callum tourna immédiatement la tête vers elle, devant ses propos aussi mystérieux qu'inquiétants à ses yeux.

— Vous comptez faire des infidélités au Duc ? s'enquit-il, inquiet.

— Quoi ? Non, pas du tout ! répondit Aélis, étonnée d'une telle déduction. Pourquoi dites-vous cela ?

Callum détourna son regard.

— Pour rien...

Ils arrivèrent devant l'échoppe du menuisier et Callum la fit descendre. Sans attendre, elle entra dans l'antre du menuisier et sourit quand l'artisan la remarqua.

— Bonjour ! dit-elle alors, tout en retirant sa capuche.

— Duchesse ! s'exclama alors le menuisier, ne s'attendant pas à sa visite.

Il se hâta de venir à sa rencontre, jonglant entre les planches de bois barrant son chemin. Il s'inclina, puis considéra l'homme à côté d'elle. Il écarquilla immédiatement les yeux en voyant son visage. Le Duc lui fit les gros yeux et un geste rapide de l'index sur sa bouche pour lui imposer le silence sur son identité. Le menuisier observa alors la Duchesse qui ne semblait pas savoir la véritable identité de l'homme l'accompagnant. Même s'il ne comprenait pas tout entre eux, il joua le jeu.

— Que puis-je pour vous, Duchesse ?

D'abord un peu gênée, Aélis se lança malgré tout.

— Est-ce que Margaux est là ? J'abuse un peu de sa gentillesse et de ma position, mais j'aimerais qu'elle me coiffe !

Callum se montra aussi déconcerté par la demande de la Duchesse que le menuisier.

— Est-elle là ? répéta-t-elle, plus timidement.

— Euh oui... Elle doit être à l'étage, à la maison, avec sa mère et sa sœur.

Aélis lui sourit de toutes ses dents, comme si cette nouvelle était la meilleure de sa journée. Callum contempla attentivement

l'attitude d'Aélis, qui se montrait plus détendue.
Le menuisier alla vite chercher deux tabourets sculptés dans le bois par ses soins.
— A... asseyez-vous ! Je vais vous la chercher.
Aélis prit place volontiers sur le petit tabouret pour soulager ses pieds. Callum resta debout.
— Vous m'expliquez ? demanda Callum, une fois le menuisier disparu.
— Durant la restauration du kiosque que j'ai dirigée pour le Duc...
Elle grimaça en repensant à la réponse à son cadeau, puis continua.
—... les deux filles du menuisier sont restées avec moi et Margaux coiffe souvent sa sœur. Alors, j'avoue, fit-elle d'un haussement d'épaules, j'étais un peu jalouse et j'ai demandé qu'elle me coiffe aussi.
— Jalouse ? Vous avez pourtant une servante à votre service pour vous coiffer, non ?
— Éliette est brusque ! marmonna Aélis. Elle me tire les cheveux. Je suis sûre qu'elle le fait exprès ! Elle me déteste, c'est certain.
Callum resta silencieux.
— Regardez ma robe ! continua-t-elle tout en montrant le tissu à la couleur terne. Je la déteste, comme toutes celles qu'elle m'a trouvées en complément de celles que j'ai moi-même apportées dans mes bagages. Je ne peux changer moi-même ma garde-robe, parce que l'intendante refuse toutes mes demandes d'argent. Elle le justifie en disant qu'Éliette m'en procure déjà. Margaux est ma seule satisfaction. Quand elle me coiffe, elle me déstresse de mes petits problèmes. Elle me fait de magnifiques coiffures, en plus !
Face à l'impassibilité sur le visage de Callum, Aélis se rendit compte qu'elle s'emportait peut-être trop vite et se ravisa.
— Enfin, laissez tomber. Ce sont des petits problèmes sans gravité...
Margaux apparut alors avec le menuisier.

— Ma Duchesse ! salua alors solennellement Margaux, tout en s'inclinant.
— Bonjour Margaux ! répondit Aélis.
Margaux salua de la même manière le Duc.
— Je suis désolée de te déranger... continua Aélis.
— Tout va bien ! déclara Margaux. Il n'y a pas de problème !
— Vous êtes... sûre ? s'inquiéta Aélis.
Margaux lui sourit.
— C'est toujours un honneur et un plaisir de prendre soin de vous.
Aélis se trouva soulagée de sa réponse.
— Souhaitez-vous quelque chose à boire ou à manger ? demanda alors soudainement le menuisier à Callum. Le temps que ma fille s'occupe de notre Duchesse...
Callum considéra les bonnes intentions de l'artisan à son égard un instant.
— Merci, ça ira. J'ai moi-même une course à faire en attendant.
— Bien, Monsieur ! répondit le menuisier, tout en inclinant une nouvelle fois sa tête.
Aélis les observa, intriguée. Elle sourit en réalisant combien le respect des chevaliers parmi les habitants d'Althéa était important.
— Je reviens... déclara alors Callum à Aélis.
Aélis lui sourit tandis que Margaux s'activait déjà sur sa chevelure argentée. Il s'absenta vingt bonnes minutes avant de revenir avec un paquet dans la main. Margaux finissait à peine sa superbe coiffure : un chignon, entouré d'une tresse, avec des mèches lâchées autour.
— Comment me trouvez-vous ? demanda alors Aélis tout en pivotant sur elle-même de droite à gauche pour lui présenter sa coiffure sous tous les angles.
Callum se figea, happé par le spectacle qui se tenait sous ses yeux.
— À tomber par terre !

24

Un maudit grain de sucre
peut tout changer.

Aélis resta abasourdie un instant, sciée par sa réponse inattendue. Très vite, Callum se reprit.

— Vous attendiez ce type de réponse, non ? déclara-t-il alors, tout en toussotant de façon gênée.

— J'attends surtout la vérité ! s'agaça Aélis face à son ton finalement suffisant. Pas de la complaisance !

— Je ne suis pas coiffeur ! rétorqua-t-il, tout en déviant son regard.

Aélis s'approcha de lui et minauda en mettant bien en avant sa coiffure sous ses yeux.

— Allez, soyez franc ! Le travail est bien plus joli que ce que fait Éliette, n'est-ce pas ? Vous pouvez bien admettre cela !

Callum se sentit gêné de devoir lui répondre et tourna la tête, le rose aux joues.

— Pas mal... Oui, c'est... peut-être mieux.

Aélis grimaça.

— Ce ne sont pas les compliments qui vous tueront ! vociféra-t-elle, agacée.

— Je n'ai pas pour habitude de flatter l'ennemi en même temps !

Aélis fit une moue ronchonne, puis elle donna une pièce à Margaux afin de la remercier pour son travail et sa disponibilité, puis une seconde de moindre valeur.

— Pour Myriam. Qu'elle s'achète une sucrerie.

Le père de Margaux sourit devant la générosité et la gentillesse de la Duchesse. Margaux la remercia en s'inclinant une nouvelle fois. Aélis les remercia également une dernière fois et prit congé de la petite famille. Callum observa d'un œil discret la coiffure d'Aélis et sourit avec retenue. Il était heureux du résultat sur elle et sur son humeur.

— Il y a quoi dans votre paquet ? demanda alors Aélis, curieuse.

Callum reporta son attention vers l'objet en question, puis l'ouvrit devant ses yeux.

— Pour Madame Gourmande qui souhaitait se goinfrer de pâtisseries ! Je me suis dit que des beignets, ça vous ferait plaisir.

Aélis planta son regard dans celui de Callum avec gratitude.

— Vous avez vraiment acheté ces beignets... pour moi ?

Callum referma la boîte d'un geste sec.

— Non, c'était juste pour vous faire baver !

Il s'esclaffa tandis qu'elle le bouscula d'agacement à la narguer de la sorte. Il disposa à nouveau la capuche de la jeune femme sur la tête.

— Même si vous voulez vous pavaner avec votre belle coiffure, cela ne sera pas ici. Je vous rappelle qu'on se balade incognito !

Aélis réajusta sa capuche et regarda la boîte de beignets.

— Vous pouvez au moins me consoler de devoir me promener en cachant ma coiffure, en m'offrant un de vos beignets !

— Je croyais que vous n'aimiez pas montrer vos cheveux aux gens ! Donc où est la consolation ?

Elle joignit alors ses mains en prière tout en lui faisant les yeux doux. Callum se mit à rire devant ce plan séduction, tout à fait charmant. Il ouvrit la boîte et lui en donna un. Sans attendre, Aélis ouvrit la bouche pour une grande bouchée. L'effet fut immédiat et elle lâcha un gémissement de plaisir tout en fermant les yeux.

— Mon Dieu ! Que c'est bon !

Callum se trouva enchanté de la voir s'extasier ainsi pour un gâteau. Il ne rata aucun détail de son plaisir évident. Sans vraiment s'en rendre compte, il porta sa main sur son visage et, de son pouce, effleura ses lèvres pour lui essuyer les quelques grains de sucre qui traînaient là. Aélis ouvrit soudain les yeux et se figea devant le geste plus que troublant du chevalier. Leurs regards se croisèrent et chacun plongea dans la pupille de l'autre quelques secondes. Le temps s'arrêta. Callum se perdit dans la couleur gris-bleu de l'iris des yeux d'Aélis. Hâtif d'en découvrir un maximum sur elle, il en scruta chaque détail et se laissa prendre par sa beauté, sans chercher à résister. Il avait enfin cette possibilité qui s'offrait à lui de pouvoir se laisser absorber par son regard. Quant à Aélis, plus elle contemplait ses yeux noirs, plus elle pensait pouvoir comprendre quel était l'homme en face d'elle. Plus elle insistait, plus elle s'enfonçait dans plus d'inconnu.

Pourquoi refusait-il de lui dire son nom ? Pourquoi était-il si froid et pourquoi est-il si avenant aujourd'hui ? Pourquoi ce chapelet et cette armure alors qu'il ne porte pas vraiment cette dévotion religieuse sur lui ? Pourquoi la regardait-il de la sorte en cet instant ? Cette incapacité à déchiffrer les intentions de ce chevalier la frustrait en fin de compte. Et ce regard intense qui la fixait finissait simplement par la mettre mal à l'aise. Ce fut lorsque le regard plutôt ardent de Callum se déporta sur ses lèvres qu'il caressait qu'elle réalisa la situation équivoque dans laquelle ils se trouvaient.

Elle recula alors d'un pas et tourna la tête, les joues rosies. Callum comprit combien son geste pouvait être mal vu de la part d'une future noble promise à son supposé maître. Il se reprit et soupira.

— Vous ne savez vraiment pas manger correctement ! Il va falloir songer à reprendre votre éducation avant le mariage ! Ça joue les gourmandes et ça tapisse ses lèvres et ses joues de sucre !

Aélis écarquilla les yeux en l'entendant la critiquer. Elle tourna la tête vers lui et le vit ranger la boîte de pâtisseries dans une des besaces de sa monture.

— On va arrêter la gourmandise ! Je n'ai pas envie de répandre la rumeur que la Duchesse teste le sucre comme crème de soin !

Aélis serra les poings. Elle savait qu'il tentait de l'éloigner de lui en se moquant d'elle, qu'il cherchait des excuses à son comportement bizarre, qu'il voulait couper court à ce qu'il venait de se passer en voulant mettre fin rapidement à cette situation. Pourtant, son sarcasme la blessait. Pourquoi devait-il la blesser au passage ?

— Rentrons ! déclara-t-il. On va vous chercher partout, si on s'attarde.

Aélis ne broncha pas, bien trop meurtrie par son ton plus railleur depuis quelques minutes. Elle n'osa même pas le regarder. Il l'invita à remonter sur le cheval, mais elle refusa qu'il la soulève.

— Aidez-moi simplement à grimper !

Elle souleva sa robe, laissant apparaître sa jambe nue face à tous les regards, et posa son pied à l'étrier. Callum rougit en voyant une partie de son corps autant à découvert. Il observa autour de lui et se hâta de la faire monter pour que sa robe reprenne rapidement sa place sur ses jambes. Se moquait-elle de lui en agissant comme il le prétendait : de façon inappropriée ? Pourquoi s'amusait-elle à montrer son corps de la sorte ? Il l'observa alors en haut du cheval et remarqua la froideur sur son visage. Son sourire avait disparu et il savait qu'il en était responsable. Il fit un bruit de bouche à l'intention du cheval pour qu'il avance et tira sur ses rênes. Le chemin du retour se fit en silence. L'ambiance entre eux avait changé. Ils agissaient presque comme deux inconnus. Callum s'agaça de cette situation. Il s'en voulait d'avoir craqué aussi facilement à cause de trois grains de sucre à la commissure de ses lèvres. Il n'arrivait même pas à comprendre comment il avait pu être aussi faible devant une tentation qui n'avait rien de particulièrement fascinant en soi. Il leva les yeux. Rien que de repenser au doux souvenir de la pulpe de son pouce pressant avec tact sa bouche, son esprit vagabondait vers des désirs plus fougueux dont il ne pouvait se permettre la simple évocation dans sa tête. Pourtant, il sentait son propre malaise le gagner au fur et à mesure qu'ils avançaient, entre envie et retenue, entre désir refoulé et raison.

Une fois arrivés devant le grand escalier du château, Callum arrêta le cheval et invita Aélis à descendre. Cette dernière bascula une jambe par-dessus le cheval afin de se présenter à la réception de Callum. Celui-ci la posa au sol sans grande difficulté et leurs regards se croisèrent à nouveau. Aélis tourna immédiatement la tête.

— Merci pour la balade.

Elle décida de s'éloigner de lui pour regagner le château quand elle sentit son bras être retenu. Elle regarda alors Callum, surprise. Sous sa capuche, elle remarqua alors l'indécision sur son visage, jusqu'à ce qu'il l'attire plus franchement auprès de lui. Son visage se trouva à quelques centimètres du sien. Leurs corps se frôlèrent alors, laissant apparaître à l'autre un profond désir aussi inquiétant qu'évident. Aélis avala sa salive difficilement tandis que Callum restait silencieux tout en la fixant. De son autre main, il effleura la joue d'Aélis.

— Pardon, je ne voulais pas... te vexer.

Stupéfaite par ses paroles et son tutoiement, Aélis ne sut comment réagir. Ce n'était pas dans ses habitudes de s'excuser ainsi, encore moins de voir un chevalier se permettre une telle familiarité auprès de sa maîtresse. Elle hésita sur la meilleure manière de lui répondre.

— Ce... n'est pas grave ! Même si cela a été dit de façon un peu abrupte et maladroite, il est vrai qu'une duchesse s'affichant fièrement avec... du sucre sur la bouche, c'est...

Elle tourna les yeux de façon gênée. Les yeux de Callum ne se détachaient pas de son visage. Elle se sentait troublée et ne savait pas vraiment pourquoi. Callum lâcha sa main et lui prit le menton, ce qui obligea Aélis à le regarder droit dans les yeux. La jeune femme sentit son cœur battre de façon inquiétante, entre peur et attirance inexpliquée pour ce chevalier tout à coup séducteur.

— C'est une torture ! continua alors Callum qui craqua complètement et posa ses lèvres sur les siennes sans attendre.

D'abord confuse, Aélis resta inerte. Puis ses sens et son cœur la réveillèrent de sa léthargie pour réaliser ce qu'il se passait. Ses lèvres collées contre celles de ce chevalier, ce mélange de plaisir et de peur, cette incapacité à savoir comment réagir, tout tourbillonnait dans sa tête au point d'en perdre l'équilibre. Elle recula alors d'un pas pour ne pas tomber, mais Callum la rattrapa par la taille, l'obligeant par la même occasion à retirer ses lèvres des siennes. Leurs regards se croisèrent à nouveau, toujours pleins de non-dits et de mystère sur ce que l'autre pense, jusqu'à ce qu'Aélis se redresse et prenne de l'espace entre eux définitivement, avant de réaliser l'impensable : elle avait embrassé un autre homme que son futur mari. Devant ce constat édifiant la condamnant à être une femme infidèle sans même avoir pu voir à quoi ressemblait son mari, la panique la gagna. Elle quitta Callum sans un mot et monta les grands escaliers devant le château, sans même se soucier de ses blessures aux pieds, de s'il la suivait ou non, ou de vers où elle allait pouvoir fuir le plus loin possible.

Callum ferma les yeux et soupira.

— Me voilà dans de beaux draps !

Il passa sa main sur son visage, d'un air las.

— Qu'est-ce qui m'a pris de craquer comme ça ?

Il sortir alors son collier sous sa chemise et regarda la pierre blanche accrochée à son fil de cuir, puis sourit.

— Il semblerait que le destin joue vraiment avec moi !

25

Pour le meilleur.

Pour le pire.

Aélis regarda le plafond de son lit à baldaquin, immobile, quand soudain elle se mit à crier tout en tapant des pieds sur le matelas.

— Comment a-t-il pu oser ?! Sale type ! Je le déteste ! Juste avant mes fiançailles !

Elle s'assit alors tout en s'attrapant la tête.

— Est-ce que je dois le dire au Duc ? Non ! Il va le trucider sur place. Il suffit de voir sa réaction avec Sampa.

Elle posa sa main sur le menton et réfléchit.

— En même temps, est-ce que le Duc est du genre jaloux ? S'il est pour l'honneur d'Althéa, la sienne et la mienne en tant que personne de haut rang, cela ne veut pas dire forcément qu'il éprouve une affection pour moi en tant que femme.

Elle se gratta le crâne avec agacement.

— Non, il va le massacrer ! Ne serait-ce pour l'infidélité à son maître et au manquement protocolaire d'un chevalier envers sa maîtresse ! Le Duc ne doit absolument pas savoir pour ce baiser avec un de ses chevaliers !

On frappa alors à la porte. Éliette apparut.

— Madame ! Monsieur Mills m'a demandé de vous dire qu'il a besoin de vous à la salle de réception du bal de vos fiançailles.

Aélis se raidit. Éliette lui souriait faussement. Elle avait certainement tout entendu de ses états d'âme. Elle allait s'empresser de le répéter au Duc ! Son cher Duc ! Elle lui sourit aussi faussement, en réponse.

— Dites-lui que j'arrive !

Éliette disparut de la porte de sa chambre et Aélis se laissa retomber sur le matelas.

— Je les maudis tous !

Aélis se rendit auprès de Mills dans la salle de réception, d'un pas lourd. Rien n'allait et ces fiançailles sonnaient plus comme une punition qu'un rêve de jeune fille. Même ses pieds prenaient le temps pour cicatriser, signe que même la fuite chez ses parents lui était vraiment interdite par le destin dorénavant. Elle s'avança dans le couloir et entra dans la salle. Elle s'arrêta net en identifiant la personne qui se trouvait au côté de Mills.

— Non ! Ce n'est pas vrai ! Pas lui !

Elle était aujourd'hui capable de dire qu'elle détestait sa mèche à la nuque, attachée avec son élastique rouge. Aélis fronça les sourcils, cherchant à se donner du courage.

— Ne te laisse pas intimider par ce type ! marmonna-t-elle pour elle-même. Il ne s'est rien passé !

Elle s'avança vers Mills, mine de rien.

— Bonjour Duchesse ! déclara Mills en s'inclinant. Vous voilà !

Aélis jeta un regard furtif vers Callum tout en le saluant très brièvement. Ce dernier sourit devant son attitude distante.

— Je voulais votre avis pour l'habillement des tables, Dame Aélis ! Que désirez-vous ? Avec le Duc...

Mills jeta un regard discret vers Callum.

— Nous nous demandions si vous ne voudriez pas choisir la décoration des tables.

Aélis considéra sa demande et fit une moue peu convaincue.
— Tiens ? Tout à coup, mon avis compte ? Ce n'est pas comme si on m'avait forcé à me fiancer, à venir ici, à subir l'absence du Duc et j'en passe. Quelle délicatesse de me laisser carte blanche pour une décoration !
Callum pouffa alors. Mills et Aélis le regardèrent, interloqués chacun à leur manière. Il toussota et se reprit.
— Désolé ! Reprenez !
Il fit un geste de main pour les inviter à continuer leur discussion. Aélis souffla.
— Très franchement, je ne veux pas être vexante ou agaçante sur quelque chose qui ne me satisfait pas plus que ça. Seulement, comment se sentir concernée au sujet d'un événement auquel mon plaisir est mitigé, pour ne pas dire absent ?
— Je comprends, Duchesse ! déclara Mills, bienveillant.
Callum fixa Aélis avec intérêt.
— L'obligation de mariage ne doit pas vous miner ! intervint le Duc. Lui, comme vous, devez supporter cette charge, mais lui comme vous devez aussi trouver une satisfaction dans cette relation imposée... pour le bien-être de tout le monde. Et je ne parle pas que d'une question de protocole et de faire bonne figure devant le royaume d'Avéna. Je parle aussi pour votre bien-être personnel.
Aélis voulut le frapper, en pensant à combien il lui serait difficile de donner satisfaction au Duc maintenant qu'elle devait lui avouer que ses lèvres avaient été prises d'assaut par celles d'un de ses chevaliers. Elle voulait lui cracher à la figure que le bien-être de tous venait d'être entaché par son inconscience et sa perversité, lui dire qu'il pouvait garder pour lui ses leçons de morale et d'optimisme et que son bien-être personnel était au point qu'elle allait être surtout bonne à être enfermée avec les fous ! Elle serra le poing et tenta toutefois de faire abstraction de son culot.
— Vous avez raison. Je dois trouver... du positif dans cette situation, même si les choses me semblent difficiles pour l'instant à comprendre.

Callum sourit tandis qu'Aélis lui lança un regard noir.

— Après tout, j'ai déjà cette chance qu'il soit prêt à trucider celui qui ose s'en prendre à moi de quelque manière que ce soit ! Ce n'est déjà pas si mal pour un début de relation ! Il semble quand même attaché à faire respecter mon honneur. Heureusement d'ailleurs qu'aucun homme n'a tenté de me séduire ! Le bougre serait sans doute déjà mort !

Callum comprit son sous-entendu et se raidit. Il était clair que du côté de la jeune femme, le baiser avait un goût amer.

— Ce bougre aurait au moins cette chance de toucher vos lèvres. Permettez-moi de douter de considérer cet acte comme regrettable. Je pense qu'il peut mourir heureux ! Vous n'êtes après tout pas n'importe quelle dame, mais la Duchesse d'Althéa !

Aélis se mit à rougir de honte et détourna le visage. Mills s'étonna des propos séducteurs du Duc, mais apprécia cette discussion enfin constructive entre eux deux où une alchimie commençait à se dessiner.

— Je vous laisse réfléchir à cette décoration des tables, Duchesse. Je vais m'occuper de... des domestiques.

Aélis n'eut pas le temps de le retenir qu'elle se retrouva seule avec Callum. Le malaise la gagna instantanément. Elle croisa ses mains devant elle et baissa à nouveau les yeux. Callum ne put s'empêcher de trouver cela charmant.

— Je suis curieux de savoir de quelle façon vous envisagez d'apporter du positif dans votre nouvelle vie... avec le Duc, bien évidemment !

Aélis le foudroya du regard.

— Vous pouvez vous en amuser, moi je trouve ma situation grave !

Elle s'avança un peu plus vers lui pour instaurer la confidence loin des oreilles trop curieuses.

— Vous n'êtes qu'un... pervers ! Vous avez embrassé la future femme de votre maître et vous riez de son désarroi. Cela ne semble donc pas vous gêner d'avoir trahi votre maître ?!

Amusé, Callum haussa les épaules.

— La gêne est pour les faibles ! Un chevalier vit à fond !

Aélis se sentit rougir à nouveau devant ses propos convaincus. Il se pencha à son oreille pour lui souffler un mot.

— Peut-être finalement est-ce vous la plus gênée, à devoir admettre qu'on vous ait embrassé et que ça vous ait plu ! D'où votre désarroi !

Aélis se raidit, prise par le doute pernicieux qu'il tentait d'immiscer en elle. Conquérante, elle effaça vite cette idée saugrenue et la suffisance apparut sur son visage.

— Ne croyez pas que vos baisers soient les plus beaux, les plus doux ou les plus agréables à recevoir ! Il y en a des bien mieux que les vôtres ! Je peux vous le dire !

Elle le quitta alors, plus énervée que jamais devant sa goujaterie assumée. Callum la regarda s'éloigner, complètement hébété en réfléchissant à ses propos.

— Attends ? Serait-elle en train de me dire qu'elle a connu un autre homme avant ? Et mieux que moi ?

Il s'esclaffa, déconcerté, puis contempla à nouveau son dos se mouvoir jusqu'à disparaître.

— Est-ce que cela pourrait vraiment me gêner qu'elle ait connu déjà les attentions d'un autre ?

Aélis contempla son reflet dans le miroir et ne trouva rien de réjouissant dans son allure. C'était le grand jour. Celui de ses fiançailles. Et pour marquer le coup, Éliette lui avait dégoté la robe la plus moche et inconfortable qui soit. Sa coiffure se résumait à l'effet d'un nid d'oiseaux dans les cheveux. Elle avait juste eu le temps de repousser son intention de lui peindre le visage de couleurs criardes. Dire qu'elle était blasée était un euphémisme. Elle était complètement déprimée. Une fois Éliette partie de sa chambre, elle se mit à pleurer. Elle allait revoir ses parents, mais pour quel résultat ? Rien n'était vraiment concluant. Tout lui semblait oppressant. Elle n'avait malheureusement que peu de choix. Elle se leva et se rendit dans la salle de réception dans un état second. Tous les convives étaient là à bavarder. Elle fit son entrée et s'installa en silence sur le grand fauteuil dédié à la Duchesse. Si une bonne partie des invités remarqua son arrivée, peu la saluèrent, signe évident de son autorité inexistante en tant que Duchesse. Les chuchotements qu'elle pouvait percevoir à son encontre étaient plus de l'ordre de la curiosité et la méfiance habituelle à propos de la couleur surprenante de ses cheveux à son âge, que sur ses prédispositions à prendre la place de Duchesse d'Althéa. Elle serra les bords de son fauteuil de ses mains. Elle regretta de ne pouvoir cacher ses cheveux pour l'événement, mais elle n'avait pas le choix. La Duchesse devait enfin se montrer au monde ! Elle se sentait mal, oppressée de devenir la honte potentielle du Duc à cause de sa chevelure. Le Duc n'était pas à ses côtés et elle redoutait à présent qu'il le soit. L'air manquait dans sa poitrine. Le brouhaha ambiant la plongeait dans un tourbillon abrutissant. Mills vint toutefois vers elle.

— Vous êtes resplendissante ! lui dit-il alors.

Amère, Aélis ne préféra rien répondre. Il lui proposa alors une coupe.

— Vous n'avez peut-être pas eu l'occasion de goûter au nectar d'Althéa.

— Qu'est-ce donc ? lui demanda-t-elle tout en prenant la coupe et observant son contenu coloré.

— Vin blanc des coteaux d'Althéa, cerise et framboise. C'est typique de chez nous et très apprécié des femmes.

Nonchalante, Aélis porta la coupe à sa bouche et but plusieurs grosses gorgées. Surpris par sa descente, Mills ne sut s'il fut judicieux de lui en proposer à nouveau. C'est alors que les parents d'Aélis apparurent.

— Aélis ! Te voilà ! Je suis si content de te voir !

Fergus De Middenhall vint jusqu'à elle. Aélis se leva et se laissa prendre dans ses bras.

— Tu sembles avoir bonne mine ! lui dit-il tout en caressant ses joues.

La blessure dans son cœur s'agrandit devant les certitudes erronées de son père. Elle remarqua alors la présence de sa mère. Plus discrète, cette dernière portait un voile noir en dentelles cachant ses cheveux gris. Mills réalisa immédiatement qu'Aélis tenait sa chevelure argentée de sa mère.

— Bonjour ma chérie ! lui dit-elle tout en frottant son dos. Je suis contente de te voir. Tu me manques, tu sais. Tu nous manques à tous...

L'émoi s'empara des yeux d'Aélis qui n'avait envie que d'une chose : rentrer à Piléa auprès d'eux. Malgré cela, elle leur tenait une rancœur de l'avoir sacrifiée pour les bonnes grâces du Roi Mildegarde.

— Le Roi n'est pas là ? demanda alors Fergus.

— Non ! intervint Mills. Il viendra pour le mariage.

Plutôt étonné, Fergus secoua légèrement la tête dans un oui déçu.

— Et le Duc ? demanda Christa De Middenhall.

— Il ne devrait plus tarder !

Aélis leva les yeux. Toute cette admiration pour un homme bien loin de ce qu'ils pensaient. Elle imaginait déjà la mauvaise impression qu'il allait offrir à ses convives, entre son retard, son armure effrayante et son caractère porté à la non-communication verbale. Ils allaient tous être servis.

— Nous te laissons ! déclara alors Fergus tout en déposant un baiser sur sa joue. N'allons pas gâcher son entrée en restant au milieu !

Aélis se força à sourire, mais le cœur n'y était pas. Était-elle donc la seule à ne pas être si enjouée de le voir apparaître enfin ? Elle demanda alors une nouvelle coupe de ce nectar à une domestique tandis que Mills s'occupait d'accueillir au mieux ses parents. Elle finissait son verre, quand elle vit une ombre apparaître à côté d'elle.

— Vous ?

Callum se tenait debout devant l'assemblée. Il jeta un œil

vers elle et sourit. Elle voulait lui demander ce qu'un chevalier fabriquait devant le fauteuil du Duc, mais en révisant sa tenue, elle s'abstint. Son cœur se mit à battre. Il portait un veston gris foncé, orné de broderies dorées et une cape bleu foncé avec des broderies tout aussi sophistiquées. Son élégance était aussi suspecte que captivante. Il lui prit alors le verre de la main et le donna à un des domestiques qui passait. Aélis resta stupéfaite, subjuguée par son allure soudain si noble, et surtout sentait une vérité éclater en elle. Il se pencha alors à son oreille.

— Après votre irresponsabilité à vous balader avec du sucre autour de la bouche, vous êtes prête à vous enivrer pour vos fiançailles. Belle image ! Tsss, tsss, tsss !

Tout le monde se tut parmi les invités. Tous braquèrent leurs regards vers le couple altier. Aélis observa tout ce beau monde se tenir avec un respect plus affirmé tout à coup. Elle regarda alors Callum et lui murmura :

— Qu'est-ce que vous faites... ici ?

Son sourire coquin n'indiqua rien de bon pour elle. Son pressentiment s'accentuait en même temps que son cœur battait fort dans sa poitrine. Il lui attrapa alors la main et se tourna alors vers l'assemblée.

— Bonjour à tous ! C'est un plaisir de vous retrouver pour cet événement pour le moins... obligatoire !

Il grimaça de façon sarcastique.

— Cher Roi Mildegarde, déclara-t-il tout en levant la main au ciel, t'ai-je dit combien j'adooore ton idée fantasque de me caser ?!

Des invités se mirent à rire devant sa dédicace pour le moins cynique.

— Enfin ! Qu'importe ! Allons-y ! Mesdames et Messieurs, moi, Callum Callistar, je vous présente ma fiancée Aélis De Middenhall, future Madame Aélis Callistar !

Tandis que l'assemblée applaudissait la jeune femme et cette union, Aélis eut l'impression d'être prisonnière d'un cauchemar. Elle jeta un regard vers l'imposteur qui se trouvait être le Duc et détacha sa main de la sienne. Callum tourna la tête et observa son attitude. Les larmes se mirent à couler sur ses joues. Tant de mensonges, de subterfuges, de manipulations, pour mieux se moquer d'elle le jour des fiançailles ? Elle recula alors et quitta en courant la salle de réception sous le regard surpris de tout le monde.

26

Il y a la vérité, la réalité et la fierté.

Plus que la fuite, Aélis ressentait le besoin de respirer. Elle dévalait les mètres à travers les couloirs du château pour faire rentrer l'air dans ses poumons, en vain. Sa robe à col montant l'étouffait. Elle cessa sa course, chargée d'une tension nerveuse extrême, et chercha à défaire ce col qui l'étranglait. Callum arriva à sa suite et l'observa s'acharner sur sa robe. Il se souvint de ses propos sur les vêtements qu'Éliette lui choisissait et à quel point elle les détestait. Il sortit alors une petite dague de l'intérieur de sa botte et vint déchirer le tissu jusqu'à son cou pour libérer sa respiration. Aélis lâcha une énorme expiration au moment de la délivrance. Elle jeta un regard à Callum, puis s'activa d'achever son entreprise sur sa robe. Elle tira alors les manches qui se déchirèrent au bout de plusieurs tentatives. Callum lui offrit alors le manche de sa dague. Elle s'en saisit sans hésitation et découpa des pans du vêtement sans regret. Des lambeaux de tissus tombèrent. Aélis s'énervait sur sa robe comme pour évacuer toute cette colère qu'elle gardait en elle depuis tant de temps. Le souffle court, elle jeta la dague et retira le reste de cet accoutrement sordide sur elle par le bas. L'ensemble tomba au sol et elle se retrouva en fond de robe. Callum esquissa alors un petit sourire amusé.

— Ça va mieux ? Vous pourriez attendre qu'on soit mariés avant de vous déshabiller !

Le regard assassin, elle reprit la dague en main et la pointa vers lui.

— Je plaisante ! déclara alors Callum tout en dressant ses mains devant elle en signe d'apaisement.

Aélis essaya de reprendre son souffle. Elle retira alors ses chaussures et Callum put voir véritablement son soulagement à présent. Des bandages étaient toujours noués à ses pieds. Callum fronça les sourcils, devinant que ses chaussures devaient être aussi la raison de leur cicatrisation difficile. Elle défit sa coiffure qui lui tirait les cheveux et replaça sa tignasse argentée au vent, pour plus de confort.

— Un coup de main pour ce qui reste ? s'en divertit déjà Callum.

— Je vous interdis de me toucher ! vociféra alors Aélis.

— Je plaisante ! insista Callum, déçu de voir que ses traits d'humour ne la faisaient pas sourire.

— Tout cela vous amuse ! C'est vrai, c'est divertissant de voir une pauvre femme dans la paume de sa main être manipulée de la sorte ! Vous avez jubilé en voyant ma tête tout à l'heure ? Vous n'attendiez que ce moment, n'est-ce pas ?

— Je suis désolé... répondit Callum. Je devais vous tester. Je devais savoir à qui j'avais réellement affaire.

— Et vous deviez donc me traiter de la sorte ?! cria alors Aélis, en rage. En jouant sur deux tableaux ?!

— Cela ne s'est pas vraiment passé comme je l'avais imaginé. Vous m'avez pas mal déconcerté, j'avoue.

Il croisa les bras, tout en repensant à toutes ces fois où il avait dû composer d'urgence une mascarade pour ne pas se faire démasquer.

— Vous savez, les gens normaux se parlent. Ça vous échappe peut-être pour quelqu'un qui ne répond que par son épée, mais la communication aide à la bonne entente.

Callum fronça les sourcils, n'aimant pas les reproches.

— Si on se replace dans le contexte, le Roi me demande d'épouser une femme dont j'ignore tout de son identité ! Il est logique que je garde mes distances le temps d'en apprendre plus sur elle !

— Cessez de me prendre pour une idiote ! Si vous avez été capable d'enquêter sur des brigands, voleurs de pierres précieuses et semi-précieuses, vous n'avez donc eu aucun problème pour vous renseigner sur ma famille et moi.

— Cela ne fait pas tout ! s'écria Callum, cette fois agacé. Votre réputation, votre argent ou vos habitudes ne me révèlent pas votre caractère, votre façon d'appréhender les choses, votre positionnement en tant que noble et duchesse ! Peu importe ce que je peux espérer de vous, je devais vérifier malgré tout qui vous êtes réellement ! Je devais savoir si je pouvais vraiment m'appuyer sur vous, si je peux avoir confiance en vous, si vous êtes celle que j'espère !

— POUR FAIRE CONFIANCE, IL FAUT DÉJÀ APPRENDRE À SE PARLER ET NON M'ÉVITER COMME VOUS L'AVEZ FAIT !

Un long silence vint interrompre leur échange plutôt musclé. L'impression d'être dans une incompréhension totale entre ses propres attentes et de celles de l'autre rendait leur situation compliquée. Aélis s'écroula au sol.

— Tout ce que je veux, au-delà d'un mariage d'intérêt, c'est un complice, une épaule sur laquelle me reposer, quelqu'un sur qui je peux compter... comme vous visiblement, d'après vos justifications. Actuellement, je ne sais toujours pas qui vous êtes. Pouvez-vous vraiment dire que vous me connaissez avec votre stratagème teinté de méfiance ? J'en doute ! Tout commence par un partage ! Or, nous n'avons rien partagé ensemble.

Callum ne put s'empêcher d'esquisser un grand sourire.

— Vraiment ?

Il la fixa alors d'un air plutôt coquin et séducteur. Aélis prit quelques secondes avant de comprendre et rougir.

— JE N'APPELLE PAS ÇA PARTAGER ! VOUS M'AVEZ PRIS CE BAISER !

Callum se mit à rire.

— Désolé, ce n'était pas prévu.

Aélis croisa à son tour les bras, la mine renfrognée.

— Prévu ou pas, vous auriez dû demander la permission.

— À ma femme ? Allooons...

— Parfaitement ! s'indigna Aélis. Et je ne suis pas encore votre femme ! Vous parlez de confiance et vous prenez sans consentement. Vous n'êtes pas sur un terrain de guerre avec moi. Du moins, pas si vous ne me considérez pas comme votre ennemi. Je vous l'ai dit : à ce stade, tout ce que je veux, c'est un mari complice... tout comme vous cherchez une épouse collaboratrice à votre façon de régner sur votre fief.

Callum s'assit pour se mettre à sa hauteur. Il posa ses deux pieds devant lui et s'accouda à un de ses genoux. Le menton écrasé sur sa main, il contempla silencieusement Aélis. Cette dernière baissa les yeux.

— Le Roi nous a mis dans une belle panade, n'est-ce pas ? lui souffla-t-elle alors.

Callum se montra toujours taiseux. Il se contentait de la fixer sans bouger.

— On peut s'arranger, je pense, si vraiment vous estimez que cette alliance est un poids trop lourd à porter.

Elle observa alors sa réaction, mais Callum ne montra aucun signe d'accord ou de désaccord. Il se contenta de la scanner des pieds à la tête. Son impassibilité exaspéra Aélis.

— Dites quelque chose, bon sang !

— Je me disais que vous n'étiez pas trop lourde à porter, pour le peu que j'ai eu à vous soulever pour vous mettre à cheval.

Surprise, Aélis le fixa de façon circonspecte.

— Enfin... Pour l'instant ! continua-t-il. Non parce que si Madame compte se taper des pâtisseries dès que Sampa reprendra ses fonctions pour l'emmener en ville, moi, j'ai du souci à me faire !

Aélis rougit. Elle réalisa que finalement, en mode normal ou en armure, elle avait quand même pu aborder certaines choses avec lui. Elle sourit sournoisement.

— Ne vous inquiétez pas ! J'en garderai une partie pour vous ! Pour vous les écraser sur votre figure de Duc !

Callum sourit devant son aplomb.

— Charmant ! Si vous venez avec du sucre sur le coin de la bouche, ça me va ! La suite peut devenir intéressante...

Aélis écarquilla les yeux, interprétant vite ses allusions derrière cette remarque. Elle se leva d'un bond et se raidit face à lui, les poings fermés.

— MÊME PAS EN RÊVE ! PERVERS !

Callum laissa tomber sa main de son menton et se contenta de sa réponse. Il se leva à son tour et s'approcha d'elle. Méfiante, Aélis recula, ce qui ne servit à rien devant l'obstination de Callum à vouloir être plus proche d'elle. Il se pencha alors à son oreille.

— Vous n'avez... vraiment pas aimé ?

— Qu... quoi ?

— Mon baiser ? Il vous a vraiment déplu ?

Il plongea ensuite son regard sérieux dans celui de la jeune femme. Complètement troublée, Aélis bredouilla avant de le pousser pour reprendre de l'espace.

— J'ai déjà répondu à cette question.

— Ah oui... Il y a mieux ailleurs, c'est ça ? Donc, cela veut-il signifier que je ne suis pas le premier à avoir touché vos lèvres ?!

— Ce... cela ne vous regarde pas ! répondit Aélis, troublée par son comportement et son insistance à découvrir son intimité. Je ne vous demande pas avec qui vous étiez avant !

— Ma réputation à ce niveau est déjà également faite ! déclarat-il d'un ton suffisant.

Il lui attrapa alors l'avant-bras.

— Vous comptez me tromper ? Ce serait facile pour un mariage sans amour !

Aélis visa sa poigne ferme sur son bras, puis lui répondit sincèrement.

— Si vous pensez que mon état d'esprit est à la frivolité, c'est mal me connaître, encore une fois ! Comme vous l'avez dit, de nous deux, celui qui jouit d'une réputation de « légèreté affective », c'est vous ! Toutes les dames nobles d'Avéna sont charmées, d'après Sativa !

Callum sourit.

— Cela vous inquiète ?

Embarrassée, Aélis bafouilla.

— Je n'ai pas vraiment pensé à la question, mais... la confiance entre un mari et son épouse ne commence-t-elle pas par ce point-là ?

Callum relâcha son bras qu'elle massa en grimaçant.

— Donc vous vous engagez à m'être fidèle et à m'accorder votre corps quand je l'entends ?

— Quoi ?!

— Le devoir conjugal ! approfondit alors Callum, pour être plus explicite. Vous vous donnerez à moi ?

La discussion mettait très mal à l'aise Aélis qui rougit et baissa les yeux tristement, avant de les plisser et reprendre de son aplomb.

— Vous vous présentez enfin à moi, après des semaines à m'éviter, et la seule question que vous trouvez à me poser est celle-ci ? Vous me prenez pour quoi ? Une récompense offerte par le Roi pour l'honneur d'avoir combattu pour lui ? La gratitude de Sa Majesté d'être sous ses ordres ? Une excuse pour redorer votre réputation ? Une poupée confiée par le Roi que vous pouvez manipuler ou trimballer comme bon vous semble ?

Elle appuya son index sur son torse et le fit reculer, emportée par sa colère.

— Callum Callistar, je ne suis pas cette personne ! Je me donnerai à vous seulement si j'estime en avoir l'envie ! Ne comptez pas sur moi pour me pavaner contre vous afin d'avoir vos égards coquins comme certaines de vos ex, vos domestiques ou les femmes nobles de la cour du Roi, et encore moins pour être votre pantin qui écarte les cuisses dès que son époux a sa petite envie !

Le regard furibond d'Aélis fit sourire Callum de fierté. Aélis pouvait montrer un langage beaucoup moins châtié lorsqu'elle était en colère, mais ce n'était pas pour lui déplaire.

— Ce que je ne peux pas vous enlever, c'est votre tempérament belliqueux pour défendre vos convictions ! C'est… intéressant !

Il lui attrapa alors la main et l'attira vers la porte d'entrée du château.

— J'aime les femmes qui savent ce qu'elles veulent.

— Qu'est-ce que vous faites ? Où m'emmenez-vous ?

— Un mari complice sur qui compter, vous avez dit ? D'accord ! Donnons un coup de pouce pour que ma charmante fiancée montre ce qu'elle veut vraiment !

27

De « parlons peu »
à « parlons trop ».

Callum retira sa belle cape brodée et la déposa sur les épaules d'Aélis. Il la conduisit jusqu'aux grands escaliers devant l'entrée du château et lui demanda de l'attendre. Il revint vers elle avec Kharis, son cheval noir. Avec sa parure de cérémonie et sa monture, Callum affichait sa noblesse et son élégance poussant à l'admiration. Il était aussi charismatique que mystérieux. Il descendit ainsi de son cheval pour l'aider à grimper dessus.

— Où allons-nous ? lui demanda-t-elle alors qu'elle avait tout l'air d'une mendiante avec sa tunique faisant office de sous-vêtement cachée sous la cape, et ses pieds nus et bandés. Et le bal de fiançailles ?

— Mills les fera patienter. On va en ville.

— Je ne peux pas y aller dans cette tenue ! Et pourquoi en ville ?

Instinctivement, elle rabattit un peu plus la cape autour de son corps et porta la capuche de la cape sur sa tête. Callum monta derrière elle et involontairement, elle rougit quand il l'enlaça pour attraper les rênes de sa monture. Sentir son corps derrière elle la déstabilisa. En y réfléchissant, c'était la première fois qu'elle montait avec lui. À chaque fois qu'elle pensait que c'était lui, elle réalisait que ce n'était en fin de compte pas le cas. Elle se tourna subitement vers lui pour éclaircir ce point.

— Si vous n'êtes pas le chevalier au chapelet, mais bien Callum Callistar, le Chevalier de Sang, alors qui est-ce qui m'a protégée pendant que vous combattiez le chevalier ennemi ?

La commissure des lèvres de Callum se releva légèrement.

— Cela semble pourtant évident, non ?

Aélis le dévisagea, incapable de comprendre où était l'évidence.

— Désolée, mais je ne vois pas.

Callum leva les yeux de lassitude.

— Un chapelet, une dévotion particulière à Dieu... Qui connaissez-vous avec de telles prédispositions ?

Aélis tenta de faire le tour de ses connaissances relativement minimes à Althéa, et un seul pouvait avoir cette identité.

— Cela ne peut pas être le prêtre Cléry ?!

— Et pourquoi cela ?

— C'est vraiment lui ! s'exclama Aélis de façon ahurie. Mais c'est un prêtre !

— Et alors ?

— Un prêtre chevalier, c'est impossible !

— Ah oui ? Et pourtant... Je vous assure que c'est bien lui.

— Mais un prêtre ne tue pas des gens ! Il les sauve !

— C'est ce qu'il fait !

— Je vous demande pardon ? Il sauve des gens en les tuant ?

Callum soupira.

— Il a une vision bien particulière de son travail auprès de Dieu. Pour lui, il mène une croisade pour Dieu en quelque sorte. Il absout les pêcheurs en leur donnant le choix entre la vie par un chemin de pénitence ou la mort. Celui qui refuse de voir ses péchés se met face à sa justice divine.

— Sérieusement ? demanda alors Aélis, stupéfaite.

Callum acquiesça.

— Son rapport à Dieu est apparu en parallèle avec la manifestation de ses pouvoirs quand il était jeune. De ce fait, pour lui, Dieu lui a accordé son pouvoir pour agir en son nom.

— Cela n'est-il pas dangereux ? Je veux dire, il peut exercer sa propre justice divine plutôt que celle véritable de Dieu. Il peut se perdre dans sa conviction à vouloir purifier notre royaume des gens malhonnêtes et finalement se tromper dans ses cibles et s'en prendre à des innocents.

Callum réfléchit à sa remarque.

— Dans ce sens, il est comme n'importe quel soldat. Tuer ou être tué, bon ou gentil, tout est question de point de vue, d'angle d'approche et d'opinion. Un chevalier ne va pas forcément prendre toutes les mesures pour cerner la personne en face de lui. Il y a toujours des innocents tués dans une guerre. Ce serait trop facile si chaque personne portait sur lui une étiquette indiquant si elle est destinée au paradis ou à l'enfer. Pourtant, le pouvoir de Cléry est toutefois bien particulier. Il a cette forme de détection.

— Une détection ?!

— Oui, il arrive à cerner le fond des gens, leur valeur morale.

— Incroyable ! Et il n'a pas vu l'être diabolique que vous devenez avec moi ? rétorqua Aélis, moqueuse.

Callum s'esclaffa.

— Vous allez rire, mais... il l'a vu ! Et pas qu'avec vous ! Je suis selon lui quelqu'un « d'à part ».

— Pourquoi ça ? demanda-t-elle alors, intriguée.

— Parce que la négativité déborde en moi, et pourtant, il perçoit aussi une lumière blanche qui équilibre l'ensemble.

Cette fois-ci, ce fut Aélis qui s'esclaffa, incrédule de cette histoire.

— Une lumière blanche en vous ? N'importe quoi !

Il retira alors la capuche d'Aélis.

— Vous avez bien des cheveux gris. Pourquoi n'aurais-je pas une lumière blanche en moi ?

Aélis toucha avec gêne de sa main sa chevelure. Callum sourit mystérieusement, tout en contemplant les différents reflets des mèches cendrées d'Aélis.

— Quand on parle magie, on peut croire et imaginer beaucoup de choses. Cléry est une personne éclairée, et je ne parle pas dans le sens que c'est un illuminé porté par sa religion, mais bien de quelqu'un de sage, qui voit à travers les gens. Je pense que sa magie et sa pierre entrent en résonance avec cette clairvoyance sur la nature des gens. Comme tout chevalier magique... Son être profond est accentué par sa magie et sa pierre.

Aélis resta songeuse sur ces propos.

— Je n'ai pas vu sa pierre. Où est-elle ?

— Elle compose son chapelet. Son arme magique, c'est son chapelet.

Aélis demeura surprise à chaque révélation.

— Comment est-ce possible ? Je croyais qu'il n'y avait qu'une pierre par chevalier et que la casser revenait à en perdre son efficacité. Or un chapelet est composé de plusieurs pierres.

— Cléry est un cas particulier. Son chapelet n'est pas composé d'une seule pierre, je veux dire, que d'un seul type de pierre. Si vous regardez bien, il est composé de trois types de pierres différentes.

— Quoi ? ! Vous voulez dire qu'il est en interaction avec plusieurs pierres ?

— Oui, il a plusieurs petites pierres différentes et chacune entre en résonance avec lui de façon spécifique. Son chapelet comporte de l'apatite bleue, qui libère la parole et repère le déni, la tromperie, le mensonge. Cela ouvre les yeux sur le mal des gens. Il comporte également de la calcédoine qui apporte la sérénité, apaise la tristesse et absorbe la négativité. Enfin l'azurite, qui accorde l'élévation vers Dieu aux pécheurs en leur permettant d'être guidés vers la clairvoyance et le chemin du repenti. En fait, chacune des pierres présente un angle de la trinité.

— Je vois... le Père, le fils et le Saint-Esprit, c'est ça.

— Oui. Chacune est une étape dans la foi, vers l'absolution. L'une repère le mal en vous...

— L'apatite bleue.

— Une autre guide vers la clairvoyance pour retrouver le

chemin de Dieu...

— La calcédoine.

— Et la troisième mène à la paix intérieure.

— L'azurite. Je vois. D'où les variations de bleu de son chapelet. C'est impressionnant ! Tout trouve un sens !

— C'est un chevalier magique avec un grand pouvoir ! continua Callum. Même si son lien à la religion dans sa magie peut porter à sourire pour un non-croyant, elle est pourtant réelle et très efficace. Je préfère l'avoir à mes côtés qu'en adversaire.

— Je pense qu'il aurait tout autant de mal à vous battre ! répondit alors Aélis tout en regardant devant elle, avec sérieux, alors que le cheval commençait sa promenade.

— Serait-ce un compliment ? s'en étonna alors le Duc.

Aélis haussa les épaules.

— Juste un constat. Je vous ai vu vous battre, je vous rappelle. Vous avez aussi une grande force magique et physique.

— Ah non, ce n'est pas un fait ! Ça, c'est bien un compliment ! s'en amusa Callum. Grande force physique et magique, vous avez dit ! Je suis beau et fort, aussi ?

— Un constat ! tonna Aélis avec sévérité. C'est juste une remarque, pas une opinion pouvant porter vers un compliment. Vous êtes le Chevalier de Sang. Vos faits d'armes font ce constat. C'est tout.

Callum lâcha une des rênes et encercla la taille d'Aélis.

— Un chevalier redouté, n'est-ce pas cool comme mari ? lui souffla-t-il alors à l'oreille.

Aélis se figea et visa son bras encerclant sa taille.

— N'en profitez pas pour poser vos mains baladeuses sur moi, pervers ! s'agaça-t-elle. Je ne vous redoute pas, moi ! Croyez-moi ! Je peux vous désarçonner sans problème !

Callum inspira un instant son parfum avant de retirer son bras.

— J'ai pu le constater, merci ! Je crois que c'est bien la première fois qu'une femme persiste à me faire barrage pour sauver un homme alors que je suis en armure et que j'arme mon épée sur lui.

Aélis grimaça en repensant à la peur bleue qu'elle avait ressentie ce jour-là. Mais en découvrant sa véritable identité aujourd'hui, elle réalisait qu'elle connaissait un autre visage, plus facétieux, que l'homme implacable sous son armure et elle se sentait bizarrement plus soulagée.

— Promettez-moi de ne plus recommencer cela..., s'adoucit tout à coup Aélis. Ce garde à l'entrée ne méritait pas la mort. Tout comme Sampa. Je sais qu'on a déjà eu plusieurs discussions au sujet de l'exemplarité, de la nécessité du don de leur vie pour leur maîtresse, mais...

Elle souffla tristement.

— Je n'aime pas qu'on meure à cause de mes maladresses ou mes faiblesses.

— Donc dois-je vous punir vous, plutôt que mes soldats ? objecta Callum, espiègle.

Aélis tourna la tête subitement vers lui, perplexe.

— Me punir ? Quel genre de punitions avez-vous en tête ? lui demanda-t-elle, à moitié catastrophée par l'éventuelle souffrance qu'on pourrait lui infliger.

Callum repassa son bras autour de sa taille.

— À voir ! Ça se réfléchit ou se négocie ! ronronna-t-il à son oreille.

Après mûre réflexion, Aélis comprit que les punitions de Callum à son égard n'avaient rien à voir avec celles qu'ils pouvaient donner à ses ennemis. Elle fronça les sourcils dans un râlement, attrapa son avant-bras et l'éloigna d'un geste ferme de sa taille.

— Mais vous ne pensez qu'à ça ! Est-ce que tout le monde sait à quel point le Duc est un pervers ?! Vous êtes... horrible ! Cléry n'a pas vraiment vu juste ! Vous ne débordez pas de négativité, vous êtes le diable dans la peau d'un bellâtre.

Callum se mit à rire.

— Bellâtre ?! Oh ! Encore un compliment ! Vous voyez ! Vous dites que je suis beau ! Je crois que je commence à vous plaire ! Attention ! Vous allez bientôt avoir envie de moi !

— J'ai dit également « diable » ! Arrêtez de retenir que ce qui vous arrange !

Aélis plia les bras et leva les poings devant elle, puis poussa un grognement de rage.

— Vous ne voulez pas vous mettre en armure. Je crois que je préfère encore la version impossible et taiseuse de vous !

— Vraiment ?

— Oui, vraiment !

— Donc les deux parties de moi vous plaisent ?

Callum éclata de rire dans son dos tandis qu'Aélis réfrénait ses propres envies de meurtre.

— Vous avez raison de m'éloigner du château ! siffla-t-elle d'un ton mauvais. Au moins, je m'éloigne des fiançailles avec vous !

— Oooh ! Mais ce n'est qu'une question de temps ! Vous n'avez guère d'autres choix que de partager ma vie, tout comme je n'ai guère d'autres choix que de partager la vôtre.

— Pas la peine d'être rabat-joie.

Callum lui caressa alors le dessus des cheveux, amusé de la voir s'agacer de la sorte devant ses boutades. Aélis tenta de se défendre en lui retirant sa main, mais Callum ne se laissa pas faire.

— Arrêtez de toucher mes cheveux ! C'est agaçant !

— Pourquoi ? Vous êtes sensible ?

— Pourquoi voulez-vous les toucher ?

— Votre couleur de cheveux me fascine. J'aime toucher ce que je trouve curieux. Et quand c'est rare, c'est encore plus attirant !

— Je ne suis pas un objet rare, je suis un être humain ! Hormis leur couleur, mes cheveux sont comme ceux de tout le monde et je suis comme tout le monde. Vous allez me demander de les teindre, vous aussi ?

— Pourquoi ferai-je une telle demande ? s'étonna tout à coup Callum. C'est une spécificité qui ne me gêne pas. Au contraire ! Cela… a un côté apaisant.

— Apaisant ? répéta Aélis, très sceptique.

Jamais elle n'avait trouvé la paix à cause de sa couleur de cheveux. C'était même l'inverse. Callum sourit discrètement en voyant son étonnement.

— Peut-être parce que je me dis que le destin m'amène à les

apprécier pour une raison qui me semble importante...

Aélis se tourna vers lui, complètement troublée par ses propos inattendus et discutables. Callum comprit que l'expression de ces pensées étaient peut-être étranges et confuses. Ne voulant développer davantage, il revint au sujet de ses moqueries.

— On vous a vraiment demandé de les teindre ? l'interrogea Callum, vraiment interloqué d'une telle requête.

Aélis reprit sa position, le regard à nouveau droit devant elle pour ne pas montrer une quelconque faiblesse ou atteinte sur son visage.

— Ce qui est différent est forcément bizarre, inquiétant, mauvais ! répondit de façon laconique Aélis. Vous êtes bien le premier qui y voit de l'apaisement en posant vos yeux dessus.

Callum regarda Aélis déplacer sa chevelure sur le côté comme réflexe défensif, tout en dégageant sa nuque. Il l'observa un instant, imaginant aisément les brimades et moments difficiles qu'elle avait pu vivre à travers le sens de ses paroles brèves et graves. Un souvenir particulier traversa sa mémoire et il fronça les sourcils.

— Le premier Althéaïen qui se moque de votre chevelure, je le décapite.

Un frisson traversa la nuque d'Aélis à l'écoute de sa voix tout à coup plus froide, plus funeste. Il toucha alors du bout des doigts sa nuque.

— Je te promets, Aélis, que personne ne dira quoi que ce soit sur ta chevelure ici sans en payer le prix fort !

Le cœur tout à coup battant, Aélis tourna à nouveau sa tête vers Callum et put voir combien le Duc croyait assurément en cette résolution. Ses iris avaient pris une teinte rouge l'espace d'un instant, laissant planer l'horreur indéniable de l'exécution de sa menace. Elle reporta son regard vers la ville, nerveuse. Callum caressa alors sa tête dans un geste plus doux qui lui fit oublier sa menace. Son passage à une discussion plus intime et complice, moins formelle, la troubla. Il se montrait plus impliqué et attentif à son bien-être. Elle baissa les yeux, touchée par son intention, mais grimaça pour la forme.

— On ne peut pas négocier une amende, plutôt que la décapitation ? C'est un peu extrême quand même, non ?

Déconcerté d'abord, Callum rit ensuite légèrement, à la voir toujours négocier ses sanctions.

— Je ne trouve pas ! Celui qui s'en prend à la Duchesse, verbalement ou physiquement, ne mérite que la mort. C'est non-négociable. C'est évident. C'est vous qui me l'avez dit ! Même les dragueurs autour de la femme du Duc sont des hommes morts, y compris les chevaliers ! D'ailleurs, vous ne deviez pas me dénoncer au Duc ?

Aélis sentit son sourire taquin dans son dos.

— Ça fait quoi d'avoir pour fiancé un mari... comment déjà ? Tire-au-flanc ?!

Elle serra la crinière de Kharis d'agacement, sentant bien l'enthousiasme sadique de Callum à lister toutes les méprises qu'elle avait pu avoir à son sujet.

— Ah ! Je vous écoute aussi ! Dites-moi toute mon impolitesse à ne pas vous saluer et à vous désobéir, et on reparlera du vol de livres de la bibliothèque ensuite !

Le silence tendu de la jeune femme fit la délectation de Callum.

— Souhaitez-vous m'en parler habillé de mon armure ou voulez-vous que je sois tout nu ?

Le nouveau propos dévoyé de Callum fit craquer Aélis.

— C'est bon ! J'ai compris ! cria-t-elle. Vous êtes le type le plus imbuvable qui soit, en plus d'être le plus grand pervers d'Althéa !

Satisfait, Callum lui frotta la tête à nouveau en réponse.

— Aaaah ! Je suis rassuré ! J'ai cru que vous ne saviez plus parler ! Mais non, la critique acide sort toujours de votre bouche. Que ce soit comme simple chevalier ou en tant que Duc, rien ne change finalement ! Effectivement, vous avez du cran. Que je me tienne devant ou derrière vous, votre prédisposition consciente et constante à l'irrespect envers ma personne reste fascinante, là où d'autres seraient déjà morts ! C'est à croire que je vous accorde un statut vraiment spécial à vous laisser me dénigrer de la sorte !

Elle ferma les yeux et soupira, mais finalement sourit, comprenant que converser ainsi était une façon pour lui de montrer son intérêt pour ce qu'elle représentait vraiment à ses yeux. Du moins, tout ne le laissait pas si indifférent que cela.

Le Duc couvrit la tête d'Aélis de sa capuche

— On arrive !

Il fit cesser la marche de son cheval à travers les ruelles d'Althéa. Aélis avait complètement occulté ce qui l'entourait. Leurs différents sujets de discussion avaient meublé tout leur trajet au point qu'elle s'étonna d'en avoir même apprécié leur portée. C'était la première fois qu'ils parlaient ainsi, sans fard ni masque. Elle remarqua ainsi tardivement les regards des habitants autour d'eux. Elle se couvrit davantage de sa cape, tandis que beaucoup portaient leur attention sur le Duc et sa tenue prestigieuse à côté de la pouilleuse qu'elle semblait être. Le Duc descendit de cheval et lui tendit les bras pour la faire descendre également de Kharis.

— Il est temps de présenter à tout le monde la Duchesse d'Althéa ! lui déclara doucement Callum, plus confiant que jamais dans ses intentions.

28

Et la châtelaine
se transforma en duchesse...

Assise dans un coin de la petite boutique d'une couturière, Aélis serra les pans de tissu de sa cape pour cacher un maximum sa tenue pour le moins inconvenante. Elle ne pouvait que baisser les yeux, gênée par sa présentation indigne de son rang. Le Duc semblait plus à l'aise qu'elle.

— Monsieur le Duc, c'est un honneur de vous voir ici ! déclara la couturière tout en s'inclinant.

Elle jeta un regard rapide à Aélis, mais ne la salua pas.

— Que puis-je faire pour vous ? demanda-t-elle alors au Duc.

— J'aimerais que vous me vendiez la plus belle robe de la boutique ! répondit Callum, avec assurance.

Se doutant que sa demande concernait la jeune femme à la capuche, la dame observa un instant plus attentivement Aélis, bien emmitouflée sous sa cape. Callum sourit en la voyant se planquer du mieux qu'elle pouvait.

— La plus belle robe que j'ai ?

Elle se mit à réfléchir. Pour quelle occasion est-ce, si ce n'est pas indiscret ? Je n'ai plus beaucoup de choix malheureusement. Une noble de la ville de Callisia m'a dévalisée hier.

— Pour des fiançailles ! s'exclama alors le Duc qui alla rejoindre Aélis.

Il lui tendit la main pour qu'elle se lève. Plutôt docile, Aélis accepta son offre et se redressa. Il lui retira sa capuche et replaça sa chevelure par-dessus.

— Nous avons eu un petit souci de robe. Je compte sur vous.

Aélis demeura mal à l'aise. La couturière la toisa un instant, s'arrêtant plus longuement sur ses cheveux gris.

— Mademoiselle se fiance ? Quel jour heureux alors ! Son fiancé mérite effectivement d'être gâté, mais...

Callum resta silencieux et contempla une robe en cours de confection dont il toucha le tissu. Aélis n'osa pas dire quoi que ce soit concernant le fameux fiancé. La couturière vint vers Callum pour attirer son attention ailleurs que sur ses nouvelles créations.

— Je n'ai guère de quoi vous satisfaire malheureusement. Je n'ai rien qui corresponde à votre attente. Je suis désolée.

Peu dupe des raisons poussant la couturière à ne pas servir Aélis, Callum la fixa un instant, puis posa ses yeux sur tout le magasin. Il s'éloigna des deux femmes et alla regarder une robe sur un buste avec intérêt.

— Et elle ? dit-il alors en s'attardant dessus.

— C'est une robe magnifique, mais elle est noire et blanche, Monsieur le Duc ! Donc peu appropriée pour un tel événement ! Et celles qu'il me reste sont beaucoup moins adaptées pour de telles circonstances. Elles représentent moins l'image prestigieuse qu'on attend d'une dame qui se fiance.

— Noire et blanche, vous dites ?... Savez-vous que de ces deux couleurs, on obtient du gris ?! Comme les magnifiques cheveux de notre Dame ici présente, n'est-ce pas !

La voix grave du Duc tonna dans la boutique tel un avertissement.

— Je veux celle-ci ! asséna Callum. La couleur noire ne me dérange pas. Au contraire !

Il esquissa un petit sourire entendu à la gérante de la boutique. Complètement paniquée, cette dernière se dépêcha de retirer ladite robe du buste, non sans émettre un rictus désapprobateur. Sans surprise, plus dans le détail, la robe était réellement magnifique. Avec des broderies noires sur fond blanc, elle était simple, mais d'une classe folle. Callum fixa la robe avec intérêt.

— Faites-lui essayer ! ordonna-t-il alors.

Aélis en perdit ses mots. Sans avoir le temps de réagir, il tira Aélis à lui, puis la poussa dans les bras de la couturière. Il alla ensuite s'installer à la place d'Aélis pour attendre le résultat des essayages. Aélis fut emmenée dans un coin de la boutique.

— Retirez votre cape, nous allons voir dans un premier temps comment elle vous va.

Hésitante, Aélis retira sa cape.

— Pa... pardon de me présenter à vous dans cette tenue...

La couturière contempla l'état général de la jeune femme.

— Vous avez au moins une bonne raison de venir ici ! lui répondit-elle, embarrassée.

Elle lui sourit nonchalamment et toutes deux se mirent au travail. Callum attendit plusieurs longues minutes avant qu'Aélis réapparaisse devant lui. L'ébahissement sur son visage confirma à la couturière que le choix de la robe était le bon.

— Je n'ai pas eu beaucoup de retouches à faire. Elle lui va comme un gant !

Callum ne répondit rien, mais restait subjugué par la beauté de l'ensemble. Aélis rougit devant son regard absorbé sur sa tenue épousant parfaitement son corps, laissant deviner les courbes délicieuses de sa poitrine sans pour autant en montrer un centimètre de peau, le col cachant son buste de tissu et de dentelles noires. La robe longeait sa taille et sa chute de reins avec finesse jusqu'à s'élargir au niveau des jambes pour installer sa stature noble, altière, propre à une duchesse. Elle était simple, mais efficace. Raffinée et imposant le respect.

— Vous vous sentez comment dedans ? s'enquit le Duc, sachant combien ses anciennes robes étaient une torture à porter pour elle.

Aélis se trouva à la fois troublée par tant de prévenance de sa part et reconnaissante. Elle se mut à droite, puis à gauche. Callum apprécia la simple contemplation de ce geste. Aélis portait cette aisance naturelle lui conférant un charme certain.

— Beaucoup mieux ! répondit-elle. Le tissu est plus doux, et même si elle me colle à la peau, cela me paraît beaucoup moins désagréable que les robes d'Éliette qui me grattaient !

La réponse d'Aélis satisfit Callum.

— Parfait ! s'exclama-t-il en se relevant.

— C'est un tissu de premier choix. Vous avez ici du haut de gamme ! leur indiqua la couturière.

— On la prend ! J'aimerais que vous lui confectionniez aussi d'autres robes : robes de soirée, robes de sortie, robes de tous les jours. Bref ! Refaites sa garde-robe ! Mettez tous les autres clients en attente pour vous pencher uniquement sur cette commande. Je veux que cette personne soit votre priorité. Tout le temps !

Consternée par la demande lui semblant ubuesque, la gérante de la boutique considéra le Duc, puis Aélis, avec perplexité. Callum passa derrière Aélis et posa ses mains sur ses épaules.

— Vous avez devant vous la future Duchesse d'Althéa. Il est donc évident qu'elle passe devant les caprices de toutes les autres duchesses et nobles dames des fiefs voisins.

Stupéfaite de la découverte de son identité, la couturière s'inclina pour la saluer et s'excuser de ne pas avoir été plus avenante.

— Il n'y a rien de plus important que la Duchesse d'Althéa ! renchérit Callum, pour bien lui indiquer où étaient ses priorités et se trouvait son ordre : servir Aélis quoiqu'il en coûte. Je compte sur vous pour mettre sa personnalité unique au service de son image.

La couturière s'inclina davantage pour lui confirmer réception de son injonction.

— Très bien ! s'exclama-t-il alors. Le bottier à présent ! Il est où mon poids lourd à porter ?!

Callum s'approcha d'Aélis et tout à coup passa ses bras sous ses genoux et la souleva. Aélis poussa un petit cri de surprise.

— Une Duchesse pieds nus avec ces bandages, ce n'est pas très approprié non plus. Bouche bée, Aélis s'accrocha à son cou et se laissa embarquer par la légèreté de Callum. Il la porta jusqu'au bout de la rue devant des badauds qui s'agglutinaient devant l'événement de la venue du Duc dans la plus grande rue commerçante d'Althéa avec une dame... à la chevelure peu commune. Ils entrèrent ainsi chez le bottier, lui-même tout aussi surpris de voir le Duc avec cette femme dans ses bras.

— Bonjour, je souhaiterais que vous chaussiez convenablement cette jeune femme ! clama alors Callum, amusé de tout ça.

Il la déposa alors et le bottier s'inclina devant le Duc, presque paniqué de l'état de son magasin face à cette visite impromptue.

— Toujours là pour vous servir, mon Seigneur ! déclara-t-il en s'inclinant, tout en poussant de son pied une paire de chaussures sous un petit banc pour faire le ménage.

Le bottier s'agenouilla alors devant les pieds d'Aélis et marqua un temps d'arrêt en constatant ses bandages. Il durcit son regard qui devint tout à coup plus professionnel. Callum croisa les bras et lui somma ses directives.

— Il lui faut des chaussures qui lui tiennent le pied, mais qui n'accentuent pas ses blessures. Avez-vous une idée ?

— Que vous est-il arrivé, Madame ? demanda alors le bottier doucement à Aélis. Selon le type de blessures, je pourrais peut-être trouver ce qui est le plus opportun à votre situation.

Confuse, Aélis jeta un regard pour permission à Callum qui hocha positivement la tête.

— J'ai... dû courir pieds nus sur des herbes, des cailloux et des branches. J'ai des écorchures sous la plante des pieds et une ronce m'a entaillé cette cheville.

Sans montrer plus de signes de curiosité ni indiquer un regret pour elle ou un reproche, il toucha délicatement ses bandages.

— Il vous faut une semelle qui amortisse davantage votre pied et réduise les frottements contre vos plaies. Il faut que cela n'appuie pas sur vos blessures plantaires et vous fasse mal. Il faut aussi éviter les talons. Enfin, des petites chaussures ne conviendront pas pour maintenir un bandage. Vu votre belle robe, j'opterai donc pour des bottes fines remontant jusqu'au-dessous du genou. C'est très tendance au Royaume de Naxos. Cela permettra à vos bandages de rester en place sur vos chevilles et vous pourrez signifier que vous suivez la mode.

Le bottier se leva et disparut quelques instants. Aélis jeta un nouveau regard furtif vers le Duc qui patientait de façon confiante à côté. Tout semblait être simple avec lui. Un ordre, et tout le monde obéissait avec efficacité. Elle ne pouvait prétendre avoir cet ascendant sur les gens avec autant de facilité. Même si l'intervention du Duc la gênait, car elle mettait en avant sa propre incapacité à se faire respecter auprès d'Éliette, elle pouvait cependant admettre que l'investissement soudain du Duc était bienfaisant pour son moral. Le bottier revint avec une jolie paire de bottes blanches à lacets sur le devant, composée d'un très léger talon.

— Il me suffit de changer les lacets blancs en lacets noirs et cela concordera avec votre robe ! déclara-t-il de façon professionnelle. Nous allons tester avec cette semelle en mousse pour voir l'amorti sur vos blessures.

Il lui prit délicatement le pied et lui enfila les chaussures. Après laçage, il invita Aélis à se lever et marcher. Le sourire émerveillé d'Aélis ne fit pas de doute sur la réussite du bottier.

— Vous pouvez marcher avec convenablement ? l'interrogea alors le Duc, les bras toujours croisés.

Aélis acquiesça de la tête dans un grand sourire qui faisait plaisir à voir, comme si elle vivait sa résurrection. Callum s'esclaffa.

— Très bien ! Il manque quelque chose pour parfaire l'ensemble !

Il se saisit de la main d'Aélis et l'attira vers la sortie.

— Mettez cela sur le compte du château ! cria Callum au bottier, avant de quitter sa boutique. Votre Duchesse reviendra vous voir certainement, vu son sourire. Bravo !

Le monde dans la rue avait triplé depuis leur arrivée. Des murmures et autres cancans avaient pris place auprès des Althéaïens qui s'interrogeaient sur la venue du Duc pour des emplettes. Aélis sentit des jugements sur elle à travers les regards suspects qu'on lui lançait. Paradoxalement, le Duc ne sembla pas plus inquiet. Il passa entre les badauds, tenant fermement la main d'Aélis, bien décidé à la mener jusqu'à la prochaine étape. Ils franchirent ainsi la porte d'un joaillier. Aélis jeta un regard inquiet vers le Duc.

— Bonjour ! fit Callum au joaillier.

Ébahi par sa venue, le joaillier resta muet quelques instants avant de se reprendre et de venir rapidement à lui pour le saluer. Il s'inclina et salua d'un signe de tête Aélis.

— Inclinez-vous aussi devant votre future Duchesse ! ordonna alors le Duc.

Complètement confus de son ignorance et de sa méprise, il s'inclina deux fois devant Aélis tout en s'excusant.

— Très bien, je veux une parure pour la Duchesse ! le coupa Callum, n'aimant pas perdre son temps.

Aélis tira sa main pour qu'il l'écoute. Elle s'étira jusqu'à son oreille pour que le commerçant ne l'entende pas.

— Ce n'est pas la peine d'aller jusque-là ! lui dit-elle alors. La robe et les chaussures, c'est largement suffisant !

— Une duchesse sans bijoux n'est pas une duchesse ! obtint-elle alors pour seule réponse.

— Je veux une parure de pierres noires ! Obsidiennes, de préférence !

— Tout de suite, mon Seigneur ! Je vais voir ce qui peut convenir à Madame.

Aélis attendit qu'il s'éloigne pour reprendre leur discussion.

— Étiez-vous obligé d'être si dur avec lui dès le salut ?! lui souffla-t-elle alors.

— Il est bon qu'il sache la hauteur du respect qui vous est dû ! lui répondit-il à voix basse également. La prochaine fois que vous le croiserez, il saura que son commerce dépendra de son travail pour vous.

— C'est vous qui dites cela alors que vous étiez le premier à refuser de me saluer ! objecta-t-elle, effarée de son excuse.

— Moi, c'est différent ! dit-il avec un petit sourire. Je suis le seul à avoir le droit de vous tester et de vous taquiner !

Il lui fit un clin d'œil tandis que le commerçant revenait vers eux. Le bijoutier posa alors deux parures devant eux. Un joyau pour seul collier, serti avec une chaine, et un collier composé de plusieurs petites pierres. Il sortit également des boucles d'oreilles. Callum regarda rapidement les bijoux, puis le cou et le visage d'Aélis.

— C'est tout ce que vous avez ? lui demanda-t-il alors. Ce n'est pas fameux !

La sueur apparut sur le front du joaillier, paniqué à l'idée d'obtenir la désapprobation du Duc.

— Je suis désolé... L'obsidienne est rarement demandée en bijouterie.

— Vous savez pourtant que c'est cette pierre qui m'accompagne ? gronda Callum. C'est donc LA pierre qui me représente et donc représente Althéa. Et vous, joaillier d'Althéa, n'avez que cela à proposer ?

Aélis s'inquiéta du ton sévère de Callum face à celui effrayé et confus du commerçant. Elle observa les deux bijoux et trancha vite pour éviter un massacre.

— Je veux celui-ci ! s'exclama-t-elle, joviale.

Son index pointa la parure composée de petites pierres. Les deux hommes fixèrent l'objet, l'un un peu soulagé, l'autre pas du tout convaincu.

— Des petites pierres ? On parle de la Duchesse ! Elle ne se résume pas à quelque chose de petit, mais quelque chose ayant de l'envergure !

— Il prend de l'envergure par la façon dont il s'étale sur la peau... couina le joaillier.

Callum fronça des sourcils.

— Je brise vos pierres d'une main ! Il n'y a rien de prestigieux dans quelque chose de si fragile ! Je me demande même si ce sont réellement des obsidiennes !

— Très bien ! Donc, c'est décidé ! rétorqua Aélis. Je mets le joyau !

— Il va porter tous les regards sur lui et non sur vous ! s'énerva

Callum, très investi dans sa quête de perfection.

Aélis pouffa tout à coup, puis se mit à rire. Elle prit les boucles d'oreille qu'elle accrocha à ses oreilles.

— Merci Monsieur ! lui dit-elle alors. Nous ferons sans collier. Je garde les boucles en revanche ! Nous venons de trouver un compromis grâce à vous concernant le port de bijoux !

Callum resta ébahi par la façon dont elle venait de retourner la situation.

— Je reviendrai vous payer plus tard, Monsieur. Je suis désolée, mais je suis un peu dans l'urgence aujourd'hui. Je me fiance à l'exigence de deux hommes du royaume d'Avéna, voyez-vous ! Grâce à vous, j'ai pu un peu retrouver mon libre arbitre. C'est un beau cadeau de votre part pour mes fiançailles. Elle lui fit une petite révérence pour lui montrer sa gratitude.

Elle tira alors la main de Callum jusqu'à la sortie. Ce dernier se laissa traîner en silence et regarda le dos d'Aélis moulé dans sa belle robe. Une certaine fierté le gagna.

— On peut toujours trouver un collier ailleurs ! s'amusa-t-il à lui proposer, tout en connaissant déjà très bien sa réponse.

Aélis tourna son regard vers lui et sourit.

— Laissez-moi de quoi améliorer la future tenue de mariage quand même ! Tout ne doit pas être parfait dès maintenant ! Ce ne sont que les fiançailles, après tout !

— Vous gagnez un point. Dans ce cas, passons à la dernière étape...

29

Devenir qu'un.

Les regards coulaient sur eux comme si leur présence était l'événement du jour. Les Althéaïens s'étaient agglutinés en masse sur la grande avenue pour voir le Duc avec celle qui semblait être leur future Duchesse. Les spéculations allaient bon train, d'autant que l'annonce des fiançailles du Duc était parvenue aux oreilles de tous, même s'ils ignoraient à quoi ressemblait la Duchesse. Pourtant, le signe distinctif des soi-disant cheveux de cendre d'Aélis fit de moins en moins douter les habitants. C'était bien elle, leur future Duchesse. La présence du Duc à ses côtés confirmait certaines rumeurs qui disaient l'avoir déjà aperçue en ville. Aélis baissa les yeux, gênée d'être le centre d'attention de tant de monde. Callum releva son menton et la fixa intensément.

— Garde la tête haute, Duchesse ! lui murmura-t-il. Regarde ton peuple !

Les paroles de Callum eurent l'effet de déclic en elle, comprenant combien elle se devait de tout assumer en même temps. La femme, l'épouse, la duchesse. Tout devait être mis au même niveau. Il la guidait dans son baptême de nouvelle duchesse. Elle osa alors croiser les regards des gens autour d'elle. Plus curieux que vraiment hostiles, elle ne chercha pas à instaurer sa supériorité ni leur bienveillance. Elle se contenta de les observer pour ce que chacun d'eux était. Des hommes. Des femmes. Des enfants. Des bébés. Certains meurtris dans la chair par des blessures. D'autres dans la fleur de l'âge, vaillants, mais ayant déjà eu le monde à portée de main. Puis des très vieux, marqués par l'expérience, la souffrance et la sagesse. Aélis passa devant chacun d'eux en réalisant que finalement, tous étaient réunis autour d'une même personne. Elle tourna son regard vers le Duc, droit dans ses bottes, l'allure fière, ne craignant rien au milieu de cette masse humaine. Chacun l'admirait. Tous le craignaient. Tous les Althéaïens laissaient leur existence entre les mains de leur Duc et bientôt aussi peut-être entre les siennes. Assurer la protection d'un peuple était une gageüre bien difficile et elle réalisait combien le Duc et même le Roi Mildegarde devaient avoir les pieds bien ancrés au sol pour ne pas flancher devant les bourrasques. Elle observa sa main dans la sienne un instant. Elle réalisa que sa présence à ses côtés se devait d'être primordiale, car s'il soutenait un peuple et si le peuple le soutenait, Callum Callistar restait bien seul dans sa souveraineté. Toutes les décisions importantes en tant que Duc ou Chef de troupes impliquaient des risques sur la vie de nombreuses personnes et elle se demandait qui s'occupait de son mental à lui. Elle comprenait un peu mieux son rôle dans l'entreprise du Roi Mildegarde à vouloir la marier à lui, l'enjeu derrière cette mission bien particulière et le besoin de Callum de désirer connaître la personne sur qui il pourrait compter pour partager ce poids. Mais s'en sentait-elle capable ?

— Dernière étape ! déclara Callum. On se fait une petite coiffure ?

Il lui sourit et elle se rendit compte que leurs pas les avaient menés jusqu'à l'échoppe du menuisier qui les vit arriver et sourit.

— Bonjour ! dit Callum, enjoué. Ma future épouse a besoin d'une petite tresse ou deux pour parfaire sa jolie tenue ! Je souhaiterais dorénavant, pour plus de facilité, embaucher votre fille aînée au château.

Le menuisier écarquilla les yeux.

— Ma fille ? Au château ? répéta l'homme, incrédule.

— Oui, il semble que notre chère Duchesse se soit attachée à votre fille. Je souhaiterais donc en faire sa dame de compagnie !

Aélis ne quitta pas le Duc des yeux, sidérée par la surprise de son annonce. Callum jeta un œil vers elle et se réjouit de voir l'effet de son annonce sur son visage.

— Sa dame de compagnie ? répéta le menuisier, complètement scié.

Il s'assit sur un tabouret un instant, le temps de redescendre sur terre.

— Vous êtes sérieux ? déclara alors Aélis, toute aussi choquée.

— Vous vous accaparez Sampa et vous ne pensez pas à embaucher pour vous cette demoiselle ? Avouez que vous êtes bizarre par moments ?

— Mais...

— Vous pouvez engager votre personnel en dehors du château tant que cela ne vous met pas en danger. Le personnel du château a été recruté de quelle manière, à votre avis ?

Le menuisier et Aélis échangèrent un regard. Elle s'approcha du père qui voyait une opportunité incroyable pour sa fille, mais cela impliquait de devoir s'en séparer. Elle se baissa et lui attrapa les mains.

— Vous n'avez aucune obligation à accepter. Cependant, je vous promets que je prendrai soin d'elle et que vous pourrez encore continuer à passer du temps avec elle.

Le menuisier regarda la douceur des mains d'Aélis sur ses mains calleuses, puis acquiesça.

— J'ai confiance en vous. Je sens que vous êtes une belle personne. Vous m'avez convaincu quand vous avez parlé de ce kiosque comme d'un être vivant. Vous faites attention aux petites choses. C'est une belle qualité. Je sais que vous ferez attention à ma fille.

Aélis pencha la tête légèrement sur le côté, touchée par ses mots, et lui chuchota un merci.

— Je vais aller chercher Margaux et prévenir sa mère et sa sœur.

Tous deux se relevèrent et le menuisier partit chercher sa famille à l'étage du dessus. Callum admira la façon dont Aélis avait obtenu le respect de cet homme.

— Cela veut dire que j'aurai deux dames de compagnie ? lui demanda-t-elle alors.

Le visage de Callum se ferma un peu.

— Je ne vois pas pourquoi garder une dame de compagnie qui ne vous satisfait pas.

Aélis baissa le regard, bien contrainte de reconnaître qu'il n'avait pas tort.

— Que va-t-il se passer pour Éliette ?

— Je vais m'en charger ! tonna gravement Callum.

Aélis s'inquiéta.

— Ne la punissez pas, s'il vous plait.

Callum ne répondit rien, mais Aélis put sentir une certaine crispation chez lui qui ne la rassura pas. Margaux apparut alors et elle s'empressa de discipliner la tignasse hirsute d'Aélis. Le Duc sembla ravi du résultat. Elle lui avait attaché les cheveux en une couronne de tresses, laissant sa nuque à l'air. Aélis posa devant lui pour avis.

— À tomber par terre ! répondit Callum, amusé, faisant écho à sa réaction lors de leur première sortie.

Aélis plissa des yeux, attendant le désenchantement à venir.

— Ne vous moquez pas ! Je veux la vérité.

— Mouais... bof ! reprit-il, mot pour mot avant de rire.

Aélis pesta alors. Callum prit sa main et la lui baisa délicatement.

— Je ne dois pas être trop démonstratif si vous pouvez faire mieux pour le mariage !

Aélis se mit à rougir, surprise par son attitude tout à coup séductrice. D'un geste paniqué, elle retira sa main et détourna le regard.

— Vos cheveux sont effectivement mieux coiffés ! reprit Callum.

Aélis montra dans ses yeux un début de gratitude, face à ce

début de compliment.

— C'est juste un constat ! argua-t-il pour qu'elle ne se méprenne pas. Pas un compliment !

Il se dandina, fier de sa répartie rappelant leur discussion à cheval juste avant.

— Évidemment, j'avais oublié ! répondit Aélis, amère. Si je ne vous complimente pas, vous n'en ferez également rien.

Callum ricana légèrement.

— Pas besoin de compliments ! Je sais maintenant que vous me trouvez d'une grande force physique et magique ! Et aujourd'hui, je suis indéniablement beau dans ma tenue de fiançailles. Que dire de plus ?!

Aélis leva les yeux, déconcertée par son orgueil.

— Mais si vous voulez vraiment l'entendre, grâce à moi, aujourd'hui, oui, vous êtes la plus belle d'Althéa. Prenez cette tenue et Margaux comme cadeau de fiançailles, en réponse à celui que vous m'avez fait…

— Oh ! Vous voulez parler des primevères ? le railla Aélis, toujours amère de sa lettre.

Callum s'esclaffa.

— Je n'ai pas encore eu le temps de les manger par le nez, mais je suis sûr que je vais me régaler ! Il me tarde de voir la façon dont vous allez me les cuisiner !

Aélis fulmina en constatant sa façon de rebondir sur des sujets dont elle voulait éviter un débat.

— Je ne suis pas inquiet, rassurez-vous… continua-t-il toujours sur un ton plaisantin. Je suis convaincu que j'en ressentirai toute… votre affection pour moi.

Le Duc lui caressa alors une mèche de cheveux avec délicatesse. Aélis fixa Callum, à la fois plus étonnée et touchée par sa voix douce que par la courtoisie de son cadeau masqué par ce brin de moquerie propre au personnage. Il lui sourit avec une sorte de tendresse troublante. Elle sentit soudain son visage chauffer par l'effet bizarre que ses paroles flatteuses eurent sur son cœur. Pour y couper court et ne pas tomber dans le danger d'une déception à venir, elle lui sourit brièvement et remercia Margaux de son aide.

Margaux accepta la proposition d'emménager au château dans les plus brefs délais. Une fois tout cela convenu, Callum pressa Aélis de quitter les lieux. Les habitants d'Althéa remarquèrent que la tenue d'Aélis était à présent complète. La fleuriste donna une rose blanche à un enfant pour qu'il la donne à Aélis. Aélis l'accepta dans un sourire charmé. Callum la lui prit alors des mains et inséra la fleur dans sa coiffure.

Des habitants se mirent à applaudir du résultat final, tous s'accordant à dire que la Duchesse était magnifique et surtout que le Duc semblait ravi, lui aussi, de la tenue de sa compagne.

— Il est temps de retourner au château.

On leur apporta Kharis et le Duc installa Aélis, montée en amazone sur le cheval[1], puis vint s'asseoir derrière elle.

Aélis fit un salut de la main aux habitants pour les remercier de leur attitude plutôt bienveillante. Callum observa du haut de son cheval les Althéaïens et sourit.

— Je compte sur vous tous pour accueillir dorénavant votre Duchesse comme il se doit. Vous l'avez tous vue. Vous avez tous remarqué sa chevelure grise. Vous avez noté son visage. Vous ne pourrez pas vous tromper. Elle vous protègera comme vous la protègerez, comme il en est de même avec moi.

Les habitants restèrent silencieux, mais beaucoup inclinèrent leur tête pour consentement.

— Elle est très belle, la Duchesse ! cria un petit garçon, visiblement émerveillé de voir le Duc avec la Duchesse sur son cheval.

Callum sourit.

— Pas « LA Duchesse », mais MA Duchesse. Même si... elle va devenir mon épouse, elle est la Duchesse de tout le monde ici. Elle est votre seule maîtresse. Répète ! MA Duchesse.

Aélis bouscula un peu Callum, trop rigoureux avec cet enfant

---

1 En équitation, « *monter en amazone* » signifie chevaucher avec les deux jambes du même côté du cheval.

semblant attristé et meurtri par le reproche du Duc.

— Ne l'écoute pas ! intervint Aélis. Je te remercie pour ton compliment.

Le petit garçon retrouva le sourire immédiatement. Callum leva les yeux de dépit. Le cheval se mit alors à avancer vers le château. Callum se retourna vers le petit garçon et sourit. Il lui souffla un « MA Duchesse » et lui fit un clin d'œil complice.

Une fois devant le château, Aélis s'attendait à ce que le Duc la dépose au grand escalier devant l'entrée, mais il n'en fut rien. Il ordonna à Kharis de monter les marches, puis à ce que les gardes leur ouvrent les portes. C'est ainsi qu'ils rentrèrent à cheval dans le château. Aélis se tourna vers Callum, confiant malgré cette entrée pour le moins surprenante. Ils passèrent dans un couloir devant deux domestiques complètement ébahis, traversèrent quelques salles avant d'arriver à la salle de réception. Autant dire que personne n'aurait pu ne pas remarquer l'arrivée d'un cheval dans une salle ! Tous les regards se braquèrent vers eux et un grand silence s'ensuivit. Aélis se recroquevilla légèrement, gênée d'être à nouveau l'objet de tous ces jugements.

— Désolé pour l'attente ! déclara alors Callum dans son dos. Nous devions régler un petit problème de garde-robe ! N'est-elle pas plus jolie ainsi ?

Le sourire fier et amusé de Callum se répercuta dans l'assemblée où les approbations et les petits rires se firent entendre.

— Mills, veuillez me convoquer Éliette à mon bureau demain matin à la première heure ! lui ordonna-t-il ensuite doucement d'une voix grave.

Mills secoua la tête d'un oui silencieux. Le Duc descendit alors de sa monture et déposa également Aélis au sol.

— Nous allons pouvoir reprendre cette célébration ! s'exclama Callum. Cléry ! Où te caches-tu ?

Cléry fit son apparition au milieu de la foule avec un petit sourire. Aélis se mit à rougir, réalisant à présent qu'elle avait été beaucoup plus proche du prêtre qu'elle ne l'avait pensé.

— Prêts pour la cérémonie ? déclara-t-il d'un calme exemplaire, tout en fixant l'un, puis l'autre.

Callum haussa les épaules.

— Comme si nous avions le choix !

— On a toujours le choix ! contredit le prêtre. Reste à savoir quel chemin est le meilleur pour soi.

— Celui que m'a toujours fait emprunter le Roi... marmonna Callum entre ses dents, comme une douloureuse vérité.

— Il a effectivement mis sur votre chemin une très belle jeune femme.

Cléry fit un clin d'œil à Aélis à propos de sa tenue, puis se positionna entre le couple, à la vue de tous.

— Aujourd'hui, nous allons bénir cet homme et cette femme qui souhaitent entrer sur le chemin commun de la vie à deux. Bien sûr, ils connaîtront des obstacles, mais Dieu les accompagnera toujours pour que le bonheur soit.

Aélis fixa Callum qui semblait déjà être las du discours de Cléry.

— Nous sommes tous ici témoins de cette porte ouverte vers un nouvel accomplissement que sera le mariage.

— Abrège ! siffla discrètement du coin des lèvres Callum, ne tenant à présent plus en place.

Cléry lui jeta un regard torve.

— L'union de deux personnes pour partager une vie entière ensemble est la démonstration de l'amour que Dieu nous a inculqué et...

— Passons ! On a compris ! le coupa alors Callum, la patience épuisée.

Des gens dans la salle se mirent à rire. Cléry leva les yeux, bien averti que son ami n'avait jamais été vraiment fan de ses lectures et autres discours religieux.

— Mettez vos mains devant vous en miroir.

Callum montra ses deux mains à Aélis qui appuya les siennes contre.

— Ses mains qui se touchent, qui se font face et qui s'appuient sur l'autre sont le symbole de cette union. Si une main tombe, celle de l'autre chute avec. Si une main pousse, elle embarque celle de l'autre. Quel que soit la direction qu'une de vos mains prendra, celle de l'autre suivra indubitablement. Vos mains ainsi positionnées représentent la force, la complicité, la solidarité, le soutien et le partage. Elles montrent le lien qui circule entre vous deux et qui fait que deux êtres ne deviennent qu'un.

Aélis regarda leurs mains collées devant eux avec circonspection. Même si elle comprenait les paroles et la symbolique, elle demeurait perplexe quant à la véracité de tout cela. Pouvait-elle vraiment croire qu'ils allaient former ce couple idyllique où chacun était le miroir de l'autre ? Callum remarqua l'air soudain absent d'Aélis. Comme Cléry venait de le suggérer, il pressa légèrement ses mains contre celles de sa fiancée pour la faire revenir à leur réalité et qu'elle le regarde. Aélis sentit son appel appuyé et vit ses yeux l'interroger du regard. Elle se contenta de lui sourire timidement.

— Je rends grâce à Dieu d'avoir permis cette rencontre. Je rends grâce à Dieu de leur créer ce chemin d'amour et de partage.

Cléry posa alors ses deux mains de part et d'autre de leurs mains liées et les serra un peu plus.

— Le Seigneur est avec nous.

— Et avec votre Esprit... clama l'assemblée.

— Par ces mains liées, je bénis Aélis De Middenhall et Callum Callistar. Que leur chemin soit baigné par la miséricorde. Que leurs actes trouvent un écho favorable en l'autre. Que la joie et l'amour vous accompagnent tout au long de votre vie.

Cléry lâcha leurs mains et fit un signe de croix devant eux.

— Au nom du Père, du Fils et du Saint-Esprit. Amen.

Les invités répétèrent « amen » en même temps qu'Aélis. Callum mit un temps avant de le dire. Tous deux se fixèrent un instant. Cette union était une promesse bien étrange pour eux deux et pourtant chacun voulait croire en l'espoir de ce discours.

Ils relâchèrent leur position, chacun dans un moment de gêne évident avant que le Duc se reprenne et se tourne vers les invités.

— Mangeons et buvons maintenant !

30

Le sens du partage dans un couple est-il le même pour chacun de nous ?

— Bonjour Duchesse, il est l'heure de se lever.

Une voix douce parvint aux oreilles d'Aélis. Une voix cristalline, avec ce brin d'innocence qui rendait son réveil plus acceptable, la fit sourire doucement. Elle ouvrit un œil, puis un second avant de voir celui de Margaux en réponse.

— Margaux ! s'écria alors Aélis tout en se relevant d'un coup du lit.

— Bonjour, Duchesse.

Aélis lui offrit un plus grand sourire en détaillant sa tenue qui ne ressemblait en rien à celle des domestiques et qui détonait également avec ses tenues habituelles. Margaux portait une jolie robe. Moins prestigieuse que celle d'une noble, mais très jolie.

— Où est Éliette ? demanda alors Aélis, intriguée de ne pas la voir également.

— Je l'ignore. J'ai pris mes fonctions ce matin et Monsieur Mills m'a demandé d'aller vous réveiller. Il m'a dit que je devais vous préparer. Vous devez vous rendre au bureau de Messire le

Duc.

— Je vois...

— Je suis désolée de vous réveiller si tôt.

— Ce n'est pas grave. Tu n'as fait qu'obéir aux ordres de Mills.

Aélis sortit du lit et s'étira.

— Vos fiançailles semblent s'être bien passées ! déclara alors Margaux qui l'invita à s'asseoir devant la coiffeuse. Vous avez fait sensation. Tout Althéa parle de vous !

— Vraiment ? s'étonna Aélis tout en se tournant vers elle.

Margaux baissa les yeux sur elle avec bonheur.

— Oui ! Si beaucoup doutent encore de votre autorité et de vos compétences pour diriger Althéa avec le Duc, tout le monde s'est accordé à dire que vous étiez jolie dans votre robe !

Aélis baissa les yeux.

— Personne n'a rien dit sur ma chevelure ?

Margaux toucha du bout des doigts les cheveux argentés d'Aélis avec douceur.

— Certains s'interrogent sûrement. Mon père m'a dit que vous descendiez certainement d'une lignée importante qui a pratiquement disparu aujourd'hui. Quand je lui ai demandé plus d'informations, il a haussé les épaules et s'est contenté de dire que c'était une époque passée.

— Une lignée importante ? s'esclaffa Aélis. Ma mère ne m'a jamais dit qu'elle était noble ou quoi que ce soit dans ce sens ! Au contraire ! Elle était loin d'être destinée à épouser mon père apparemment. Pourtant, grâce au Roi Mildegarde, ils se... sont... rencontrés.

Aélis finit sa phrase avec un léger doute qui la parcourut soudain.

— Tout va bien, ma Duchesse ?

Aélis contempla Margaux avec appréhension.

— Je réalise juste que le Roi... a interféré aussi bien pour ma mère que pour moi afin que l'on s'unisse à des personnes de son choix, comme s'il s'accordait une sécurité en nous casant selon sa convenance alors que nous ne sommes en rien un danger pour le royaume d'Avéna...

L'air songeur, Aélis se mit à réfléchir aux raisons pour lesquelles sa mère et elle intéressaient le Roi à ce point. Elle regarda sa couleur de cheveux à travers le miroir de la coiffeuse et se demanda tout à coup pourquoi elle savait peu de choses sur ses aïeux. Margaux commença à la coiffer.

— Le Roi veut le bien de tout son peuple. Si le Duc est une personne importante aux yeux du Roi, il est logique qu'il veuille le voir avec une femme fiable. Si le mariage entre votre mère et votre père a fonctionné, il s'est sans doute dit que cela pouvait en être de même entre le Duc et vous.

— Tu as sans doute raison, Margaux. Il connait très bien mon père et il sait quelle éducation j'ai eue... D'ailleurs, il a vendu notre mariage à mon père comme une mission, une demande d'aide de notre part.

— Voilà ! Il ne faut pas chercher plus loin.

— Oui... Peut-être...

Aélis fixa ses cheveux peignés par Margaux. Elle avait eu des brimades, mais jamais elle n'avait reproché cette particularité à sa mère. Jamais elle ne s'était dit que ce signe distinctif avait une raison plus poussée que le hasard de l'hérédité. Mais plus elle y pensait à présent, plus elle se demandait si sa grand-mère avait aussi cette couleur de cheveux et si cela avait un sens plus large qu'on lui aurait caché. Tout ce qu'elle savait, c'est que sa mère lui avait dit de se contenter de faire profil bas et d'éviter les conflits.

Face à toutes ces considérations, Aélis finit sa toilette et son repas dans un état pensif. C'est l'air absent qu'elle traversa les couloirs pour se rendre au bureau du Duc, quand soudain elle entendit du bruit.

— Je veux que tu acceptes toutes ses demandes !

Très vite, Aélis reconnut la voix du Duc. Elle se cacha immédiatement derrière le mur à l'intersection des deux couloirs pour écouter la suite sans qu'il ne s'interrompe.

— Elle m'a demandé la restauration d'un kiosque dont tout le monde se moque !

Aélis écarquilla les yeux. Il discutait avec l'intendante. Elle se pencha alors légèrement pour voir ce qu'il se passait.

— Je refuse qu'elle dilapide l'argent du château pour de telles futilités ! continua l'intendante, peu conciliante.

— Même si ce sont des futilités à tes yeux, tu lui dois obéissance, c'est ta Duchesse maintenant. Tu dois lui donner ce qu'elle te demande !

La voix ferme du Duc soulagea Aélis. Il était enfin de son côté.

— Alors, ça y est ?! Tu te ranges de son côté ? Ce que je dis ou pense ne compte plus ?

Callum soupira.

— Ysa, je suis désolé de ce qu'il s'est passé, mais c'est ainsi.

Ysalis se rapprocha de Callum et lui attrapa doucement de ses mains sa chemise, puis posa son front contre son torse.

— Pourquoi faut-il que cela soit ainsi ? se radoucit Ysalis. Pourquoi devons-nous nous sacrifier pour cette mascarade ? Tu me manques.

Callum posa alors ses mains sur les frêles épaules de la jeune femme.

— Tu dois passer à autre chose, je ne suis plus l'homme qui t'apportera du bonheur.

Elle releva la tête alors, les larmes au coin des yeux.

— Tu l'aimes plus que moi, c'est ça ? Cette fille t'a envoûté ?

— Ne dis pas n'importe quoi ! répondit sèchement Callum. Tu sais bien que je n'ai pas eu beaucoup le choix ! Le Roi l'a décidé.

— On a toujours le choix ! s'énerva Ysalis.

— Pas avec le Roi ! s'agaça-t-il.

— Arrête de me chanter la messe ! s'énerva à son tour Ysalis. On dirait que tu te complais dans cette excuse ! On dirait que ce mariage n'est pas si grave à tes yeux que cela ! Nous savons tous les deux que tu es aussi fort que lui ! Tu n'as rien à craindre de cet homme ! Pourquoi restes-tu à sa solde ?! Pourquoi ne vas-tu pas à l'encontre de ses ordres ? Le Roi ne peut rien contre toi !

— Il peut tout contre moi ! répondit Callum en haussant la voix. Il a un royaume entier à ses ordres ! Réfléchis un peu ! D'autre part..., souffla-t-il, si je suis devant toi aujourd'hui, c'est parce qu'il m'a permis de rester en vie !

— En te formant comme chevalier et en t'envoyant combattre à sa place ? C'est en ça que tu te sens redevable ? s'écria Ysalis en pleurs. Quand vas-tu vivre pour toi-même ?

Le cœur d'Aélis se mit à battre plus fort. Au-delà de la découverte de la liaison du Duc avec l'intendante, elle réalisait pourquoi cette dernière avait été hostile dès le début avec elle. Elle ne pouvait que comprendre pourquoi. Elle se tourna un instant, puis posa son dos contre le mur. Elle ferma les yeux et repensa à sa propre expérience et ses propres désillusions. Cette femme subissait cette union de manière impuissante, tout comme lui... Taïkan...

— Vivre pour moi-même ? Et tu penses que je ne peux le faire qu'en vivant avec toi ? ! lança Callum, plus dur. Tu doutes que je le fasse déjà ? Désolé, mais tu aurais dû te douter que notre relation ne durerait pas. Je suis Duc. Je suis noble et tu es une roturière. Les rêves de jeune fille que tu as pu avoir à changer radicalement ta vie en m'épousant n'arriveront jamais. C'était déjà écrit bien avant ce mariage arrangé. Je n'avais pas l'objectif de me marier. L'héritage, la lignée, tout ça ne m'intéresse pas. C'était en choisissant mes partenaires et en en changeant régulièrement que je vivais pour moi !

À ces mots, Aélis ouvrit les yeux et se replongea dans la contemplation cachée de la scène. Elle découvrait un peu plus des pensées réelles du Duc et ce qu'elle entendait lui fit aussi mal que ce que devait ressentir Ysalis qui courbait à présent le dos, meurtrie par la froideur du Duc.

— Tu veux juste me blesser pour que je m'éloigne de toi, mais moi, je sais ce qu'on a ressenti dans nos moments plus intimes.

— Ysalis, ce n'est ni l'endroit ni le moment. Ce que tu prends pour de l'attachement n'était que pure spéculation de ta part. Je ne suis jamais tombé amoureux de qui que ce soit. Je ne sais même pas ce qu'est l'amour ! Tu te fourvoies inutilement.

Sans que le Duc ni Aélis s'y attendent, Ysalis embrassa alors Callum sur la bouche. Le Duc resta hébété tandis qu'Aélis sentit une sourde colère l'envahir. Non pas qu'elle était jalouse, mais elle voyait ce baiser comme un affront à la Duchesse qu'elle était. Ysalis sourit alors.

— Vraiment ? Oserais-tu dire que mes baisers ne te font aucun effet ? J'ai pourtant la certitude qu'ils ne t'ont pas laissé indifférent jusqu'à maintenant. Et tu l'as dit toi-même : tu aimes changer de partenaires régulièrement. Tu ne peux pas t'enfermer dans ce mariage. Tu la tromperas tôt ou tard, que tu couches avec ou non. Et à ce moment-là, je sais que tu reviendras vers moi !

Callum s'esclaffa en écoutant sa prédiction le présentant comme mari volage. Elle passa ses bras autour du cou de Callum et le fixa droit dans les yeux.

— Son innocence est bien mignonne. C'est l'âge qui veut ça. Mais tu te lasseras vite, car tout ce qui t'attire, ce sont les vraies femmes, celles qui ont l'expérience nécessaire pour t'apporter l'excitation que tu recherches dans l'existence.

— Tu ne sais rien de ce que je recherche vraiment, Ysalis. Tu ne sais rien de ce qui m'anime…

Aélis serra le poing, ne supportant plus l'éloquence séductrice dont Ysalis faisait preuve pour orienter le Duc vers l'adultère. Elle sortit de son coin et apparut devant eux. Surprise, Ysalis se raidit en la voyant. Elle lâcha immédiatement le cou de Callum. Ce dernier, se demandant le pourquoi de son changement soudain d'attitude, se retourna et vit Aélis. L'expression dure de son visage ne faisait aucun doute : elle avait entendu leur discussion. Sa respiration était saccadée, signe évident que la rage et l'amertume la consumaient.

— Désolée de vous déranger dans votre entretien plutôt intime du matin. Je devais me rendre au bureau du Duc, sur son invitation. J'ignorais que c'était juste pour me faire assister à un tel spectacle. Vous avez raison, Ysalis. Mon innocence, ma naïveté, me rendent aveugle, pour ne pas dire idiote ! J'avais mal compris hier lorsque

Cléry nous a béni devant tout le monde pour nos fiançailles, j'avais mal discerné la nuance qu'il entendait par «chemin de bonheur et de partage». Bêtement, je voyais quelque chose d'idyllique, à deux. Je viens de comprendre ma méprise... Merci de m'avoir ouvert les yeux.

Elle opéra ensuite un demi-tour et s'éloigna le plus vite possible des deux personnes qu'elle considérait maintenant comme les plus fourbes du château. Elle comprenait même pourquoi ces deux-là s'étaient trouvés. Elle ne savait envers lequel elle se sentait le plus écœurée. Tout ce qu'elle voulait, c'était s'éloigner rapidement de leur influence nauséabonde. Elle alla se réfugier dans le seul endroit encore loin de tout : son kiosque.

Callum lança un regard furibond à Ysalis qui lui sourit le plus aimablement possible. Il la quitta sans un mot, imaginant aisément combien tout cela allait refroidir l'ambiance entre Aélis et lui, alors qu'ils commençaient à s'apprivoiser.

— Foutue circonstance !

31

Des souvenirs d'antan
aux souvenirs de maintenant.

Aélis avait envie de pleurer, mais aucune larme n'arrivait à quitter ses yeux. Elle essayait de se calmer, de relativiser, mais la colère, l'injustice et l'amertume la dévoraient. Elle se sentait prisonnière d'une situation dont elle ne voyait pas d'issue favorable pour elle. Elle s'enlisait. Dès qu'une ouverture positive s'offrait à elle, elle plongeait dedans, tête la première, sans réfléchir, et ne réalisait que trop tard quelle avait été son erreur d'appréciation. Elle en voulait certes à Ysalis et au Duc, mais elle s'en voulait surtout à elle-même. Sa crédulité, sa confiance facilement accordée aux gens, son besoin de voir le bien partout autour d'elle pour se faire accepter ne faisaient que renforcer l'affligeante réalité du monde adulte. Elle ne se sentait pas prête. Peu importaient les encouragements de Mills pour la pousser à s'affirmer en tant que Duchesse, l'envers du décor lui paraissait trop dur pour pouvoir tout supporter. Les mensonges, la manipulation, les non-dits étaient autant de choses auxquelles elle n'avait pas été préparée et qui la minaient un peu plus avec le temps.

Assise sur la banquette du kiosque, elle serra les pans de sa robe avec rage. Elle se sentait faible. Du moins, pas suffisamment taillée pour endosser toute cette vie. Si les chevaliers subissaient un entraînement pour combattre, personne ne l'avait entraînée à autant de malveillance. Elle avait promis autrefois à ses parents de ne plus se laisser décourager par les autres, mais aujourd'hui, d'anciennes pulsions rejaillissaient en elle à la suite de toutes ces désillusions. Elle toucha ses cuisses légèrement. La tristesse l'accablait au point de remuer de vieux souvenirs.

Callum apparut alors à l'entrée du kiosque. Aélis se figea, ne l'ayant pas entendu arriver depuis le jardin.

— Je crois qu'une discussion s'impose ! déclara-t-il, non sans montrer une certaine lassitude à tout cela.

— Je pense que cela n'est pas nécessaire. Quoi que vous puissiez dire dorénavant, je ne vous croirai plus. Tout en vous transpire le mensonge et la manipulation.

Callum soupira et alla s'asseoir à côté d'elle. Aélis se leva alors et s'installa de l'autre côté du kiosque, puis tourna la tête pour lui signifier qu'elle préférait l'ignorer. Callum en sourit gentiment.

— J'ai eu une liaison avec Ysalis jusqu'à ce que le Roi m'impose ce mariage.

La voix calme, mais sérieuse de Callum parvint jusqu'aux oreilles d'Aélis, mais cette dernière resta hermétique à ce début de conversation. Callum continua malgré tout.

— Cela durait depuis quelques mois. J'ignore à partir de quel moment vous avez entendu notre conversation, mais pour moi, cette relation n'a jamais été considérée comme sérieuse. Contrairement à elle, visiblement...

— J'ai entendu... obtint-il pour seule réponse.

— J'ai tout arrêté avec elle à partir du moment où le Roi a ordonné ce mariage. Je le jure. Je n'ai pas été infidèle, si c'est ce que vous pensez !

Aélis se décida à tourner la tête pour lui faire face. Ses yeux gris-bleu vinrent transpercer ceux de Callum.

— Même si vous n'avez rien fait pour l'instant, vous gardez cette porte ouverte. Vous n'avez même pas réagi négativement à son baiser.

Callum se frotta alors la tête, gêné.

— Coupable ! J'avoue ! Peut-être l'habitude qu'elle m'embrasse... Je ne m'attendais pas à son baiser malgré tout.

— Ni à ses bras enveloppant votre cou ! rétorqua Aélis, plutôt agressive avant de souffler également de lassitude.

Callum remarqua son tracas, mais aussi sa tristesse.

— Je pourrais dire que je vous en veux terriblement, Callum Callistar. Je pourrais vous demander de me baiser les pieds en guise de pardon.

Callum grimaça tout en lorgnant sur les chaussures d'Aélis.

— Je pourrais même rompre les fiançailles en cet instant précis...

Ses yeux bifurquèrent vers le jardin et le château.

— Mais je pense comprendre votre position.

Callum l'observa alors, perplexe et surpris.

— J'arrive comme un cheveu sur la soupe dans votre vie, et il vous faut tout balayer d'un revers de main pour mon arrivée.

Elle s'esclaffa alors, désabusée.

— Quelle égoïste je pourrais être en exigeant que tout me soit dû de la sorte ! Quelle prétentieuse je serais, en voulant que vous changiez tout pour moi, que vous abandonniez tout pour mes préférences !

L'amertume se sentit dans sa voix. Callum réalisa que tout était compliqué pour tout le monde.

— Vous êtes en train de me dire que vous accepteriez une liaison extra-conjugale ? s'interrogea Callum, incrédule.

— Pas du tout ! gronda Aélis. Je dis juste que je comprends la complexité de cette situation.

Callum analysa la position d'Aélis et se rappela un détail.

— Vous m'avez fait comprendre que je n'étais pas le premier à vous embrasser, qu'il y avait mieux que moi... Depuis, cette phrase me turlupine et ce que vous me dites me laisse comprendre que, vous aussi, vous aviez un amant, n'est-ce pas ? Cela expliquerait donc votre « compréhension ».

Aélis se raidit et son regard devint fuyant.

— Je vois... J'ai vu juste. Vous étiez encore avec lui jusqu'à votre départ ?

Sans le vouloir, des larmes se mirent enfin à couler sur les joues de la jeune femme. Elle-même surprise, elle tenta de vite les faire disparaître, mais Callum avait compris. Il croisa ses jambes et s'enfonça un peu plus dans la banquette. Les bras longeant le dossier de la banquette, il laissa tomber sa tête en arrière, laissant ses yeux se poser sur les lattes en bois cachant la toiture.

— J'aime bien ! déclara-t-il tout à coup.

Perplexe, Aélis le dévisagea soudainement.

— C'est assez original comme cadeau de fiançailles !

Il releva sa tête et sourit à Aélis. Cette dernière ne sut comment réagir.

— Vous parlez des primevères, je suppose ! le railla-t-elle alors.

— Oui ! se mit à rire Callum. Des fameuses primevères que vous devez me faire bouffer par les narines !

Aélis se mit à rougir, réalisant qu'il avait vraiment dû être surpris par sa menace pour la ressasser ainsi. Callum lui offrit un grand sourire.

— J'attends toujours votre geste ! déclara-t-il tout en décroisant les jambes et en posant ses coudes sur ses genoux.

— Trompez-moi avec l'intendante et vous allez savoir comment je m'y prends ! vociféra Aélis. Je vous préviens, ça sera douloureux !

Callum se mit à rire devant la délicieuse répartie de sa promise.

— Donc je suis pardonné pour cette fois ?! rétorqua Callum, ravi. Innocente, qu'Ysalis a dit ? Je n'en suis pas certain ! Je constate régulièrement la combativité de la Duchesse, moi !

— Bizarrement, cette combativité apparait souvent quand vous me poussez à bout ! C'est à croire que vous réveillez en moi des instincts primaires insoupçonnés !

— Qui sait tous les instincts primaires que je pourrais réveiller en vous ?

Du ton badin d'Aélis, cette dernière passa au silence le plus gênant devant le regard tout à coup plus séducteur du Duc, avant de se reprendre.

— Je croyais que vous préfériez les vraies femmes, celles d'expérience, de ce que j'ai pu entendre. J'ai bien peur de vous décevoir, hélas ! Je suis loin de la maturité de Madame l'Intendante !

Tous deux se renvoyèrent la patate chaude avec amusement. Entre défi et séduction, Callum apprécia à nouveau cette joute pour le moins agréable.

— Il semblerait que ma gentille fiancée ne soit pas entièrement immaculée de blanc ! Allez savoir son expérience ! Un amant avant le départ, mais combien avant lui ?! Et qu'a-t-elle pu partager avec tous ces hommes ?! Peut-être que c'est elle qui va m'apprendre des choses insoupçonnées sur moi !

Le visage d'Aélis se para d'un O. de sa bouche. Callum se délecta de voir sa réaction, comme une façon de la jauger en la testant. Elle le fusilla alors du regard, non sans dévoiler des joues rosies.

— Je... Vous êtes...

— Un pervers, je sais !

— Rhaaa ! Il m'énerve ! Je ne suis pas une fille aux mœurs légères, si c'est ce que vous pensez, Monsieur le Débauché !

Aélis s'agita, bien agacée par autant de réparties de sa part. Callum se leva et alla jusqu'à elle pour s'asseoir à ses côtés. Il caressa alors ses cheveux attachés dans un chignon.

— Ne me touchez pas !

— Pourquoi avez-vous réhabilité le kiosque ? Pourquoi ce cadeau ? lui demanda alors plus sérieusement Callum.

Aélis plongea son regard dans celui du Duc, surprise de cette soudaine question.

— Pour... les souvenirs qu'il a créés sans doute auparavant, et pour ceux qu'il peut encore offrir. Mais toutes ces considérations sont bien loin de votre côté terre-à-terre !

Callum posa son coude sur le haut de la banquette et appuya sa tête sur sa main. Il souffla tout en la fixant.

— Que je crée des souvenirs... Avec toi, Aélis ?

Prise au dépourvu par sa familiarité soudaine, Aélis s'écarta un peu de lui, ce qui n'échappa pas à Callum. Son tutoiement soudain la mettait mal à l'aise.

— Pourquoi tu t'éloignes ? lui demanda-t-il alors. Tu as peur de ce que je pourrais te faire ?

Il la jaugea alors, se rendant bien compte qu'elle était plus crispée.

— Tu doutes de tout ce qui me concerne, pas vrai ?

Le silence éloquent d'Aélis confirma ses dires.

— Aélis, regarde-moi.

Aélis baissa les yeux, se refusant de lui faire face.

— Regarde-moi ! répéta-t-il plus incisif dans sa demande.

Aélis obéit, mais resta inquiète. Callum souffla.

— Je te jure qu'Ysalis, c'est du passé. C'est vrai que j'aurais sans doute dû la repousser, mettre plus de barrières entre elle et moi. Je n'ai pas réalisé sur le moment les enjeux derrière chacun de ses gestes. Je suis désolé si je t'ai blessée d'une quelconque manière que ce soit. Ce n'était pas dans cette intention. Cela ne se reproduira plus. Je serai dorénavant plus vigilant à cela.

Aélis put y lire une sincérité évidente, bien que le doute sur sa frivolité demeurât.

— Ce mariage, c'est un truc tout nouveau pour moi aussi, et je ne sais pas du tout comment je dois gérer ça. Malgré tout...

Il leva la tête pour contempler le kiosque fraîchement retapé.

—... Même si la volonté du Roi ne m'a pas enchanté dans l'immédiat, ce mariage a commencé à m'intriguer au fil du temps. C'est un peu comme une mission dont j'ignore comment ça doit se dérouler et comment ça doit se finir. C'est un challenge plutôt déroutant. Mais quand je vois ce kiosque, tu as sans doute raison. Autant dire que c'est un nouveau départ pour nous comme pour lui, c'est se donner une nouvelle vie et se créer de nouveaux souvenirs, sans doute bien moins insipides que ceux que j'ai gardés en tête jusqu'à maintenant. Enfin, j'espère !

Il se mit à rire légèrement, l'esprit plutôt positif malgré ses propos. Aélis considéra son amertume un instant.

— Ravie d'entendre que l'intendante vous laisse des souvenirs insipides !

Pris au piège de ses propres propos, Callum se figea, puis la sonda d'un air espiègle.

— C'est pour te faire comprendre que je mets beaucoup d'espoir en ton expérience !

— Être de la perversion ! siffla-t-elle alors, tout en plissant les yeux. Il est évident aujourd'hui que vous ne pouviez être l'homme pieux à l'armure bleu-gris !

Callum se mit à rire.

— La question est : quels souvenirs allons-nous créer tous les deux, sous ce kiosque ? lui demanda-t-il, de manière plutôt enjouée.

Aélis se leva.

— Vous m'avez parlé de devoir conjugal et de mon devoir de fidélité le jour de nos fiançailles. Je pensais que cela tombait sous l'évidence que ce devoir était réciproque, mais ce que j'ai entendu aujourd'hui m'a rappelé combien ma confiance en vous était fragile, si ce n'est qu'elle demeure éphémère. Après tout, l'intendante ou vous, vous vous accordez à dire que votre frivolité fait partie de votre personnalité. Si vous n'êtes pas capable de vous en tenir à une seule femme, autant me le dire franchement tout de suite. Je préfère la vérité aux désillusions. Je sais que cela peut paraître compliqué de parler fidélité quand il n'y a pas de sentiments communs, mais pour l'heure, cela me semble nécessaire de mettre cet aspect frivole de côté le temps de mieux se connaître et apprendre de l'autre. C'est ainsi que la confiance s'installe.

Callum se leva à son tour.

— Vous me mettez au défi de rester fidèle ? C'est ça votre premier souvenir sous ce kiosque ?

— Non, c'est le second. Le premier était ma lettre vous l'offrant à laquelle vous avez délibérément répondu en me renvoyant à vos primevères !

— Tsss ! Elle vous est vraiment restée en travers de la gorge, celle-là !

Aélis leva un sourcil, confirmant qu'il ne pouvait en être autrement.

— OK ! Premier souvenir mitigé, mais au moins mémorable, non ?

Aélis croisa les bras, peu convaincue.

— J'ai dit tout à l'heure que j'aimais bien mon cadeau malgré tout ! Ça ne peut pas compter comme un souvenir plus positif, ça ?

Aélis leva les yeux.

— C'est ça, cherchez encore ! rétorqua-t-elle, dépitée.

Callum leva son index devant son nez.

— Je sais ! Défi relevé ! Scellons ce pacte de fidélité par un baiser ! Là, ce sera du mémorable !

Aélis décroisa ses bras, complètement abasourdie.

— Bonne journée, cher Duc !

Elle lui tourna le dos, avec la ferme intention de le quitter. Il la rattrapa de justesse par le bras et la ramena vers lui.

— Pour parer à l'infidélité, il faut donner de soi ! déclara-t-il alors d'un ton faussement sévère.

Aélis regarda les lèvres de Callum et pencha légèrement la tête, songeuse.

— Je n'ai pas pour habitude d'embrasser un homme qui a fait don de lui à une autre femme quelques minutes auparavant. Vos lèvres portent encore son odeur ou son goût, je suis sûre !

— Effacez-la dans ce cas ! s'en amusa Callum.

— Je n'ai pas non plus pour habitude de passer derrière les autres. Ce n'est pas ce qu'on attend d'une Duchesse, après tout !

Elle lui fit un clin d'œil et se détacha de son bras. Elle quitta le kiosque, tandis que Callum l'observa s'éloigner avec cette lueur de défi dans les yeux et ce sourire ravi.

— OK, alors rendez-vous ici demain pour sceller notre pacte ! lui cria-t-il. D'ici là, je serai un homme nouveau ! Tout dévoué à sa fiancée et tout propre !

Aélis pouffa en l'entendant lui crier ces bêtises.

— Frottez bien de savon votre bouche perverse ! lui cria-t-elle en réponse. Il doit y avoir des couches épaisses de crasse licencieuse dessus difficiles à retirer !

Callum frappa son cœur de sa main.

— Touché en pleine poitrine ! se dit-il alors doucement en la regardant disparaître. Tout à fait charmant ! Ça, c'est du souvenir à garder en mémoire !

32

Des rendez-vous manqués et des rendez-vous à préparer.

— Je vais vous confectionner une robe de mariée dont vous me direz des nouvelles ! Ouvrez bien vos bras, que je puisse les mesurer.

Aélis obéit malgré son manque d'entrain. Trop de choses la tracassaient. À commencer par le comportement du Duc, jouant trop entre froideur et séduction. Entre ses mensonges, ses non-dits et ses manipulations d'un côté et sa nonchalance et son franc-parler taquin dès qu'il décide de vraiment lui parler de l'autre, elle ne savait plus qui était l'homme qu'elle devait épouser.

— Tenez-vous bien droite ! lui demanda la couturière. Je vais mesurer votre dos.

Aélis jouait le pantin pour la professionnelle de la mode sans dire un mot. Elle repensa au fait qu'elle ne savait toujours pas pourquoi Éliette ne s'occupait plus d'elle. La découverte du Duc dans les bras de l'intendante avait stoppé net sa progression vers son bureau après sa convocation. Elle ignorait donc toujours pourquoi il l'avait fait venir à lui.

On frappa à la porte de sa chambre. Après autorisation, Mills apparut avec Margaux.

— Bonjour Duchesse ! dit Mills. Margaux vous apporte des collations et je viens, pour ma part, voir comment se passent vos essayages.

— Je pense que si le Duc veut connaître toutes mes mensurations, il peut les demander à Madame.

Elle comprit le côté gênant de ses propos, avant de lever les yeux et de se pincer les lèvres. Mills exprima un peu sa surprise par ses sourcils levés et sa tête penchée, accompagnée d'un petit sourire intéressé auquel Aélis rougit. Finalement agacée par toutes ces simagrées autour de sa robe, elle râla et demanda une pause.

— Madame, je dois avoir toutes les données concernant vos robes le plus rapidement possible pour pouvoir les confectionner et vous les remettre avant que le Duc me transperce de son épée !

Aélis regarda la couturière avec dédain.

— S'il vous tue, il n'y a pas de robe de mariage, donc pas de mariage. Dans ce cas, ce sera le Roi Mildegarde qui le tuera pour vous avoir tuée ! Respirez ! Il ne vous dira rien pour dix minutes de pause.

La couturière s'inclina et se retira dans un coin. Mills s'approcha d'elle.

— Mills, où est Éliette ?

— Le Duc ne vous a rien dit dans son bureau hier ? s'étonna alors Mills.

— Non... Nous avons eu... une petite altercation qui m'a fait oublier de le lui demander, et lui de me le dire.

Mills grimaça en apprenant la nouvelle.

— Je vois que cela s'est arrangé, vu que vous essayez votre robe de mariage, ce matin. Vous ne renoncez pas à lui. Cela me rassure !

— Ce n'est pas parce que vous me voyez en plein essayage que tout est réglé et que tout est pardonné.

Le ton dur, amer, d'Aélis attrista Mills.

— Je souhaiterais vraiment que vous puissiez vous entendre...

— Je l'espérais également. J'avoue en douter de plus en plus. Le Duc est un homme compliqué à comprendre.

— Je le sais bien. Il a ses zones d'ombre, mais... c'est aussi quelqu'un qui a bon fond quand on apprend à bien le connaître, croyez-moi…

— Sans doute suis-je la personne censée être la plus proche de lui et qui n'a pas le droit à ce privilège.

— Je suis navré de vous entendre dire de tels mots, ma Duchesse.

Aélis soupira de désarroi en voyant la mine désolée de Mills. Elle se précipita pour lui prendre les mains.

— Mills, ne prenez pas cela à votre compte. Vous n'êtes en rien responsable de nos différends et ne pensez pas que votre intervention peut faire varier cela. Nous avons juste des caractères et attentes qui se retrouvent difficilement. Du moins, pour l'instant !

Elle lui fit un petit sourire forcé, mais Mills comprit bien qu'elle faisait elle-même beaucoup d'effort pour aller dans le sens d'une entente cordiale, à défaut d'un amour réciproque et qu'elle-même échouait dans son entreprise malgré tout.

— Je ne comprends pas le Duc... Il semblait pourtant vous tenir grand intérêt depuis que le Roi a commandité ce mariage.

— Vraiment ? demanda tout à coup Aélis, perplexe.

— Oui... Il a toujours ce regard heureux et plein de mystères quand il s'agit de vous.

— Vraiment ? répéta plus fort Aélis, encore plus sceptique.

— Moui... répondit Mills tout en riant légèrement de la voir si dubitative.

Il se rendit alors vers la fenêtre.

— Vous devez vous imaginer tout cela ! rétorqua alors Aélis, peu convaincue. Le mystère, je veux bien, mais le côté heureux, j'ai des doutes.

Mills fixa un point au loin et sourit.

— En tout cas, il semble qu'il soit heureux de votre cadeau de fiançailles ! Il est en train d'en profiter !

— Quoi ?!

Aélis se précipita auprès de Mills et regarda par la fenêtre également. Elle vit alors le Duc, livre en main, assis sur les marches du kiosque.

— Vous voyez ! Il y a encore de l'espoir entre vous !

Mills tapota gentiment le dos d'Aélis et se retira.

— Pourquoi y vient-il à présent ? murmura-t-elle avant d'écarquiller les yeux.

Elle se tourna alors vers tous ceux présents dans la chambre.

— Quelle heure est-il ?

— Au vu de la lumière du jour, je dirai onze heures.

Elle se tourna alors vers la fenêtre et se mit à rougir.

— Est-ce qu'il m'attend... pour ce... rendez-vous ? se demanda-t-elle alors, à voix basse, tout en restant confuse sur ses réelles intentions.

— Pardon ? Qu'avez-vous dit Duchesse ? demanda Margaux.

Aélis se tourna vers la chambre une nouvelle fois.

— Oh ! Rien du tout ! répondit-elle en secouant ses mains dans un déni. Je me parlais à moi-même. Reprenons les... essayages !

Elle jeta un dernier coup d'œil vers le jardin et secoua la tête.

— Non, il n'est pas sérieux !

Elle se sentit pourtant rougir à l'idée qu'il vienne réellement chercher son baiser.

— Très bien ! déclara la couturière. Nous avons encore du pain sur la planche. Quel tissu préférez-vous ?

Elle lui montra un étalage de tissus auquel Aélis répondit par un rire contrarié.

— C'est difficile à dire...

— Il va falloir pourtant choisir ! Et vite !

— Je savais bien que je te trouverais là !

Allongé sur une des banquettes du kiosque, un livre ouvert sur son visage et les mains posées sur son ventre, Callum ne bougea pas d'un cil.

— Pas la peine de me faire croire que tu dors... Je sais que tu m'as entendu arriver. Un chevalier ne dort que d'un œil.
— Cela n'empêche pas que mon deuxième œil était fermé ! souligna Callum.
Il retira son livre de son visage et souffla tout en se redressant.
— Qu'est-ce que tu me veux, Fin ?
— Tu t'en doutes, non ?
— Accouche ! L'interrogatoire a donné quoi ?
— Pas grand-chose. Dans la continuité de ce que t'a appris le chevalier mercenaire. Il n'y en a qu'un qui est en relation directe avec son supérieur. Il a une cicatrice sur la joue. Les autres suivent les ordres et empochent le pognon de la mission. Ils se fichent de connaître le commanditaire tant que la bourse de pièces tombe dans leur main. Donc...
— Si on ne chope pas le balafré, on n'ira pas plus loin.
Finley s'assit à côté de lui.
— On reste bloqués, oui.
— Et du côté de Likone ?
— Je suis parti de son fief d'origine auquel il avait été assigné, j'ai remonté au mieux son parcours jusqu'à maintenant, mais je n'ai rien trouvé de concret, hormis la raison de sa répudiation. Rien en rapport avec notre affaire. Il a juste perdu pieds au fur et à mesure et c'est le balafré qui a dû le convaincre d'en être, comme pour tous les autres.
— Et on ne sait rien sur l'objectif final de cette quête de pierres ?
— Non. Comme je te l'ai dit, l'argent suffit pour convaincre celui qui en a besoin.
— Donc, on n'a pas avancé d'un pouce ?
Finley baissa la tête.
— Je suis désolé. Cependant, il y a encore un espoir.
Finley lui sourit avec malice.
— Nous avons contrecarré leur plan à deux reprises : l'interception de leur convoi de pierres volées et l'enlèvement de la Duchesse pour nous donner un avertissement.
— Avertissement auquel on a répondu encore par l'extermination

de la moitié de leur bataillon...

— Callum se mit à réfléchir, puis se leva d'un coup. Il jeta un regard complice à Finley.

— On les a encore plus énervés !

Finley acquiesça avec un sourire convaincu.

— Oui, on devient une réelle plaie pour le bon déroulement de leur entreprise ! Ils risquent de ne pas en rester là, vu qu'ils ont déjà tenté d'enlever la Duchesse. Leur colère a dû encore monter d'un cran.

— Et donc ils peuvent contre-attaquer une nouvelle fois ! estima Callum d'un regard vif et ravi de cette idée, tout en pointant de son index Finley pour suivre sa théorie.

Le Duc fit quelques pas dans le kiosque, pour pousser à maturité cette réflexion.

— Ils ne peuvent pas savoir quand sera notre prochaine sortie hors du château et dans quelle condition.

— Oui. Et je doute qu'ils aient une taupe dans Althéa, suffisamment proche du château pour nous épier ! confirma Finley. Nous connaissons le personnel. Ils savent aussi que nous ne laisserons plus la Duchesse sortir du château sans une armada de soldats et de chevaliers rompus.

— Pour peu que je l'autorise à sortir, oui...

Callum refit les cent pas dans le kiosque, la main sur le menton.

— Attaquer Althéa comme ça leur serait trop risqué. Ils devraient faire face aux remparts avant de pouvoir entrer en grand nombre et ils y laisseraient des hommes.

— Sauf si on les laisse rentrer et qu'on les mène dans un piège ! lança Finley, perfide.

Callum hocha la tête, en accord avec la stratégie de son ami. Son esprit fusait à développer le piège parfait.

— Qu'est-ce qui pourrait pousser Althéa à ouvrir ses portes au tout-venant et ainsi leur donnerait l'idée de tenter une attaque ? se demanda Finley.

Un silence demeura quelques secondes, le temps de leur réflexion jusqu'à ce que les deux se regardent et se comprennent.

— Le mariage ! firent-ils en chœur.

— Le mariage leur laissera penser que nous ne sommes pas dans un esprit de contre-attaque ni de défense poussée ! supposa Callum.

Finley se leva à son tour.

— Tous tournés vers l'événement, ils penseront qu'on ne les attend pas, qu'ils nous prendront au dépourvu ! continua Finley.

— Et au moment où ils attaqueront..., ajouta Callum.

— Nous leur tomberons dessus !

D'un geste du bras en transversale, Finley balaya l'air tel le couperet qui leur tombait dessus. Les deux hommes se fixèrent, le visage fier et déterminé, prêts à mettre en place le plan pour appâter ces bandits, quand Finley tout à coup montra un air embêté.

— Euh... En revanche, ça ira avec la Duchesse ?

Callum abandonna son assurance et s'attrapa la tête.

— Rhaaa ! C'est vrai ! J'avais oublié ce détail.

— Et pas des moindres ! convint Finley. Je doute qu'elle apprécie l'histoire ! Comment peux-tu oublier que ta fiancée risque de ne pas être enchantée de ta petite fête de mariage ?

Callum refit les cent pas, se grattant la tête.

— Tant pis ! On ne lui dit rien ! Je m'arrangerai avec elle après ! Si je lui dis tout maintenant, elle va me faire une syncope, s'égosillant sur l'importance du mariage, celle d'un tel événement et j'en passe.

— Elle n'aurait pas tort... marmonna Finley, sarcastique. Cela semble te passer au-dessus.

— C'est une chance à saisir ! objecta Callum. On doit trouver le Balafré ! Là, il viendra sans doute directement à nous ! Il me suffit juste d'en informer le Roi ! Lui dire ce qui est prévu. Il comprendra et ne s'en formalisera pas, car cela ne remet pas en cause son ordre de me marier et arrangera les affaires d'Avéna.

Finley leva la paume de ses mains de chaque côté d'un air incertain.

— C'est toi qui vois ! C'est toi le chef et Duc ! C'est à toi que revient cette décision. Mais si je vois la Duchesse te menacer une

nouvelle fois d'une épée, je te préviens, je ne ferai pas obstruction !
— Je trouverai un moyen de me faire pardonner !
Callum sourit à cette idée. Finley se boucha les oreilles.
— C'est bon, je ne veux pas connaître les détails !

33

À la vie, à la mort.

Si on lui avait dit il y a quelques mois que son avenir allait être bouleversé de la sorte, elle ne l'aurait pas cru. Tandis qu'elle s'avançait vers l'autel, Aélis repensait à tout ce qui l'avait conduite vers cet homme. À vrai dire, elle cherchait encore où se trouvait la folie de cette entreprise. Hormis cette obligation orchestrée par le Roi lui-même, il n'y avait rien qui aurait pu la pousser dans les bras de celui qui l'attendait au bout de cette allée. Honnêtement, qui pourrait vouloir épouser l'homme le plus craint de la contrée, le Duc Callum A. Callistar ? Le chevalier aux faits de guerre les plus impressionnants, mais aussi ayant fait couler des rivières de sang derrière lui au point que d'être surnommé le Chevalier de Sang par ses ennemis. On le dit sans pitié, sans une once de compassion. Il décapite, transperce, étripe, égorge avec ses troupes au nom du Roi Mildegarde, régnant sur le royaume d'Avéna depuis plus de deux décennies. Il est son fidèle bras droit. Sa lame à travers le royaume. Si le Roi continue de garder son séant sur son trône, c'est grâce à cet homme qui lui a permis de conserver aussi bien ses terres que d'en conquérir de nouvelles. Et la voilà donc promise à cet homme ! La voilà donc dans quelques minutes Duchesse des

Terres d'Althéa, son fief.

Elle avait pu voir sa folie funeste au combat, elle avait pu faire l'expérience de sa démonstration de persuasion glaçante. Elle avait tremblé devant lui, et pourtant, aujourd'hui, elle allait épouser cet homme au tempérament insondable. Froid par moments, moqueur par d'autres, séducteur, nonchalant, tout et son contraire pouvaient être dit le concernant. Parfois gentil, galant, il pouvait être déstabilisant, agaçant, voire entêté sur ce qu'il estimait important concernant le protocole et le commandement. Elle pouvait admettre qu'il avait du charme, mais la minute d'après, tout cela s'effaçait pour laisser place à un autre homme, sans attaches, sans autres objectifs que celui de combattre et de protéger Althéa. Tout le reste n'avait alors plus d'importance et elle redoutait ses changements d'humeur comme les facéties du Roi qui assistait de son sourire satisfait à la cérémonie depuis une tribune. L'annonce du mariage avait fait le tour du royaume d'Avéna. Un accueil massif avait été décidé. Cependant, même si la cérémonie se déroulait au pied du château, la place pour assister aux vœux d'Aélis et Callum demeurait réduite à quelques allées de chaises et à l'estrade du Roi, ainsi qu'à celle où la cérémonie se tenait. Le reste des spectateurs devaient patienter autour ou au loin.

Accompagnée par son père, Aélis se rendit auprès du Duc d'un air absent. Elle réalisait difficilement tout ce qui se passait autour d'elle. Ce monde, ces applaudissements, ces sourires de personnes inconnues, ce soleil de début de printemps qui l'aveuglait et puis Cléry et le Duc l'observant s'avancer vers eux. Tout se mélangeait entre son devoir de paraître plus noble que jamais, heureuse et fière, et celui de ne surtout pas marcher sur sa robe et s'étaler, de ne surtout pas faire une gaffe la ridiculisant dans son intronisation en tant que Duchesse. Tout la stressait. Et puis enfin, cette incertitude sur son couple, sur ce qu'allait être sa vie d'épouse et d'amante. C'était sans doute sa plus grande angoisse. Épouser un homme qu'elle n'aimait pas, devoir assumer ce fameux devoir conjugal, avoir cette obligation d'offrir une descendance, comme ce qu'on attendait de toute femme. Une larme coula sur son visage. Sans doute, le regret de son innocence définitivement perdue en ce jour ainsi que celui de cette candeur d'enfant qui la quittait en même temps qu'elle devenait véritablement femme en cet instant. Elle arriva aux côtés de Callum et face à Cléry, sans trop savoir ce qu'elle ressentait vraiment. Elle jeta un coup d'œil vers son futur mari. Callum la déshabilla du regard, le sourire conquis.

— À tomber par terre ! chuchota-t-il. J'aime bien les pierres noires cousues sur le buste. C'est gentil de m'avoir renvoyé la politesse de la robe de fiançailles !

Callum détailla davantage la nouvelle robe d'Aélis avec plaisir. La traine était sertie de petites perles blanches éparses sur sa robe également blanche, un laçage noir dans le dos, un petit voile noir sur la tête et devant le visage, les épaules découvertes, Aélis portait encore une fois magnifiquement le travail de la couturière.

— Oui, j'ai dû consentir à mettre une touche de vous sur moi, non sans réserve !

Callum baissa la tête, amusé par sa nouvelle répartie.

— À défaut de mon baiser sous le kiosque que j'attends toujours, – d'ailleurs pourquoi n'êtes-vous pas venue au rendez-vous ? –, je vous suis reconnaissant de me laisser épouser votre corps de la sorte en même temps que votre nom !

Aélis leva les yeux de dépit.

— Pervers !

Callum se retint de rire. L'assemblée cessa de chuchoter pour laisser Cléry parler. Ce dernier sortit son chapelet dans lequel ses doigts s'emmêlèrent.

— Nous sommes aujourd'hui tous réunis pour unir cet homme et cette femme selon le sacrement. Dieu nous invite à accueillir ce nouveau couple dans la vie à deux, selon les valeurs de la chrétienté. Sous la bénédiction de Dieu et du Roi Mildegarde, chacun des deux va remettre sa vie à l'autre, ils vont s'allier pour ne former qu'un jusqu'à ce que la mort les sépare.

Le Roi Mildegarde fit un signe de tête bienveillant au couple. Aélis serra les dents, car s'ils en étaient là, c'était bien à cause de ses facéties. Le prêtre leva les mains au ciel, le chapelet de pierres bleues dans sa main.

— À eux deux, ils construiront un mur indestructible, inébranlable. Un mur, puis un autre et encore un autre pour devenir leur maison. Tels les murs protégeant notre belle Althéa, ils créeront un foyer à leur image. Dieu, accorde-leur ta bénédiction ! Dieu protège-les par... ton mur divin.

Cléry regarda alors l'assemblée et se tut quelques secondes avant de reprendre.

— S'il y a quelqu'un qui souhaite s'opposer à cette union, qu'il le dise ou se taise à jamais.

Aélis écarquilla les yeux, la peur viscérale de voir cette cérémonie changeant du tout au tout. Comme un mauvais pressentiment, quelque chose qui se réveilla en elle, telle une alerte l'appelant à la vigilance. Beaucoup de personnes pouvaient s'opposer à leur mariage, à commencer par l'Intendante. Inquiète, elle regarda Callum. Son angoisse se mua en interrogation. Callum regardait droit devant lui, l'air absent. Ou plutôt concentré sur quelque chose, comme s'il attendait lui aussi l'arrivée d'un événement imprévu. Elle regarda ensuite Cléry, tout aussi sérieux dans sa démarche religieuse, le regard presque dur. Jamais elle n'avait pu voir un tel regard venant de lui. Elle devinait presque l'instinct du chevalier aux aguets. Elle tourna furtivement la tête vers les invités, attendant la manifestation de l'Intendante qui ne vint finalement pas, tout comme celle de personnes voulant faire un esclandre. D'ailleurs, elle ne trouva pas l'intendante parmi les invités.

— Parfait ! scanda Cléry. Passons à l'échange des anneaux.

Le cœur d'Aélis se calma un peu, même si son pressentiment la poussait à croire que quelque chose clochait. Ses craintes s'avéraient peut-être infondées, mais elle continuait de douter. Sans doute Callum avait-il dû remettre une couche auprès d'Ysalis pour qu'elle cesse de croire en une suite entre eux ? Vexée, elle avait donc décidé de ne pas assister au mariage ?

Margaux leur apporta alors les anneaux sur un petit coussin. Une alliance plutôt classique en argent pour le Duc et un solitaire pour elle, serti d'une grosse pierre blanche avec des marbrures noires. Intriguée, Aélis observa attentivement la pierre. Elle sentit alors le regard du Duc couler sur elle et releva la tête. Callum devina à l'expression de son visage son questionnement.

— Une howlite ! lui souffla Callum. C'est une pierre de stabilisation. En général, elle n'est pas adaptée pour une association avec l'obsidienne qui a la propriété de neutraliser l'effet des autres pierres ayant la même énergie qu'elle. Mais... le blanc, le noir... Si je suis plus dans la force, tu es plus dans le ressenti. Je ne sais pas... J'ai eu un sentiment étrange en la voyant.

Aélis fit une moue réprobatrice.

— Je ne suis pas chevalier ! lui répondit-elle en murmurant.

— Ah bon ? se moqua alors Callum. J'ai pourtant souvenir d'une épée pointée vers moi dans vos mains !

Aélis fronça les sourcils, peu sensible à son trait d'humour.

— Les pierres ne sont pas destinées qu'aux chevaliers... reprit-il. Ce sont aussi des objets d'ornements pour ceux sans mana ! lui rappela gentiment le Duc.

Aélis rougit tout en détaillant l'aspect du bijou.

— Merci d'avoir choisi une bague... pour moi ! lui souffla-t-elle quand même.

— Aélis De Middenhall, prenez l'alliance destinée à Callum A. Callistar.

Aélis regarda Cléry et s'exécuta. Callum tendit sa main gauche qu'Aélis prit délicatement. Elle inséra doucement l'anneau à son annulaire gauche, le cœur battant dans sa poitrine. En cet instant, elle scellait sa vie à la sienne. Enfin, leurs existences allaient se mêler. Tous ces jours à appréhender ce moment, tous ces espoirs et toutes ces désillusions, tous ces doutes, tout, absolument tout, prenait un sens en ce moment précis. L'angoisse la reprit. Elle fixa alors Callum, le souffle court et le cœur en sursis.

— Par cet anneau, je te donne ma vie présente et future. Je te donne mes rêves et mes cauchemars, mes joies et mes larmes, mes bonheurs et mes colères, mon âme... et mon corps.

Callum la fixa, l'assurance subitement moins visible. La portée symbolique de ce mariage prenait tout son sens en ces propos. Pour le meilleur comme pour le pire, la femme qui se tenait devant lui s'offrait littéralement à lui pour la vie. Ni plus ni moins. Le regard profond de la jeune femme s'ancra dans le sien avec l'espoir de réussite de cette entreprise tout comme la menace pour sa vie s'il la décevait. Aélis symbolisait tout ce qu'il pouvait attendre d'une personne tout comme ce qu'il pouvait en redouter. Sans doute même, le pire combat de sa vie se jouait en ce passage d'anneau. Elle devenait sa meilleure alliée tout comme sa pire ennemie. Et le regard d'Aélis allait dans ce sens. Tout dépendait de lui, autant que d'elle. Il baissa ses yeux vers cet anneau qui l'enchaînait à elle. Pour la première fois, Callum Callistar ressentait la peur de l'inconnu. Cette peur viscérale qui le plongerait dans le doute le plus sombre sur ce qui allait advenir de lui.

— Toi, Callum Callistar, Duc d'Althéa, je te prends... pour époux. Je te jure vérité et fidélité, respect et...

Aélis marqua un temps d'hésitation qui ne passa pas inaperçu, comme si ces mots semblaient difficiles à dire. Elle grimaça alors devant la mine crispée de Callum, puis souffla. Elle se racla la gorge et se reprit.

— Respect et... amour.

D'un geste rapide, elle enfonça l'anneau à son doigt, puis relâcha toute la tension accumulée sur ses épaules, en cet instant solennel. Callum visa son doigt orné de sa bague avec perplexité, puis Aélis, visiblement soulagée d'avoir passé ce cap dans leur union. Des applaudissements et des cris de joie retentirent. Il sourit à l'idée de constater qu'il menait chacun ce combat avec angoisse et interrogations.

— Callum... le rappela alors à la raison Cléry. C'est à ton tour.

Callum prit l'alliance d'Aélis dans un état second. Il la fixa sans vraiment la regarder, puis posa ses yeux sur Aélis, le cœur bondissant dans sa poitrine. Le dernier mot qu'elle venait de prononcer résonnait encore dans sa tête. Amour... Tout à coup, il eut subitement chaud. Sa belle tenue de cérémonie lui devenait inconfortable. Il eut même l'impression d'étouffer. De son index, il desserra le col, mais il sentait son visage chauffer par l'émotion le gagnant juste en répétant dans sa tête le mot amour. Cependant, il prit la main gauche d'Aélis et plaça l'anneau à l'extrémité de son doigt. Aélis constata son malaise soudain.

— Ça va ? put-il lire sur ses lèvres.

Les joues de Callum rougirent davantage quand il fixa les lèvres de sa promise. Il leva alors les yeux vers ceux de la jeune femme et cette dernière y vit un trouble indescriptible. Si les promesses d'amour de toutes les femmes qu'il avait connues auparavant ne lui avaient laissé guère de souvenirs impérissables, la promesse d'Aélis trouvait un écho particulier en lui. Parce qu'elle devenait en cet instant sa femme, parce que c'était une promesse devant Dieu et tout Althéa, et sans doute et surtout parce que c'était elle. Aélis. Il passa à nouveau son index dans son col pour laisser passer de l'air entre sa peau et ses vêtements. Il sentit alors autour de son cou le lacet tenant sa pierre. Il se figea subitement. Tout débutait là. Tout prenait un sens depuis ce jour où il avait reçu en cadeau ce collier avec cette pierre transparente. L'air inquiet d'Aélis finit par le rassurer. Il avait fait le bon choix. Il ne devait pas douter. C'était elle, cela ne pouvait être qu'elle. Aélis resterait toujours de son côté. Cette pierre était la preuve qu'il pouvait avoir confiance en cet avenir. Les battements de son cœur reprirent un rythme plus régulier. Il se mit à sourire.

— Par cet anneau, je t'épouse, toi, Aélis Callistar ! annonça-t-il alors, plus confiant.

Althéa murmura en entendant qu'il y apposait déjà son nom de famille avant même que l'anneau ne soit enfoncé.

— Je te jure de continuer à te rendre folle de rage, folle de joie, folle de tristesse, folle d'émerveillement, folle de peur, folle de jalousie, folle d'amertume...

Il commença alors à rire en énumérant la liste des sentiments qu'elle allait devoir affronter en sa présence quotidienne.

Désabusé par son impertinence devant ce moment sacré, Finley, resté auprès des parents d'Aélis, se tapa le front. Certains se mirent à rire, sans doute les plus émérites à la vie de couple.

—... folle de honte, folle d'excitation, folle de désespoir, folle de curiosité, folle d'inquiétude...

— C'EST BON ! ON A COMPRIS ! l'interrompit Aélis, à la fois embarrassée, lasse et agacée.

Callum enfonça alors l'anneau à son doigt et la prit tout à coup par la taille.

— Et surtout folle d'amour ! Bref ! Folle de moi !

Ils se retrouvèrent alors nez à nez, louchant l'un sur l'autre. Aélis se raidit immédiatement sous sa force. Cléry ferma les yeux, visiblement aussi las qu'Aélis de tout ce spectacle.

— Vous pouvez sceller cette promesse par un baiser ! fit alors savoir le prêtre, blasé.

Les yeux plongés dans ceux de son épouse, Callum ne cacha pas sa satisfaction.

— Finalement, ce ne sera pas sous le kiosque !

Il fondit sur ses lèvres sans attendre tandis qu'au même moment, un homme se leva de sa chaise dans une des allées et lança soudainement un couteau vers Callum. Le couteau stoppa net sa course juste devant les mariés, bloqué par un mur invisible qui s'illumina d'un bleu azur à son contact. Le couteau tomba alors au sol devant le jeune couple marié. Callum quitta les lèvres de sa belle et se recula.

— Mince ! Ils ne nous laissent même pas le temps de régler ton intronisation de Duchesse auprès du Roi ! Tsss !

Le cœur battant devant cette attaque impromptue, Aélis posa ses yeux sur le couteau au sol dans un état second. Elle regarda alors les allées de chaises et plus attentivement les personnes qui les composaient. Des capuches tombèrent et des hommes étrangers à sa connaissance se levèrent et sortirent des armes de sous leur cape. Son effroi grandit en réalisant que seuls des soldats d'Althéa et des inconnus à la mine patibulaire se trouvaient devant elle. Les Althéaïens demeuraient en retrait : le menuisier, la couturière, le joaillier, mais aussi les personnes du château entre autres. Tous ne faisaient pas partie des premiers à assister à l'événement, hormis ses parents et Finley. Même Mills n'était plus parmi eux. En réponse, les soldats d'Althéa se dévoilèrent également parmi les badauds à des points stratégiques du lieu, protégeant à la fois les invités et habitants, et encerclant leurs ennemis. Aélis regarda alors Callum, l'esprit déjà orienté vers son combat.

— Désolé Chérie, mais il est temps de faire la fête !

34

Bas les masques !

Callum sortit de sa botte la dague qu'il lui avait confiée pour qu'elle déchire sa robe de fiançailles. Il y insuffla de son mana dessus. Aélis remarqua alors la pierre noire à sa garde et comprit. Elle scintilla un instant avant qu'elle ne s'agrandisse pour prendre la forme de son épée. Au même moment, l'armure de Callum se matérialisa, enveloppant tout son corps.

Des flèches arrivèrent dans leur direction, mais le mur d'énergie bleue les stoppa à nouveau. Aélis observa ce mur de couleur et se tourna alors vers Cléry. Les yeux fermés, le chapelet bleu dans sa main, il semblait rester concentré jusqu'à ce que les oreilles d'Aélis perçoivent un « Dieu ! Protège-nous de ces impies qui viennent offenser tes enfants ». Les gemmes du chapelet s'illuminèrent dans un flash bleu et l'armure bleu-gris de Cléry se révéla progressivement sur le corps du prêtre. Aélis put apercevoir ses yeux à nouveau ouverts à travers son heaume.

— Ne vous inquiétez pas, Duchesse. Le mur divin vous protège.

— Je te la confie ! fit alors Callum au prêtre.

Cléry lui fit un signe de tête et leva une main devant lui pour ouvrir l'accès à Callum qui passa alors à travers le mur et descendit de l'estrade, avant de le refermer derrière lui. Aélis se tourna vers ses parents. Finley était déjà habillé de son armure et faisait bouclier devant ses parents. Le Roi Mildegarde se leva alors, ainsi que toute sa garde l'accompagnant sur son estrade. La pierre jaune or au milieu de sa couronne se mit à briller et de là, une armure se dévoila. La couronne se transforma en heaume, et une armure de métal d'or apparut, partant de son casque doré jusqu'à ses pieds.

— Le Roi est un chevalier magique ?! souffla Aélis, à la fois ébahie et perdue devant toutes ces surprises successives. Les soldats du Roi sortirent des arbalètes qu'ils pointèrent sur les allées où se trouvaient les ennemis.

Callum fit tournoyer son épée et s'avança vers eux.

— Vous vouliez nous piéger, mais il semblerait que votre tentative se soit retournée contre vous !

Un seul de leurs adversaires demeurait assis sur sa chaise, les jambes croisées. Très vite, Callum comprit à qui il avait affaire : le balafré. Sa cicatrice sur son visage ne faisait aucun doute. Aélis recula de quelques pas en le voyant. Un frisson parcourut son échine en se remémorant son enlèvement et sa discussion avec lui. Prise dans son effroi, son dos buta sur Cléry qui la rattrapa.

— Duchesse, tout ira bien.

Elle leva alors la tête vers lui, plus que jamais inquiète. Son pressentiment prenait forme en quelque chose de pire que ce qu'elle pouvait imaginer. Il y avait l'inquiétude pour elle, mais aussi pour ses parents, pour Margaux, pour les Althéaïens et pour ses soldats. Elle regarda Callum. Son énergie magique noire et rouge émanait autour de son armure timidement, tel un volcan en sommeil préparant son irruption. Elle avait déjà vu Callum à l'œuvre. Elle savait que ce qui se dégageait de lui n'était rien par rapport à sa puissance. Quant au Roi, elle ignorait tout de ses capacités, mais son regard vif, sûr de lui, contrastait avec l'image qu'on pouvait dire de lui : qu'il se reposait sur les talents du Chevalier de Sang pour affirmer son pouvoir. En cet instant, sa puissance était palpable. Elle détailla la pierre sur son heaume. Une citrine ? Une fluorine ? Une aventurine ? Elle se rendait compte que ses connaissances en gemmes étaient très minces et qu'à cet effet, elle ne pouvait deviner quel type de force chaque chevalier magique pouvait détenir, quel type d'attaque chacun pouvait mettre en œuvre, quelle magie pouvait découler de leur arme.

Le Balafré se leva et commença à ricaner avant de l'applaudir.

— Félicitations, Callum Callistar. Voilà une belle épouse. Tu as finalement réussi à l'épouser !

Callum grinça des dents. Le souvenir de son enlèvement lui revenait en tête, plus amer que jamais.

— J'ai été généreux. Je t'ai laissé finir ce sacrement. Tu m'excuseras si ma patience n'est pas allée jusqu'au sacrement royal pour son statut de Duchesse. Il jeta alors un œil vers le Roi Mildegarde qui détacha du buste de son armure un grand anneau de métal en or pâle avec des reflets noirs.

— Qu'est-ce que c'est que cet anneau ? demanda alors Aélis à Cléry. C'est son arme ?

— Oui. Sa pierre incrustée sur sa couronne est une pyrite de fer. C'est pour ça que vous voyez ce mélange or et noir sur son armure et sur l'anneau. C'est étonnant que vous ne sachiez rien sur lui ! Il est surnommé le Chevalier-Architecte. Pour la fille de l'architecte en titre du Roi, c'est étonnant que votre père ne vous en ait pas parlé. On raconte qu'il crée des œuvres à partir du corps de ses victimes. Cela étant, je ne sais pas grand-chose de plus du pouvoir magique du Roi.

Aélis exprima un air de dégoût en imaginant « l'art » particulier du Roi.

— Chère Aélis Callistar ! cria alors le Roi à la jeune femme qui se tourna vers ce dernier, surprise d'être alors interpellée. Je réalise que je n'ai pas de cadeau de mariage à vous offrir. Que diriez-vous d'ériger un monument en mémoire de ce jour-ci particulier ?

Aélis se figea. Sa sympathie soudaine pour son mariage lui glaça le sang. Plus que son obligation de s'unir à son chevalier favori, la voix du Roi résonnait en elle tel un cadeau aussi funeste pour le balafré, que glauque pour son union.

Le balafré se mit à rire de la menace de Mildegarde.

— Même si vous me tuez, vous ne tuerez rien qu'un membre de la bête !

Tous écarquillèrent alors les yeux face à cet aveu.

— Vous pensez vraiment être à votre avantage ? déclara-t-il alors. Vous pensez vraiment que vos positions stratégiques actuelles vont changer quelque chose à ce que nous recherchons ?

Callum se raidit, soudain plus méfiant sur ses intentions qu'il tentait de passer en revue dans sa tête.

— Et qu'est-ce que tu recherches ? lui cria Finley, de plus en plus énervé par l'arrogance de son ennemi.

Le balafré sourit.

— Ce que nous recherchons ? Oh, mais vous le saurez bien assez tôt !

Il sortit alors une épée de son fourreau accroché à sa taille. Il la leva en l'air et Callum comprit vite qu'il donnait l'assaut. Pourtant, ce ne furent pas les ennemis massés dans les allées qui bougèrent. Une boule d'énergie grise traversa alors la foule au-dessus de leur tête et vint percuter le devant du château. D'énormes blocs de pierre tombèrent sur le parvis entre le grand escalier et l'entrée du château que les deux gardes quittèrent dans la précipitation. Pour ne pas être touchés par les amas de pierres, Cléry poussa Aélis qui tomba de l'estrade et il leva ses mains vers les éboulis.

— Mur céleste ! cria-t-il alors.

Un nouveau mur fait d'énergie magique bleue plus puissant que le précédent apparut et protégea les gardes toujours à portée des rochers tombant du château qui se pulvérisèrent dessus à son impact. Une nouvelle boule d'énergie grise arriva au même moment dans son dos, mais l'instinct du Chevalier Spirituel l'alerta tandis que Callum, hors de sa portée pour le soutenir, cria « Cléry » pour l'avertir du danger. Cléry bougea le chapelet entre ses doigts, opposa son autre main vers l'attaque et sourit.

— Entraves providentielles.

Des piliers magiques bleus tombèrent du ciel et écrasèrent la boule d'énergie à ses pieds. Cléry chercha des yeux la source de cet assaut, tout comme le fit l'alliance formée par les soldats d'Althéa et du Roi Mildegarde. De la toiture d'une maison fut visible un homme sous une cape. Il ne faisait aucun doute qu'il s'agissait d'un autre chevalier magique mercenaire. Callum profita de cette courte accalmie pour lancer son assaut dans l'allée centrale. Aélis se releva de sa chute non sans grimacer de douleur et retira son voile de dentelle noire pour mieux entrevoir la situation. Elle vit alors ses parents, paniqués, derrière Finley qui agita son fouet devant lui avec bonheur. Le fouet était recouvert de son mana jaune en relation avec la pierre qui ornait la garde de son fouet. Tout à coup, il lança le fouet vers trois soldats. L'arme s'étendit et enlaça les trois soldats ennemis avant de les jeter sur trois autres. Derrière ce combat, des soldats d'Althéa se défiaient à l'épée contre les soldats adverses. Elle écarquilla les yeux en voyant Sampa parmi eux. Malgré sa grave blessure, il avait pris part à cette bataille finement préparée, contre son ordre, mais certainement avec l'injonction du Duc. Sa colère s'orienta à nouveau vers son cher nouveau mari qui lacérait de son épée ses rivaux comme on plantait un couteau dans du beurre. Elle lui en voulait de lui avoir caché une telle situation. Elle dévia alors son regard vers les habitants. Mills les orientait vers l'arrière du château, dans le jardin. Tout semblait préparé, prévu à l'avance. Seule elle semblait dans l'ignorance de cette attaque.

Une nouvelle attaque magique vint rendre le champ de bataille encore plus confus. Une onde noire de nature électrique cette fois, vint attaquer l'estrade sur laquelle le Roi et ses soldats se trouvaient. L'estrade de bois explosa alors, au milieu des cris de soldats surpris. Le Roi Mildegarde se releva et chercha l'instigateur de cette attaque. Une seconde attaque lui étant destinée arriva sur lui. Il lança alors son grand anneau de métal d'or pâle sur la foudre noire. À son contact, l'éclair se solidifia de la couleur de l'anneau et des bâtons de pierres en poussèrent de toute part, formant un ensemble géométrique tel un morceau de corail.

— Cette attaque, je la connais... murmura le Roi. Non, impossible. Ce serait lui ? Où te caches-tu ? hurla-t-il alors tout en posant son regard partout devant lui. Montre-toi ! Fais-moi face puisque c'est moi que tu veux !

Callum fit une percée en tranchant, de son mana noir et rouge, un groupe de soldats qui furent projetés de chacun des côtés de l'attaque, puis il partit en chasse du chevalier sur le toit. Ce dernier lança une nouvelle attaque sur Cléry qui commença à fatiguer de protéger deux fronts en même temps, entre le rempart du château qui s'écroulait et les attaques intempestives de son assaillant.

Une nouvelle boule grise, cette fois plus grosse, arriva sur lui. Le prêtre serra les dents. Il jeta un regard vers les gardes de l'entrée qui avaient réussi à s'éloigner du danger immédiat et retira son mur céleste pour laisser tomber les derniers amas de pierres du château et ainsi concentrer ses deux mains sur cette dangereuse nouvelle attaque. Avec ses pouces et index, il forma un triangle devant lui, les perles entremêlées.

— La Sainte Trinité ! cria-t-il alors que la boule frôla la tête d'Aélis complètement perdue.

Un triangle de lumière bleue sortit du signe de ses doigts et alla à la rencontre de la boule grise qui finit sa course dans le triangle, écrasée par sa propre vélocité face aux remparts inébranlables que formait chaque côté du triangle. Essoufflé et son triangle toujours formé du bout des bras, Cléry posa un genou à terre. Callum défonça la porte de la maison menant au toit où se trouvait le chevalier et monta les marches de l'escalier par deux avant de le retrouver sur le toit. Le chevalier ennemi, tourné vers l'entrée du château et Cléry, fit volte-face et retira sa capuche devant Callum. Il vit alors un homme plus vieux que lui. La cinquantaine, l'homme brun à petites lunettes, lui sourit alors.

— Callum Callistar. Voilà enfin la source de nos ennuis...

— Chevalier Trou du Cul. Voilà enfin le moment où je vais te botter le cul !

— Tut tut tut ! Quelle vulgarité ! Un Duc se doit de peser ses mots, voyons ! Cela n'a rien de noble sinon.

— Je ne les pèse que devant ceux que je respecte... Tu peux donc deviner que c'est loin d'être le cas pour toi. Surtout quand je revêts mon armure.

— Je vois... J'ai beaucoup entendu parler du Chevalier de Sang. Brutal, sans pitié, ténébreux et sanguinaire... Le bras droit du Roi Mildegarde !

Il se mit à rire.

— Mildegarde a toujours rêvé d'avoir son guerrier de légende à ses côtés... Un fidèle toutou...

— Tu sembles le connaître personnellement.

— Disons que je connais son histoire...

— Son histoire ?

— Oui, Avéna et tout le royaume n'auraient jamais dû lui revenir...

— Pourquoi ça ?

Le Chevalier secoua la tête négativement.

— Voilà ce qui arrive quand on obéit sans se poser de questions. On passe pour un abruti quand on découvre certains secrets !

Callum fronça les sourcils, piqué au vif.

— Tu vas voir qui est l'abruti ici ! lui cria-t-il tout en levant son épée pour l'attaquer.

35

Parce que c'est mon devoir !

Le sang giclait dans les grandes allées de chaises devant l'estrade où se tenait la cérémonie. Le balafré entaillait de son épée les soldats Althéaïens les uns après les autres, non sans une certaine forme de jouissance exprimée par les traits de son visage. Les corps tombaient sur son passage, laissant derrière lui des traînées de sang. Aélis restait pétrifiée par le carnage qui se déroulait sous ses yeux. Cléry avait beaucoup à faire avec les attaques directes qu'on lui envoyait et Finley protégeait ses parents ainsi que la fuite vers l'arrière du château des habitants d'Althéa, orchestrée par Mills. Personne ne semblait donc apte à s'occuper du sort de ce barbare. Elle-même savait qu'elle était incapable d'agir en faveur des soldats qui luttaient pour Althéa. Son impuissance la frustrait autant que sa peur. Jamais elle n'avait assisté à un tel spectacle. Son enlèvement n'était qu'un amuse-bouche finalement, comparé à ce qui se déroulait sous ses yeux pétrifiés par la vue du sang et l'horreur des cris des hommes coupés en deux par l'arme de leur ennemi. Les larmes se mirent à couler sur ses joues. Bien loin de la tristesse de son mariage gâché, elle se rendait compte que son statut de Duchesse n'avait aucun sens dans de tels moments. Même Mills avait plus de sang-froid qu'elle. Quelle maîtresse des lieux pouvait rester ici, sans rien faire ? Pouvait-elle accepter qu'elle survive là où d'autres périssaient pour son honneur ?

La main tremblante, elle se saisit pourtant d'un énorme bâton de bois, vestige de l'estrade où se trouvait le Roi et qui avait atterri non loin d'elle. Elle devait défendre l'honneur d'Althéa, peu importait sa survie. Elle devait se tenir au milieu de ses soldats, leur prouver que leur combat avait du sens, que leur vie n'était pas offerte en pâture pour rien. Les jambes flageolantes et le cœur tambourinant dans sa poitrine, elle avança tout doucement vers le balafré. Sa chute de l'estrade lui avait écorché le coude, rendant la poigne sur son bâton de fortune hésitante à cause de la douleur. Mais cela n'avait pas d'importance. Elle devait prendre part, elle aussi, au combat.

— Duchesse ! Non ! cria Cléry, devinant son intention dangereuse, mais demeurant impuissant, pris par l'inquiétude de ne pas pouvoir protéger le château et la Duchesse en même temps.

Le balafré la vit s'approcher de lui avec son arme de fortune et se mit à rire.

— Tiens donc ?! Comme on se retrouve ! Je dois bien avouer que ma chère Duchesse a du cran, même si elle tremble comme une feuille. Cela en est presque mignon.

— Je ne te laisserai pas massacrer une personne de plus !

— Vraiment ? Voyons, voyons, Duchesse, tu penses vraiment pouvoir m'arrêter et faire le poids face à moi ?

Il fit les quelques mètres qui les séparaient et se planta devant elle. Aélis réalisa combien il était plus grand et plus impressionnant qu'elle. Son vil regard lui écrasait les os. Le balafré toucha de son index le bout de son bâton pointé devant lui.

— Regarde-toi ! Tu veux jouer les dures, mais tu n'as aucune force. Tu veux montrer ta légitimité, mais tu n'as aucun atout à mettre en valeur. Hormis peut-être la spécificité de tes cheveux gris, tu n'es et resteras qu'une pauvre femme !

Il attrapa alors tout à coup le bâton, le lui retira des mains et le jeta. Surprise, Aélis réalisa qu'elle avait manqué de vigilance. À présent sans moyens de se défendre, elle ne put que reculer.

— Oui, recule. Recule devant moi, Duchesse. Reconnais qui est ton maître ici. Vois combien ton Chevalier de Sang va éprouver sa première défaite ici, sur son propre terrain.

— Pourquoi venir à Althéa ? demanda-t-elle alors, dans un dernier effort de courage.

— Pourquoi ? Pourquoi pas ! Quand on veut montrer sa force, on n'attend pas que les fourmis sortent de la fourmilière pour attaquer. On ne reste pas non plus devant la sortie. On entre carrément dedans et on sème la zizanie. Il n'y a que comme ça que l'on gagne un territoire. Ton Roi et ton cher mari en connaissent un rayon à ce sujet. En quoi serais-je différent d'eux ?

Aélis recula encore. Elle ne trouva rien à redire à ses propos. Sa peur l'empêchait aussi de réfléchir correctement.

— Si la première fois, on m'avait ordonné de te garder en vie, il ne m'a rien été dit pour aujourd'hui. Tuer la Duchesse serait donc un beau cadeau à offrir à ton cher mari pour lui apprendre à rester à sa place avec son cher Roi. Qu'en penses-tu ?

Il lui attrapa alors la gorge d'une main et commença à serrer. Aélis sentit l'air se raréfier dans sa poitrine. Elle posa ses deux mains sur le bras du Balafré et tenta de se débattre, en vain.

— Regarde-toi ! Tu es seule ! Tes soldats ne viendront pas te sauver. Ton mari préfère chasser Khan. Ton Roi à qui tu as offert ta soumission n'a que faire d'une donzelle comme toi. Tu es seule !

Aélis sentit les doigts du balafré s'enfoncer dans la peau de son cou. Ses yeux se fermèrent doucement, l'asphyxie la gagnant progressivement.

— Arrête de résister. Je t'ai dit que tu ne faisais pas le poids !

— Elle, peut-être pas ! Mais moi, oui !

Une voix d'homme retentit dans le dos du balafré qui se tourna immédiatement. Une épée s'abattit sur lui, l'obligeant à lâcher Aélis qui s'écroula au sol, et à parer cette attaque de son épée.

Aélis toussa tout en se tenant la gorge, puis leva les yeux vers son sauveur.

— Sampa !

Le balafré se redressa et jaugea son nouvel adversaire un instant avant de rire.

— Tu n'es qu'un vulgaire soldat de plus ! Je n'ai donc rien à craindre de toi.

Le regard déterminé de Sampa contrastait avec celui très inquiet d'Aélis.

— Sampa ! Non ! Tu n'es pas en état !

— Pas en état ? répéta le balafré qui se mit à rire plus franchement. Un soldat blessé vient me provoquer ?! Ah ah ah ! En fait, c'est ça, l'esprit d'Althéa ? Plus c'est faible et plus ça cherche des ennemis forts ? Telle Duchesse, tel soldat !

— Je suis tout à fait en état de me battre ! déclara Sampa, visiblement très serein et concentré.

Le balafré sourit de façon plus machiavélique.

— C'est ce qu'on va voir !

Leurs épées s'entrechoquèrent alors dans un bruit métallique grinçant. Il était évident que l'affrontement s'avérait plus rude pour le balafré qui remarqua immédiatement la différence de niveau avec Sampa par rapport aux autres soldats qu'il avait tués facilement. Sa jeunesse et son peu d'expérience n'enlevaient toutefois en rien sa dextérité et ses compétences.

— Je suis Sampa, je suis le premier chevalier non magique de la garde personnelle de la Duchesse d'Althéaaaaa ! cria alors Sampa tout en frappant comme un forcené l'épée du balafré, sous le regard à la fois émerveillé et surpris d'Aélis.

Le duel était à la fois beau à voir et éprouvant. Toujours assise au sol, elle admirait Sampa combattre avec panache. Si elle n'avait pourtant pas vu son protecteur se battre lors de l'attaque de la calèche, avant son enlèvement, elle remarqua que quelque chose avait changé dans son regard. Toute sa façon de vouloir combattre avait changé.

— Tu te défends bien ! admit le balafré, après un temps de

pause où chacun reprit son souffle.

— Tu ne te souviens peut-être pas de moi... reconnut Sampa. Pourtant, on s'est déjà rencontrés !

Le balafré chercha dans sa mémoire quelques secondes, puis sourit.

— La garde personnelle de la Duchesse, tu dis...

Il jeta un regard vers Aélis et sourit.

— Tu faisais partie du convoi en calèche que j'ai attaqué.

— Tu as tué tous mes camarades avec tes hommes... grinça Sampa, le regard dur. Tu m'as eu par surprise lors de l'attaque de la calèche, mais cette fois-ci, je ne me ferai pas avoir ! Tu as maltraité la Duchesse, je me dois de la venger !

— Tu as donc survécu et tu veux ta vengeance ? se moqua le balafré, tout en riant de son ton jugé enfantin.

Il posa alors la pointe de son épée contre la terre et la fit tourner avec sa garde de gauche à droite puis de droite à gauche plusieurs fois.

— C'est un bel acte de bravoure, je l'admets. Mais très franchement, ta vengeance n'aboutira pas. Tu sais pourquoi ? Parce que tu as perdu une première foiiis ! cria-t-il tout à coup dans un grognement bestial.

Il releva tout à coup son épée et fonça sur Sampa. Les coups abondèrent sur lui et Sampa para difficilement chaque attaque. Au point de reculer et de se contenter d'éviter in extremis que l'épée ne le tranche.

— Tu es comme ta maîtresse : qu'un idiot qui croit pouvoir à lui seul inverser les choses !

Tout à coup, Sampa fronça les sourcils et, d'un geste souple et réfléchi, para sa dernière attaque, pivota sur lui-même et taillada l'épaule du balafré qui se recula alors, surpris par sa vive contre-attaque alors que l'instant d'avant, il semblait dépassé par ce qui lui arrivait. Le balafré visa sa blessure un instant et grogna.

— Tu vas me le payer !

— Je t'interdis d'insulter ma Duchesse ! gronda Sampa.

Aélis se sentit flattée par l'ardeur que mettait Sampa à

sauvegarder son honneur coûte que coûte, mais son inquiétude demeurait et son impuissance à pouvoir l'aider la rongeait.

Le choc des épées reprit de plus belle, avec toujours plus de force. Cependant, Sampa faiblissait. Le balafré avait meilleure forme que lui et sur la longueur, le combat virait en faveur de l'ennemi. Cela se confirma lorsqu'après un coup de Sampa, le balafré fonça sur lui et enfonça son épaule dans ses côtes, à l'endroit même de sa blessure. Sampa s'écroula au sol, la douleur plus lancinante que jamais. Le balafré s'approcha alors pour lui donner le coup de grâce.

— Tu te considères comme courageux, mais tu es de loin stupide ! Comme ta Duchesse ! Ce combat m'énerve. Il n'a aucun intérêt. Finissons-en !

Il leva alors l'épée au-dessus de sa tête pour infliger le châtiment ultime à ceux qui osaient le provoquer.

— Nooooon ! cria alors Aélis, le cœur meurtri à l'idée d'assister à son exécution alors qu'elle avait pu le sauver une première fois face au Duc.

— Regarde bien ce que je fais du premier soldat de ta garde personnelle, Duchesse ! déclara le balafré, tout en fixant Sampa avec une quasi-démence dans les yeux.

Aélis fronça les sourcils et, dans un moment de perspicacité soudaine, se saisit d'un énorme caillou et le lança sur le balafré. La pierre atterrit contre son dos et le balafré s'interrompit dans son geste pour fusiller du regard la Duchesse. Aélis se releva alors, le regard plus dur que jamais.

— La seule qui est en droit de punir ce soldat ou de l'exécuter, c'est moi ! Pas toi, pas le Duc ou quiconque, mais moi !

Sampa écarquilla les yeux en retrouvant l'attitude altière d'Aélis, celle qu'il avait pu voir la première fois qu'elle l'avait sauvé. Cette aura naturelle qui indiquait combien elle tenait à lui et rappelait qu'elle avait un droit de mort si elle le souhaitait sur son avenir. Ce lien, qui les unissait tous les deux, prenait son sens en cet instant. La fierté de Sampa gagna son cœur et lui redonna courage. Puisant au fond de lui une force insoupçonnée, il profita du moment d'inattention que lui offrit sa maîtresse et planta de toutes ses forces son épée dans le ventre du balafré.

— Longue vie à ma Duchesse ! cria alors Sampa, qui tourna d'un coup bref de poignet son épée enfoncée dans le corps de son ennemi afin d'affirmer son allégeance à la vie à la mort à Aélis. Le sang du balafré dégoulina le long de son épée. Ce dernier observa l'arme ennemie transperçant ses intestins, puis les yeux justiciers de Sampa. Du sang remonta dans sa bouche qu'il cracha. Il lâcha son épée et recula, l'épée de Sampa toujours plantée en lui. Il regarda alors Aélis, la mine sévère, sans pitié, déterminée.

— Il semblerait... que tu aies réussi à... trouver ta... légitimité.

Il s'écroula ensuite au sol, laissant échapper son dernier souffle tandis que Sampa s'autorisait
 à contempler un couloir de ciel bleu au milieu de toute cette poussière soulevée par les combats.

Aélis se précipita vers lui. Sa blessure s'était rouverte, il saignait.

— Sampa ! Je suis là, tout va bien.
— Duchesse...
— Je t'interdis de mourir ici ! C'est un ordre !

Sampa se mit à rire.

— Vous ne voulez vraiment pas me laisser partir vers l'au-delà !

Aélis grimaça et lui caressa la joue.

— Je ferai comment si je n'ai plus mon chevalier non magique préféré auprès de moi ?!

36

Œil pour œil...

Devant l'absence d'une nouvelle attaque ciblée, Cléry retrouva des forces et se releva. Il avait pu assister au combat de Sampa d'un œil et se trouva soulagé de voir la Duchesse saine et sauve grâce au soldat. Son attention se porta alors vers le toit. Il remarqua la présence de Callum et sourit.

— Occupe-le bien pour moi, s'il te plaît...

Il quitta l'estrade, estimant que le danger sur le château était potentiellement écarté grâce à l'intervention du Duc et se précipita vers la Duchesse.

— Duchesse, tout va bien ?

— Cléry ! s'écria alors Aélis, soulagée de voir qu'il avait repris des forces. Il faut évacuer Sampa !

Cléry fit un rapide état des lieux pour estimer la dangerosité directe de cette évacuation.

— S'il vous plaît ! Il m'a sauvée... lui implora Aélis.

— C'était son devoir ! ponctua Cléry, pour rappeler où chacun avait sa place.

Cléry s'abaissa pour constater l'état de santé de Sampa.

— Tu peux te lever et marcher ? lui demanda-t-il.

— Laissez-moi ! grogna de douleur Sampa. Ça ira ! Sauvez la Duchesse !

— Hors de question ! objecta Aélis.

— Très bien.

Cléry se releva et fit un signe de croix à destination de Sampa. Aélis comprit que chacun des deux hommes se moquait bien de son souhait et que le sort en était jeté.

— Partons ! déclara Cléry.

Aélis s'étala alors de tout son corps sur Sampa.

— Je ne partirai qu'avec vous deux ! s'égosilla Aélis, plus déterminée que jamais.

Cléry souffla. Sampa rougit par tant de considération. Il posa sa tête sur sa chevelure.

— Très bien. Pour ma Duchesse, je trouverai toute la force que je peux pour rester debout aussi longtemps qu'elle le souhaitera !

Aélis le regarda alors, saisie de reconnaissance par son revirement et sa douceur palpable. Elle lui sourit alors et Cléry l'aida à se relever.

Le prêtre regarda alors vers les remparts bordant la ville d'Althéa, un instant. Une ombre les observait sans bouger. Il sourit et leva le bras pour faire un signe du pouce à Edern pour dire que tout allait bien. Aélis chercha à comprendre pourquoi il faisait ce geste impromptu, mais Cléry coupa court à ses interrogations.

— Ne perdons pas de temps. Il faut rejoindre Mills et Finley.

— Bon, Chevalier Trou du Cul ! C'est tout ce que tu as dans le ventre ?

L'épée de Callum recouverte d'énergie magique noire et rouge frotta contre l'arme de son ennemi, un sabre. Sa lame était fine et grise, sa garde minuscule gris foncé, la poignée gris clair. À première vue, une arme on ne peut plus classique. Pourtant, Callum savait qu'il était face à un chevalier magique à la puissance capable de mettre à mal le mur divin et le mur céleste de Cléry. Il restait donc méfiant surtout que, comparé à lui, son ennemi n'avait toujours pas manifesté le niveau de sa puissance magique.

— Je m'appelle Khan.

— À la bonne heure ! Enfin des présentations ! Mais ça ne changera rien du tout ! Pour moi, tu restes un trou du cul !

— Ce que tu peux être vulgaire ! Je suis déçu. Je m'attendais à plus de classe de ta part.

—Arrête de faire ton précieux ! C'est agaçant à la fin ! Montre-moi plutôt le pouvoir de ta pierre couplé à ton mana et à ton arme.

Khan contempla son sabre.

— Tu veux donc tout savoir, dis-moi ! Je possède une shungite ! Tout comme moi, elle ne vient pas du royaume d'Avéna, mais d'une contrée plus lointaine. C'est tout ce que tu dois savoir...

Callum fixa son sabre avec intérêt. Il n'aimait pas ce qui était étranger à ses connaissances et c'était la première fois qu'il entendait un tel nom.

— Je ne vois pourtant pas ta pierre sur ton sabre ! Où est-elle ?

Khan se mit à sourire.

— Esprit limité ! Qui a dit que mon sabre était la seule partie de mon arme ?

Callum fut piqué au vif, cherchant où était l'entourloupe. Il détailla alors son adversaire.

— Tu vois à présent ? lui déclara Khan.

Il passa son sabre sur son autre main et leva sa main dominante gantée de métal jusqu'au coude. Il retira son gant et Callum put remarquer une main articulée métallique.

— Oooh, pauvre petit ! Tu as perdu ta main ? le railla Callum.

— Effectivement, on m'a coupé la main. Mais cela a un avantage ! Depuis que j'ai ma nouvelle main, j'ai une arme beaucoup plus puissante !

Sa main articulée en métal s'enveloppa de mana gris.

— Tu es en train de me dire que l'arme n'est pas ton sabre, mais ta main ? demanda confirmation Callum, soudain plus sérieux.

— C'est cela ! Peu importe l'arme que j'ai dans ma main, le

pouvoir que je lui insuffle suffit à en faire une arme de choix !
— Et donc ta pierre est dans cette main ?
Khan lui sourit.
— Dans mon avant-bras pour être plus précis ! Finalement, tu n'es pas aussi bête que tu en as l'air.
— Ouais ! Il me suffit donc de couper ta main pour régler ton cas ! trancha Callum tout en posant son épée sur l'épaule, d'un air tout à coup plus décontracté.
— Tu peux essayer, oui. Mais je doute que tu parviennes à me blesser...

Callum leva un sourcil, intrigué par cette phrase. Khan enfila tranquillement son gant sur sa main articulée et reprit son sabre. Il orienta la pointe de son arme vers une flaque d'eau stagnante entre deux tuiles et y déversa son mana dessus. L'eau jaillit de la flaque et prit de l'ampleur. Khan fronça les yeux.

— La shungite purifie l'eau, le savais-tu ? Il est temps de purifier l'être vulgaire que tu es !

Un frisson d'excitation parcourut l'échine de Callum.

— Tu te décides enfin à me montrer l'étendue de ton pouvoir ?! On va enfin pouvoir passer à des choses plus sérieuses tous les deux...

Il reprit sa position de combat et attendit l'attaque de son adversaire. Khan pointa son épée vers Callum et le flot d'eau se déplaça vers lui dans un débit beaucoup plus important que ce qui avait jailli de la flaque. La vague emporta alors Callum qui ne put rien faire et alla finir sa course contre une cheminée. L'impact fut violent et douloureux. Mais autre chose l'inquiéta ; il pouvait sentir l'eau attaquer son corps doucement, tel un acide rongeant la crasse. C'était donc ça, sa purification. Et le plus agaçant était qu'il était trempé et que toute son armure subissait cette corrosion. Il grimaça, mais ne s'avoua pas vaincu pour autant.

— Ça tombe bien, mon armure avait besoin d'une douche ! ricana Callum tout en se relevant doucement. Après tout ce sang séché sur ma carapace, ton nettoyage ne lui fait pas de mal !

— On en reparlera au bout de trois attaques dessus. On verra si tu tiens toujours le même discours quand ton armure se sera totalement désagrégée. Tu devrais fermer ta bouche arrogante, Chevalier de Sang. La prochaine fois, tu pourrais boire la tasse... et qui sait ce que pourrait provoquer mon eau à l'intérieur de ton corps !

— Je vois... Tu maîtrises l'élément eau. Et après ? Je connais quelqu'un qui maîtrise l'élément feu et lorsqu'il m'a attaqué, oui, j'ai eu chaud aux fesses, mais j'ai trouvé la parade. Un élément n'est pas infaillible. Il y a toujours moyen d'inverser la tendance !

Callum tiqua tout à coup à ses propres propos, puis sourit de manière plus audacieuse.

— Oui, ce n'est pas ton pipi de chat qui va me vaincre ! se gaussa Callum.

— Serais-tu en train de me dire que tu sais comment contrer l'eau ? Le feu peut s'éteindre. L'eau, elle, demeure incontrôlable.

— C'est vrai que c'est plus compliqué..., concéda Callum. Dommage que je ne maîtrise pas la glace, car l'affaire serait immédiatement pliée. Je te congèle tout ça, je casse tout et je te tue. Scénario parfait ! Seulement...

Il se gratta les poils noirs de son casque, faussement embêté.

— Tu n'as pas de glace..., continua pour lui Khan.

— Non, mon mana ne maîtrise pas un élément primaire ou secondaire.

— Quel dommage d'avoir un pouvoir relégué en troisième ou quatrième catégorie !

— C'est là où tu te trompes. Tu peux maîtriser l'eau, l'air, la terre ou le feu, éléments de première catégorie, tu peux maîtriser le bois, le métal, le vent, la foudre en éléments de seconde catégorie, cela ne fait pas de toi quelqu'un de supérieur aux autres pouvoirs. Tout dépend de l'entraînement que tu as consacré pour apprendre ce pouvoir, mais surtout de ton intelligence pour en exploiter son meilleur potentiel. C'est en cela que je suis devenu un des chevaliers magiques les plus redoutés. J'utilise mon cerveau et je connais mon pouvoir par cœur. Je le ressens au plus profond de moi et j'en puise ce qui me paraît opportun.

— Ce qui est clair, c'est que tu devrais arrêter de t'écouter parler et dégonfler tes chevilles. Tu ne peux rien contre moi !

La défiance de Khan renforça la combativité de Callum.

— Et pourtant, j'ai ma petite idée pour t'arrêter... C'est toi qui parles trop !

— Ah oui ? ricana Khan, bluffé par tant d'arrogance venant de son ennemi. C'est moi qui vais te faire taire une bonne fois pour toutes.

— Viens ! cria Callum. Je t'attends !

Callum raviva son mana autour de son épée. Son énergie magique enveloppa l'arme au point de faire disparaître quelques instants sa lame de la vue de Khan. L'énergie magique de Callum s'agrandit alors et bientôt un énorme hachoir apparut, offrant ainsi une lame très large à son porteur.

— Changer de format de lame ne changera rien à ton funeste destin ! s'énerva Khan.

Khan lança une nouvelle attaque de son sabre. Le bout de sa lame imprégnée de mana gris toucha la flaque. De l'eau en jaillit une nouvelle fois et enlaça telle une liane autour d'un tronc son sabre. Il pointa ensuite son arme vers Callum.

— Bois la tasse, vermine !

L'eau fonça sur Callum en un tube tourbillonnant, mais au moment où elle s'apprêtait à le transpercer, Callum se décala sur le côté et, en un quart de tour sur lui-même, trancha le faisceau d'eau en deux, y injectant à l'intérieur son mana noir et rouge à son contact. Sa magie remonta le courant d'eau tout en la noircissant.

— Si ton eau est si pure..., eh bien il me suffit de la polluer avec mon énergie négatiiiiive ! cria-t-il tout en forçant pour que son mana remonte jusqu'à la pointe de son sabre et l'entoure à travers l'eau.

Comprenant le danger imminent arrivant sur lui, Khan stoppa immédiatement son action d'un geste sec du bras. Le mana gris disparut d'un coup. Toute l'eau polluée tomba au sol dans un même mouvement, mais l'attaque fut suffisante pour atteindre la peau dénudée aux épaules de Khan qui vit des taches noires apparaître sur son bras.

— Comment as-tu...

Devant la sidération de Khan, Callum sourit.

— Plus ma lame touche ton eau, plus il m'est simple de la contaminer. C'est pourquoi j'ai choisi une lame large pour que l'eau la touche au maximum de sa capacité de surface. Ainsi, j'augmente mes chances de contamination. Si tu prônes la pureté nettoyante de ton eau, pour ma part, j'ai en moi des ondes négatives à profusion. Il me suffisait donc d'inverser ton intention en usant du pouvoir inversé de ma pierre. Tu as voulu aseptiser ma personne, j'y ai répondu en chargeant ton eau de noirceur. Si elle décape mon corps en pureté, il devenait possible qu'elle décape le tien en ondes négatives.

Khan grinça des dents en voyant la ruse de Callum agir sur son bras.

— Ça pique, n'est-ce pas ? s'en amusa Callum. Œil pour œil, dent pour dent, Trou du Cul !

37

Le début de quelque chose ou sa fin ?

Le Roi Mildegarde commençait à s'essouffler. Les attaques de foudre noire devenaient de plus en plus puissantes. C'était comme un jeu où il était la souris qui se faisait lentement torturer par le chat. Il sentait qu'on cherchait à l'épuiser progressivement. On jouait avec ses nerfs. Chaque lancer d'anneau pour contrer chaque éclair lui demandait une vigilance et une rapidité d'exécution incroyable. On le poussait petit à petit à perdre son sang-froid et son discernement.

— Montre-toi ! Bon sang ! cria-t-il à tue-tête aux alentours. Viens te battre plutôt que de jouer au fantôme ! Sois un homme ! Présente-toi !

La poussière des combats se propageait dans l'atmosphère, accentuant le manque de visibilité. Pourtant, une ombre apparut enfin devant lui. La démarche lui semblait familière, mais il était incapable de dire l'identité de son agresseur à ce stade. Tout était flou, trouble. Il toussa plusieurs fois avant de rappeler son anneau à lui. L'arme se releva du sol jonché d'amas de foudre cristallisée en pyrite de fer et tournoya jusqu'à sa main. En garde, il se concentra sur cette ombre jusqu'à ce qu'un doute l'assaille. La silhouette, la foudre noire, la démarche... Son pressentiment se confirmait.

— Cela faisait longtemps, Hélix.

La voix qui lui parla ne fit plus de doute. La vue de cette armure confirma ses craintes lorsqu'il put nettement l'admirer.

— Toi... murmura le Roi Mildegarde, subjugué par la découverte de son identité. C'est toi l'instigateur de tout cela !

— Ne sois pas étonné ! fit le chevalier qui lui faisait à présent face. Tu m'as tout pris, Hélix. Il est temps d'inverser les choses, tu ne crois pas ?

— Je ne t'ai rien pris du tout. C'est toi qui as tout perdu alors que tu avais tout.

— Non, je n'avais pas tout justement !

— Bon sang ! Tu avais une femme aimante..., Gésar ! s'énerva Hélix Mildegarde.

— Je n'avais pas le pouvoir suffisant pour la protéger ! gronda Gésar. Il me fallait ce pouvoir et tu m'as barré la route ! Aujourd'hui, j'ai effectivement tout perdu. Mais une chose est sûre : cette fois-ci, je ne perdrai pas ! Je deviendrai plus fort et je me vengerai de toi, Hélix. Je te prendrai tout ce que tu m'as pris. Je vais te détruire. Lentement, mais sûrement. Tu vas souffrir autant que j'ai souffert, année après année, enfermé dans cette geôle.

— Tu as perdu la raison ! Tu avais changé et tu sais très bien pourquoi !

— Changé, tu dis ? Je savais très bien ce que je faisais. Aujourd'hui, ma femme n'est plus. Quand on perd la seule chose qui nous tient en vie, que reste-t-il, sinon la folie douce de tout reconstruire autrement ? Aujourd'hui, oui, tu peux me traiter de fou. C'est toi qui m'as conduit à cette folie autour de toi !

— Et donc tu attaques Althéa, tu pilles les marchands de gemmes et tu viens m'avouer ton désir de vengeance ? Que prépares-tu ?

— Tu peux faire le malin, Hélix. Ce n'est pas aujourd'hui que ta fin viendra. Je te laisse du répit. Je préfère te retrouver acculé, sans espoir, la mort pour seule issue. Là est mon but ultime. Je tuerai tous ceux qui te sont chers, je détruirai tout ce que tu as construit et enfin, quand tu auras conscience de tout ce que tu n'as plus, je t'éliminerai avec un plaisir non dissimulé. Ma venue ici n'est qu'un avertissement.

Gésar leva alors sa main droite et le Roi se sentit attiré à lui. Ses pieds traînèrent dans la terre pour empêcher cette force de le déplacer, mais l'attraction était plus forte.

— Tu peux résister, tu sais très bien que ma télékinésie est plus forte.

Le Roi Mildegarde arriva à quelques centimètres de l'armure de Gésar. L'une d'un noir profond teinté de paillettes blanches, l'autre d'or et de fer. Gésar approcha son heaume de celui de Hélix Mildegarde, réalisant qu'il ne pouvait plus bouger. Il cogna son casque doucement contre celui du Roi.

— Content de te revoir, ... mon frère !

Gésar pointa alors son index devant lui et Hélix se sentit propulsé en arrière à plusieurs mètres de son ennemi. Il alla se fracasser sur les débris d'estrade en bois. Lorsqu'il ouvrit à nouveau les yeux pour se préparer à sa prochaine attaque, Gésar avait disparu. Hélix Mildegarde resta ainsi, assis au milieu de l'amas de bois, à bout de force.

— Moi aussi... murmura-t-il avant de s'évanouir.

Khan observa son adversaire avec une méfiance plus aiguisée depuis que ce dernier avait réussi l'exploit de contrer son attaque. Il jeta un œil à son bras. Il pouvait sentir le mal le grignoter doucement et cette idée l'insupportait au plus haut point.

— Tu veux une autre dose ? demanda alors Callum, moqueur.

— La ferme ! cria Khan, très agacé.

— Quoi ? Tu veux encore essayer de me faire taire ? Tu n'as toujours pas compris, visiblement !

Callum se mit en position, prêt à dégainer sa prochaine riposte.

— Viens ! On va voir qui finira décapé jusqu'aux os en premier !

Khan le fusilla du regard, n'adhérant plus à l'ironie constante de son ennemi. Pourtant, son agacement s'effaça et un sourire assuré prit place sur son visage.

— Tu vas mourir ! C'est toi qui finiras en sac d'os ! Sais-tu pourquoi ?

Callum haussa un sourcil, intrigué par son revirement de comportement.

— Si l'eau impure me salit au point de ronger ma peau, l'eau pure a un effet guérissant. La shungite procure ce bienfait !

Il toucha aussitôt l'eau de la flaque de la pointe de son sabre, l'imprégna de mana et la fit jaillir puis retomber en gouttes de pluie sur lui. Callum écarquilla les yeux. Chaque goutte d'eau vint trouer les taches noires de son corps jusqu'à les faire disparaître. Khan se mit à rire.

— Tu vois, je suis invincible. Elle peut régénérer mon corps autant de fois que possible. Tu ne peux rien contre moi...

Aélis, Sampa et Cléry retrouvèrent Finley, en position de défenseur de ses parents, de Margaux et d'une partie des habitants d'Althéa.

— Tout va bien ? les interrogea Aélis, inquiète.

— Ça va ! répondit Margaux, soulagée de voir sa maîtresse sauve.

— Ma chérie ! s'exclama sa mère.

Toutes deux se prirent dans les bras, heureuses de se retrouver, mais tristes du constat actuel concernant ce qui devait être son mariage. Fergus De Middenhall frotta le dos de sa fille avec tristesse.

— Il ne faut pas rester ici !

Tous acquiescèrent. Finley semblait être en plein nettoyage

de terrain envahi par l'ennemi. Son fouet claquait l'air, son magnétisme jaune attirant les armures des soldats entre eux, pour mieux en disposer à sa convenance, telles des marionnettes aux mains de leur maître. Aélis observa attentivement Finley. C'était une chorégraphie envoûtante que de voir ce fouet virevolter dans les airs. Le manège dura plusieurs minutes durant lesquelles il maltraita ses ennemis, puis, soudain, il cessa son petit jeu. Il leva son bras et fit alors tourner son fouet autour de lui, formant un bouclier de mana jaune le rendant intouchable. Jamais elle n'avait vu Finley si sérieux, si concentré. Tel un soleil, de la chaleur se forma autour de lui. Un vent brûlant vint caresser ses joues et celles des ennemis qui commencèrent à s'inquiéter de cette chaleur. Tel le magma entourant le soleil, des éruptions de vagues de chaleur sortirent de son fouet. Une lumière éblouissante aveugla progressivement tout le monde. Cléry fronça les sourcils.

— Il abuse ! déclara-t-il alors. Pas cette attaque ! Finley !

Il confia précipitamment Sampa à la Duchesse, qui récupéra un poids mort sur ses bras frêles. Il enlaça ensuite sa main de son chapelet et posa ses deux mains en prière sans attendre.

— Dôme suprême ! cria-t-il à la hâte.

Un dôme bleu apparut autour d'abord, puis au-dessus d'Aélis et des Althéaïens en fuite. Finley remarqua le dôme de Cléry et sourit.

— Vent solaire.

L'incantation grave de Finley se matérialisa par son fouet qui claqua l'air et tout à coup, une énorme bourrasque chaude s'en échappa. Le vent empli d'énergie jaune allant vers le rouge vint percuter les troupes ennemies. Soudain, une onde de choc se créa à leur contact et projeta tout le monde, hormis Finley et ceux sous le dôme, à des dizaines de mètres du point d'impact de l'onde. Le dôme de Cléry protégea Aélis, Cléry, Sampa et ceux d'Althéa de l'explosion magnétique qui découla de son attaque. Les maisons alentour s'écroulèrent sous la puissance du choc. L'énergie cinétique qui partait du point d'impact caressa le bouclier de Cléry, mais ne le pénétra pas. Aélis réalisa alors la puissance du pouvoir de Finley, mais aussi de Cléry, capable de résister à une telle explosion.

— C'était quoi ça ? cria-t-elle alors, estomaquée par ce qui venait de se produire.

Cléry attendit que l'onde disparaisse, puis relâcha ses mains. Le dôme s'effaça doucement à partir de son sommet jusqu'à la circonférence de sa base.

Aélis contempla Finley. Il se tenait droit, sans bouger, tourné vers les troupes ennemies, à terre, gémissantes, agonisantes. Une fois certain qu'aucun ne se relèverait de son attaque, Finley se tourna vers eux et leur sourit.

— Merci Cléry ! lui dit-il alors tout à coup, plus enjoué, comme si son air solennel propre à son devoir de chevalier avait disparu en même temps que le dôme de Cléry.

— Tu es inconscient, ma parole ! le disputa finalement Cléry.

— Je savais que tu assurerais les arrières. Je t'ai senti dans mon dos !

— J'ai consommé déjà pas mal d'énergie. M'obliger à invoquer le Dôme Suprême était de l'inconscience ! Ton attaque dans un tel endroit était de la folie. Les maisons alentour ont pris de plein fouet ton onde de choc !

— Cléryyyy ! fit le chevalier doré d'un ton désinvolte.

Finley s'approcha près de lui pour lui tapoter l'épaule.

— Tu as encore du mana à revendre. Relax. De plus, j'ai déversé en petites quantités.

— Petites ! répéta Cléry, ulcéré. Tu appelles ça petites ?!

Aélis les observa se chamailler avec ahurissement.

— Quelqu'un peut m'expliquer ce qu'il vient de se passer ? s'exclama-t-elle au milieu de leur différend.

— Bien sûr, ma Duchesse ! s'enthousiasma Finley en la voyant si intéressée. Mon fouet en les touchant une première fois a augmenté la charge magnétique en eux ; ce magnétisme, chacun de nous le tire de la Terre. La Terre a son propre champ électromagnétique. Mon pouvoir vient du soleil. Ma pierre est l'héliodore, c'est-à-dire la pierre du soleil. Grâce à mon mana et à ma pierre, je peux me servir du pouvoir solaire pour me battre. Le vent solaire est un plasma chargé de particules magnétiques qui gravitent autour de notre astre.

Aélis regarda alors son index pointer vers le soleil docilement.

— Quand le vent solaire se disperse et rencontre devant lui une charge électromagnétique différente de la sienne... Bam ! Ça crée une onde de choc ! Si je charge mes ennemis et mon vent solaire de peu de particules, la longueur et la puissance de l'onde seront moindres.

— Vous êtes en train de me dire que ça, c'était une petite détonation ? Que vous pouvez faire pire ?

— Il le peut ! lui assura Cléry. Vous comprenez mon emportement quand il assure que c'était petit ! Même mon Dôme Suprême ne peut arrêter la puissance de la déflagration qu'il peut provoquer s'il augmente la charge magnétique de chacun. C'est pourtant mon bouclier le plus fort de tous et pourtant, je l'ai senti vaciller sous la puissance de l'explosion magnétique !

— Ce n'est pas sans danger aussi pour moi ! ajouta Finley. Plus le choc est fort, plus je peux aussi moi-même me blesser dans l'histoire. Ce n'est pas une attaque que j'utilise tous les jours.

— Heureusement ! gronda alors le prêtre.

— Oh hé ! Épargne-moi tes leçons de chevalerie ! Ta Purification des Anges est tout aussi incroyable !

— La purifi...

Aélis les écoutait parler de ce qui semblait être des attaques magiques, avec sidération.

— Ma Duchesse, croyez-moi, il ne faut surtout pas être un pêcheur devant notre cher Cléry ! Il ne faut jamais se mettre à dos notre Dieu ! Surtout devant Cléry ! Brrrr ! À vous faire frissonner l'échine.

— Arrêtons de discuter ! trancha Cléry. Il faut éloigner tout le monde du champ de bataille.

Finley fit un bref tour panoramique de la situation et grimaça.

— Nous sommes en train de gagner la bataille.

Cléry déchargea Aélis du poids de Sampa, ce qui lui permit de soulager un petit peu son corps. Finley vint aider Cléry pour porter Sampa et avancer plus vite.

— Il semblerait que votre plan tombe à l'eau ! constata Callum. Il y a eu du ménage en bas ! Vous perdez !

La déflagration de Finley n'était pas passée inaperçue. L'onde fut telle que les deux chevaliers sur le toit furent eux aussi bousculés par la tempête magnétique. Des tuiles du toit s'étaient détachées et étaient devenues subitement pour Callum et Khan le nouvel ennemi commun à contrer. Dans ce chaos, Callum avait toutefois réussi à trouver une ouverture pour attaquer, mais il ne toucha pas Khan qui l'évita de justesse. Tous deux essoufflés, chacun jaugeait la capacité de l'autre à faiblir. Callum était bien évidemment le plus atteint par la fatigue, Khan pouvant se régénérer.

— Tu ne sais rien de notre plan !
— Tu vas me dire que toutes ces pertes étaient prévues ?

Khan haussa les épaules dans un rictus moqueur.

— Il faut des pertes pour tester son ennemi.

Callum serra les dents. Il n'aimait pas ces mystères autour de leurs intentions véritables.

— Si tu crois que notre but était de décimer Althéa, de te tuer coûte que coûte et de montrer qu'on ne nous attaque pas impunément, alors oui, tu as tout faux !

— Quoi ?! Vous ne vouliez pas vous venger de nos interventions ?

— Si, un peu. Disons que ce n'est pas ce qui prévaut dans notre quête, mais l'argument d'excuse pour justifier notre venue.

— Quel est votre plan, bon sang ?!

Khan regarda les combats en bas qui prenaient fin, puis sourit.

— Il a cessé le combat... murmura Khan.

Intrigué, Callum dévisagea Khan.

— De qui tu parles ?

Khan sourit à nouveau.

— Il est temps pour moi de partir également. Il a trouvé ce qu'il cherchait.

— QUI CHERCHE QUOI ? ! cria Callum, ne supportant plus d'être l'idiot qui ne comprenait rien des enjeux actuels.

— Nous nous reverrons sans doute, Chevalier de Sang. Ce combat fut intéressant, mais je dois l'interrompre. J'ai des projets beaucoup plus fascinants à m'occuper que celui de te combattre.

Callum comprit alors que Khan allait lui fausser compagnie. Il écarquilla les yeux tandis que le mana de Khan s'intensifiait. Avant qu'il ne lui lance une attaque de diversion pour disparaître, Callum lança son attaque. La rage au ventre, il leva son épée et projeta un orbe noir et rouge sur son ennemi. Imperturbable, Khan esquissa un petit sourire et balaya d'un revers de sabre son onde négative qui continua sa course derrière lui. En quelques secondes, Callum comprit que Khan avait une force magique beaucoup plus élevée qu'il ne l'avait laissé paraître jusque-là, mais surtout, que son sourire avait un sens auquel il n'avait pas pensé sur le moment. L'orbe de Callum continua sa course en direction de Finley, Sampa, Cléry et Aélis. La peur aux tripes, il ne comprit que trop tard ce que Khan visait en déviant son attaque.

Par un pressentiment étrange, Aélis se tourna et vit l'orbe de Callum arriver sur eux et en particulier sur Margaux. Dans un instant de panique, elle fonça sur le jeune fille pour la sauver de la collision. Finley et Cléry, bloqués par les bras de Sampa évanoui, ne purent réagir à temps. Aélis poussa Margaux et prit de plein fouet l'orbe de Callum.

Khan disparut alors, laissant juste derrière lui un rire machiavélique résonnant dans les oreilles du Chevalier de Sang qui venait de blesser sa propre femme. Aélis s'écroula au sol sous les yeux horrifiés de tout le monde. Christa De Middenhall poussa un cri d'effroi en voyant sa fille s'effondrer. Finley et Cléry comprirent en cet instant qu'ils avaient failli à leur tâche primordiale : protéger leur maîtresse. Margaux, allongée également au sol, se redressa légèrement et fixa le corps inerte d'Aélis avec culpabilité. Tous se précipitèrent alors sur Aélis. Au loin, sur le toit, Callum se laissa

tomber à genoux.
— Non... Pas elle...

À SUIVRE...

LIVRE II
LA PROTECTRICE ET LE DÉMON

Aélis se remet de sa convalescence assez rapidement, à la surprise de tout le monde. Malgré la force incroyable de la boule magique de Callum qui l'a percutée, elle n'en garde aucune trace sur le corps. Si les interrogations s'installent sur sa guérison étonnante, Aélis préfère exprimer vivement sa colère contre Callum et son mariage pour le moins perturbé et lui demande des explications.

Mais Callum doit s'absenter à la suite d'une missive de demande de soutien militaire. Callum prend donc un bataillon pour soutenir les troupes du Roi Mildegarde contre le Royaume d'Ayolis qui semble en mouvement à la frontière nord ouest d'Avéna. Aélis se retrouve alors à nouveau seule face à ses devoirs de duchesse d'Althéa...

JORDANE CASSIDY

De formation littéraire, c'est en écrivant des fanfictions pour un manga que Jordane Cassidy s'est essayée à l'écriture. Avoir un cadre déjà défini lui permet alors de prendre confiance et d'acquérir l'engouement de lecteurs saluant son style : entre familier et soutenu, mélangeant humour, amour et action.

Après une pause de quelques années, elle revient sur son clavier, mais cette fois-ci pour écrire une histoire sortant entièrement de son imagination. Une comédie sentimentale érotique en 6 tomes : «Je te veux!», où elle prend le temps de développer les sentiments de ses personnages, entre surprises, déceptions, interrogations, joies, colères, culpabilité, égoïsme, etc. C'est une réussite! Première sur le classement toutes catégories confondues sur le site MonBestseller.com, elle signe en maison d'édition et confirme le succès.

Aujourd'hui, elle continue d'écrire des romances contemporaines en autoédition.

Vous avez aimé votre lecture, dites-le!

Laissez votre avis soit sur :
- sur les plate-formes de ventes sur internet où vous avez acheté le livre
- sur le livre d'or du site de l'auteur (www.jordanecassidy.fr)
- sur les sites communautaires de lectures tels que booknode, babelio, goodreads, livraddict
- sur les réseaux sociaux via vos profils ou pages
- sur la page facebook, instagram, twitter de l'auteur

Soutenez les auteurs, aidez-les à agrandir leur communauté de fans!

JORDANE CASSIDY
ROMANCIERE

 *De la pluie entre nous.*
ROMAN SIMPLE

Je te veux ! SAGA

2015	2016	2016	2018

2019	2021	2022	2023

À votre service ! SAGA

2018	2020

Bibliographie et réseaux ici ↓

Retrouve vite mes autres livres !

Retrouve ce tome
en **format relié avec pages couleurs chez tous les revendeurs**
et le
format broché avec rabats et pages couleurs en exclusivité sur mon site www.jordanecassidy.fr
(dans la limite des stocks disponibles !)

Imprimé par
Book on demand
Octobre 2022